四川甘孜泸定县 6.8 级地震造成重大人员伤亡，要把抢救生命作为首要任务，全力救援受灾群众，最大限度减少人员伤亡。

——中共中央总书记、国家主席、中央军委主席 习近平

寻找甘宇

卢一萍 赵郭明 著

四川人民出版社

图书在版编目（CIP）数据

寻找甘宇 / 卢一萍, 赵郭明著. -- 成都：四川人民出版社, 2024.9
ISBN 978-7-220-13684-9

Ⅰ.①寻… Ⅱ.①卢… ②赵… Ⅲ.①报告文学—中国—当代 Ⅳ.①I25

中国国家版本馆CIP数据核字(2024)第112144号

XUNZHAO GANYU
寻找甘宇　　　卢一萍　赵郭明　著

出 版 人	黄立新
策　　划	石　龙
责任编辑	蔡林君
封面设计	李其飞
版式设计	张迪茗
图片提供	新华社　川观新闻　红星新闻
责任校对	申婷婷　吴　玥　林　泉
责任印制	周　奇
出版发行	四川人民出版社（成都市三色路238号）
网　　址	http://www.scpph.com
E-mail	scrmcbs@sina.com
新浪微博	@四川人民出版社
微信公众号	四川人民出版社
发行部业务电话	（028）86361653　86361656
防盗版举报电话	（028）86361661
照　　排	四川胜翔数码印务设计有限公司
印　　刷	成都市东辰印艺科技有限公司
成品尺寸	166mm×235mm
印　　张	21
字　　数	230千
版　　次	2024年9月第1版
印　　次	2024年9月第1次印刷
书　　号	ISBN 978-7-220-13684-9
定　　价	78.00元

■版权所有·侵权必究

本书若出现印装质量问题，请与我社发行部联系调换
电话：（028）86361656

目录

序　章 / 001

第一章　大震

甘　宇：四个工友转眼被埋了 / 009

罗　永：向遇难的侄儿和彝族兄弟鞠躬 / 021

甘　宇：错过了最佳逃生时机 / 027

代红兵：有时，可能是所谓"命运的安排" / 035

甘立权：甘宇原本是个"留守儿童" / 042

甘　宇：我本可远离震区 / 051

王华东：如履薄冰，如临深渊 / 060

第二章　逃生

罗　永：说了半夜的吃吃喝喝 / 075

甘　宇：罗永失去了第三个亲人 / 086

罗　永：山顶上蹿起了一股白烟 / 092

甘　宇：罗永像个梦境中人 / 102

罗　永："孤岛"上的企鹅 / 108

甘　宇：亟待解压的蚯蚓 / 117

第三章　罗永获救

罗　永：我拿到了我哥的打火机　/ 129

甘　宇：独自度过的第一个夜晚　/ 138

罗　永：那堆火让我获救了　/ 145

代红兵：他生怕人们把甘宇忽略了　/ 155

第四章　寻找

王华东：前往猛虎岗　/ 167

何　健：甘宇，你在哪里　/ 176

王华东：无功而返　/ 183

第五章　第七日

陈为淑：除了哭，我没别的办法　/ 195

甘国明：大渡河上的孔明灯　/ 206

甘立权：在"头七"这天　/ 213

第六章　永不放弃

刘彩萍：到挖角去 / 227

甘立权：令人感动的"小单间" / 235

刘彩萍：我和甘伟都梦见了甘宇 / 245

神晓兵：不得不承认天灾的残酷 / 249

孙　辉：只能迎难而上 / 256

第七章　甘宇归来

倪华东：石棉一家人 / 265

甘立权：连夜上山 / 271

倪太平：他也要去寻找甘宇 / 279

倪华东：再回倪家老屋 / 286

倪太高：我找到甘宇了 / 292

甘　宇：我的时间早就死了 / 303

陈为淑：我儿之幸 / 318

后　记 / 325

序章

甘宇是个平凡的人。在"9·5"泸定地震中，他与同事罗永一起面对突发灾难，不顾自身安危，对遇难同事施以救助，随后又在关键时刻，毅然开闸放水，避免了电站大坝下游村镇遭遇堰塞湖的威胁。

甘宇错过了最佳逃生机会，踏上了长达十七个日夜的绝地求生之旅。

在党和政府与各方救援人士的努力下，引起各方关切的这个90后青年，在很多人认为他已遇难时，竟又奇迹般地生还。

甘宇创造了生命的奇迹！

就是这个平凡的英雄，做了非凡的事，与对他展开持续救援的人们，感动了亿万国人。

接受采访时，从不抽烟的他，不停地在我们面前把玩着一个塑料打火机。这个下意识的动作，与他五百度的近视眼镜丢失后，遭遇的那些令人无法想象的求生考验有关。如果当时他的身上有个打火机，他就不会在植被遭到严重破坏且余震不断的高山深谷间经历那些生死考验了。

甘宇说，由于身上没带打火机，他就无法生起烟火向人求救。晨昏颠倒、忍饥挨饿、危险重重的野外求生十七个日夜，他都是在黑暗中度过的。

此后，他就随身带着一个打火机了。

他和搜救他的人们一起，在坚持中绝望，又在绝望中坚持。这种共同努力，使他最终摆脱了死亡威胁，重新见到了生命的阳光。

当然，甘宇每每濒临生死的临界点时，他的坚持，又无法离开"国家、政府、社会和亲人不会放弃自己"的信念支撑——当甘宇俨然"人间消失"的消息触动了社会的神经时，寻找他的政府、军队、亲人以及社会力量，尽管随时要受"最坏预估"的困扰，但为了找到这个"孤勇者"，大家相向而行，一直都没放弃，这也是他获救的主要原因。

救援人员冒着生命危险，多次搜救甘宇，显然是在"面对死亡"与"战胜死亡"的不懈坚持中展开的。

这种"双向奔赴"的情节和细节，形成了四川故事与中国故事的传播效应。但推动故事从令人揪心的现场走向圆满结束的力量，看似复杂，实际却不复杂。

习近平总书记第一时间对震区的抗震救灾工作作出了重要指示。总书记要求，"要把抢救生命作为首要任务，全力救援受灾群众，最大限度减少人员伤亡"。救援人员在救助灾区遇难同胞的同时，以"一个都不能少"的信念，动用直升机、无人机、海事船和车辆，分别从空中、水上和陆地，对甘宇展开了三十多次全域搜救。

　　回望"寻找甘宇"事件始末，可以说，在泸定与石棉之间，面对满目疮痍的地震废墟和"一切都有可能"的未知情况，要找到甘宇，好比大海捞针一般难。但人们坚守的初心却是，协调各方力量，哪怕力量不够，也要想方设法争取时间，将甘宇和罗永找到，并平安地送到他们的亲人面前。

　　公司高管王华东在甘孜抗震救灾指挥部的支持下，与何健、杨志军带领的消防人员，乘坐西部陆军的直升机，抵达芹菜坪，降落猛虎岗……搜救黄金期结束后，面对遇难者追悼会哀乐低回的现场实况与党政机关门前徐徐降下的国旗，甘宇的母亲陈为淑认为，她的儿子仍活着；甘宇的堂哥甘立权，也坚信堂弟仍有生还的可能！

　　挚爱亲情，让蓝天救援队的搜救人员为之动容。于是，北京的都海郎、江油的刘彩萍、甘孜的李游来到灾区。各路人马将搜救范围，锁定在石棉县王岗坪乡猛虎岗。彝族乡长神晓兵不但为搜救人员提供帮助，还以一名基层领导干部的身份，及时发挥了"下情上达"与"上情下达"的作用。为了寻找甘宇，神乡长还对全乡党员干部进行了动员。

　　向导罗立军与倪华东一家，与最后找到甘宇的牧羊人倪太高……这些贡嘎山下的父老乡亲——他们的所作所为，则为滚石上山、爬坡上坎的山河故人情怀，涂上了浑然天成的明亮底色。

　　"寻找甘宇"事件，除了人民日报、新华通讯社、中央广播电视总台、中国新闻社等中央媒体和川观新闻、封面新闻、红星新闻等地方媒体持续报道，各社交网络媒体的网友、大中专院校的学生等，无不被甘宇的事迹所感动。他们或开展学习甘宇的活动，或为寻找甘宇展开讨论，积极建言献策，或直接赶到灾区，参加搜救行动。一位自主择业、年逾花甲的退役军官在网上看到搜救甘宇的消息后，甚至从重庆驱车赶往王岗坪，分文不取地充当了接送搜救人员的"专职司机"。

甘宇平安归来虽已近两年，但各方关注甘宇的热情却并未衰减，"10万+"的网文与视频，仍然时有出现。我们对"搜救甘宇"的关键词进行检索，简体中文网的相关信息，近两年有五十多万条！无论浏览哪条信息，体现的都是英雄主义风采、人道主义精神以及人间大爱的情怀，无一条负面评价。

我们意识到，这个事件是四川历次地震发生之后，最典型、最震撼，也最具深远影响的，且凝聚了广泛社会共识的公共事件，应与各级政府对一个公民不抛弃、不放弃有关，应与各路搜救力量一直在场有关。

甘宇和罗永选择的逃生路线与红四团向泸定挺进的路线契合。红军强渡大渡河、飞夺泸定桥，实现了一支军队从远征弱旅到百万雄师的辉煌蜕变；90后青年甘宇，因一场地动山摇的灾难，重走红军路，成为值此"百年未有之大变局"下平凡的英雄。令人惊叹的奇迹，实非我们刻意强调的微言大义，而是他们的求生路径，正好与之相合，令人产生联想。

地震发生后，甘宇、罗永站在电站的拦水坝上，为了下游群众的生命财产安全，最终作出了放弃第一时间逃生的决定；何健在寻找甘宇时，看到王华东身着"大白服"，为官兵分苹果，过中秋的

"月光使者"形象;母亲陈为淑对甘宇"不会死"的坚信;乡长神晓兵对搜救甘宇的思路调整与暗中帮助;采药人倪华东一家,宁愿坐在余震不断的猪圈里过夜,也要把能遮风挡雨的床铺,让给搜救人员;牧羊人倪太高,把女儿、女婿送的月饼视为大礼,但找到甘宇后,却将其尽悉送给了这个命悬一线的年轻人……

对此,我们还能说什么呢?我们只能尽力将"寻找甘宇"事件的现场予以还原;面对亲历者的娓娓讲述,除了关心事件或故事本身,我们还更关心这些普通人的心灵在场。

也许,这也是我们多次采访甘宇、罗永与数个搜救人员后,以敬畏生命,弘扬英雄主义、人道主义、抗震精神、中国精神,写下拙著的初衷所在。

第一章

大 震

甘宇：
四个工友转眼被埋了

9月5日那天和平时一样。山是青的，水是绿的，天空是湛蓝的。

师傅代红兵幸运地避开了一场灾难，如果我也跟着他一起下山，就不会遇上后来的事。但我还是得说，任何事都无法假设，这可能就是命运对我的考验，像冥冥之中真有安排。不然，我休假回家给婆婆过"逢一"，单位叫我回来，我也可以抗命不从，至少拖几天，就躲过这场灾难了；师傅让我与他一起下山吃午饭，我又刚好想把工地的钢筋盖好……事后一想，也的确有点巧合。

在我看来，我和电站水工罗永经历了那些磨难，逃生路上，又成了患难之交，对我来说，这也是个收获。

患难之交，是人间最宝贵的情感之一，可能只有在大灾大难中才能遇到！

更为难得的是，我知道了自己生命的韧性，我没想到它会如此顽强！不经历这次灾难，我就没有机会去检验它。我现在可以说，当时，我已达到了生命的极限。我曾陷入那么深的绝望，但我最终没有放弃。那种天昏地暗的日子，真是生不如死，放弃其实就是解脱。但我最终没有那么做，也算是创造了一个奇迹。

罗永是业主方的人，负责库区的水情管理，所以待在库区的时候很多。不能回家时，他都在库区自己做饭吃。那两天，还有四个工人跟他搭伙：其中有他的哥哥罗开清，本家侄儿杨刚，同村的彭荣军，这三个人和罗永都是湾东村的人；另外一个当天才来做工的彝族兄弟叫马正军，他是得妥镇上的。四个人都是临时工，到电站干活，就是想挣点辛苦钱。

罗永做的饭很简单。有时就是洋芋和大米煮在一起，再放一点腊肉；有时是用挂面煮一锅连锅面，每人连汤带面一大碗，吃起来也很香。

地震发生的9月5日中午，我和他们五个人吃的是同一锅饭。之前，我和罗永早就认识，因为工作上的来往，常有交集，但说实话，我们还不是"朋友"交情。不过，我和他倒是处得来，因为我事情一多，就要跟他搭伙，让他把我的饭也煮上。每次给他付钱，他都会生气，说我见外，没把他当哥们儿。

由于大坝一直要人看守，所以地震前的厨房、宿舍和厕所这些生活设施，都是齐全的。地震之后，坍塌得一塌糊涂，有的甚至被石头土块不留半点痕迹地埋掉了。

罗永每天除了盯着水位的高低，还要根据下游电站的指令，认真把握开关闸的时机与频率。因此在我眼里，他就是个以库为家、与水为伴的人。

我如果要从库区回得妥的项目驻地吃午饭，一天要来回跑四趟，工地的事既多又杂，太累人了。如果在罗永那里吃午饭，我就可以在休息室眯一会儿。

我记得，那天中午罗永做的是洋芋干饭，菜是用腊肉条炒的一盆土豆丝。湾东的土豆好吃，腊肉更香。吃完饭，我们六人就到休息室，围着火塘一起烤火。

泸定县地处四川盆地到青藏高原的过渡地带，受东南、西南季风和青藏高原冷空气的双重影响，气候垂直差异明显。湾东水电站海拔一千一百九十二米，昼夜温差大，一到9月份，山上的气温便开始下降，整天都是冷飕飕的，所以，我们干活身上不冷，但休息时就得烤火。9月初就开始烤火，说起来，难免让人觉得不可思议。

吃完饭，大家围着火塘坐下。我坐的位置靠着墙根，斜对门口，与门的距离相对要远一点。我背靠着墙壁，想在暖烘烘的休息室眯一会儿。

火塘里的火烧得很旺，要在以往，我坐火塘边，朝墙上一靠，就能睡着，但那天却像是喝了浓茶，虽然困得不行，眼皮却怎么也合不上。

　　坐我对面的罗永在火堆里给每人烤了一根嫩玉米。坐我右边的马正军由于是新来的，罗永就把最先烤熟的玉米递给他。他客气地推辞了一番，刚把那根烤得焦黄、散发着香味的玉米送到嘴边，还没来得及啃一口，休息室的玻璃突然哗啦的一声碎了，紧接着，房子开始剧烈摇晃起来。

　　我还是头一回听到这种巨大的轰鸣——那是山崩地裂的声音——在屋外猛然响起。

　　不知是谁喊了一声"地震"，罗永和四个民工"嗖"地站起身，转身就往外跑。罗永因为坐我对面，跑在最前头，其他四人动作也快，紧跟着他。我当时因为犯困，有点迷糊。当我意识到的确地震了时，才一下站起来，下意识地跳过火塘，跟着前面的人，飞快地往屋外跑去。

　　我刚跑出来，身后发出轰的一声巨响，我下意识地回头一看，休息室垮了，烟尘飞起，成了废墟。

　　水坝两面的山体不断垮塌，大大小小的石头或滚落，或飞起，像电影里古代的一支军队正在发射滚木礌石。石头不断砸入水库，击起很高的白色水柱。接着，连片的山体和森林被撕扯下来，被泥石流掩埋，平时我看到的长着大树、开着鲜花、结着果实的山谷一下就变成了惨不忍睹的样子。

　　由于大地发抖，打起摆子，我跟跟跄跄的，怎么都站不稳。有几秒钟，我的脑子一片空白。等恢复意识后，我先看了一眼水头高达七百八十米、可抗9级烈度地震的水坝，它像没受多大损害，便放心了一点。但山体和飞石正狂泻而下，往拦起来的湾东河里填塞……这种景象，还是把我吓得倒吸了一口凉气。

这时，我看到罗永和四个民工正顺着休息室和岩壁间的一段简易公路，朝大坝的方向飞跑。

我从休息室出来后，不晓得该往哪个方向逃命，但我愣了一下，还是直接向已垮塌的休息室背后跑去。我选择这个方向，有点急中生智的感觉。我之所以没和罗永他们朝同一个方向跑，主要是考虑到区间公路靠近山边，山上的飞石一落，就会砸到公路上。我往那里跑，非常危险，等于送死。

我的判断是，石头砸落下来，区间公路能缓冲一下，休息室废墟那堵还没倒塌的砖墙，能帮我挡住石头。只要跑过露着砖头和钢筋的废墟，可能就安全了。但结果呢，石头落地之后，从公路上弹起，墙体根本承受不了飞石的撞击，很快就垮掉了。我在距离废墟大概三米远的地方，正跑着，一根被石头砸中后横飞起来的房檩一下击中了我。我被房檩击倒在地，心想这下完了，我肯定会被四处乱飞的石头砸死。等我惊魂未定地爬起来，才发现自己并无大碍，只在倒地时，手上、脸上留下几处划伤，但之前戴在脸上的那副五百度的近视眼镜，已经没了。

我眼前一片模糊。看不清东西，我心里更加慌乱，脚下不稳，一头栽倒，滚到一道边坡下了。这个边坡，也是我从大竹老家赶回湾东，和师傅代红兵带着民工正要加固的地方。我躺在那里，好一阵子动弹不得。而被地震震松的山体还在垮塌，石头与石头的碰撞声,吓得我全身都在打颤颤。我认为,这次我在劫难逃了。

四周是模糊的,也是不确定的。我本能地想把眼镜找到,一边在地上摸索,一边大声喊叫罗永。结果眼镜没有摸到,罗永也没应答。

我觉得世界上似乎只剩下我一个人了。我又爬回坡下,再也不敢动了。脑子没有刚才那么蒙时,我才想起该给公司打个电话,去摸手机,手机还在!但当时已经没有信号。

2008年汶川特大地震时,我十四岁,正读初中。当时,我虽远离震中,但大竹震感强烈,教室剧烈摇晃,我们跑到操场后,也被吓得不行,但那次地震最终没给大竹造成很大损失。不过那种普天同悲、举国同心的情景,给我留下的印象,却令人终生难忘。从没想过许多年之后,我也会身处地震现场,并亲眼看到如此吓人的情景。我暗自庆幸,在谁也无法左右的灾难面前,我还活着,真是太幸运了!

由于过度紧张,我浑身僵硬。我想让自己放轻松一点,就去想一些让我感到轻松的事,想着想着,就想到了两个"地震段子",并在心里给自己讲了起来:"有一个医生,给一个躺在床上的老头打针,地震突然发生了。这个医生没有觉察到地震,还以为是大爷害怕打针在挣扎,就大声说,大爷,您都这么大岁数了,打个针,哪个还像小娃儿一样全身发抖喃?"讲完这个段子,我想笑,没笑出来。于是,我又给自己讲了一个,"有个地震幸存者,被一个外国救援队救出来,听到人家说的是外语,就问,你们是哪个国家的?外国人说不来中国话,让翻译告诉老头,说他们是从俄罗斯来的。幸存者一听，一脸吃惊地说，耶，这个地震硬是凶，一下把老子从四川震到俄罗斯了！"这次，我笑了笑，但笑得很勉强。

这种"地震段子"，自"5·12"汶川特大地震发生以来，伴随川内大小不一余震的接连发生，我们四川人，基本上人人都听说过。外省人听到我们讲"段子"，哈哈一笑后，总是说，四川人真是幽默啊！我们四川人的确天性乐观，喜欢说笑话，也就是外省人说的"幽默"。这主要跟四川一直是个地震多发地有关！在我们赖以生存、难舍难离的巴山蜀水，遇到灾难时，我们拿自己开涮，也是为了鼓舞自己。

当然，"穷开心"其实也是一种自我疗愈。四川人笑对灾难，人人都有乐观精神，这是很难得的，也是很重要的。在我看来，人要碰到天灾人祸，自己能给自己讲讲笑话，逗自己一乐，不但是战胜灾难、愈合内心伤痛的良药，也体现了我们四川人所具有的非常人可比的勇敢和坚韧！

这种坚韧，是发自内心的，比"四川不哭，四川雄起"的吆喝更真实，也更能反映我们的精神气度！

该垮塌的都垮塌了，该滚落的也滚落了，库区安静下来，像个发完疯的人，全身上下力气都用完了。我望了望天空，一些地方烟尘滚滚，一些地方依旧湛蓝，就像什么事也没发生。

我摸索着往大坝上爬。面对这个瞬间变得面目全非的"新天地"，一时难以适应。我看到有人坐在大坝上，身影也在往下掉。我想他可能是罗永，一喊，果然是。他浑身是土，像刚从地里钻出来似的。见到熟人,有了说话的对象,我们都忍不住哭了。哭了一会儿,我心里好受了一些,抹了泪,我问他:"老哥,你……没事吧?"

罗永嘴唇哆嗦着,好半天才说:"他们……他们……"

我扫了一眼周围,没有看见中午一起吃饭的那四个人。

"他们……怎么啦?"我丢失了眼镜,眼睛仍然需要适应周边的环境。我以为他们在其他地方躲着。我感到罗永身上散发着令人不安的气息。他又哇的一声大哭起来。我担心可能有不幸的事情发生了。我朝四周看了看,原先的青山垮塌得红红黄黄的,破碎不堪,惨不忍睹。另外四个人的影子,我都没有看到。

"他们呢?"我急切地问。

听到我问,他悲伤得哭都哭不出了。

我感觉这个罗永一下变得又矮又小,像一棵被霜打过的野草。

"他们……四个……"他还是说不出完整的话,一口气堵在喉咙里,呼不出来,脸憋得像个茄子,我赶忙上去抚拍他的后背。

"四个!四个人啊……我……我一回头,一下都不见了……"他呜咽着,呼天抢地地大哭着,"我的……哥哥啊,侄儿……啊,彭荣军和马正军啊,也是……乡里乡亲的,一下……都不见了!你说我该……怎么办啊!"

我不晓得怎么安慰罗永。我很想说点安慰的话,但我不会说,那时我的嘴真笨啊!那种情况下,什么话才能安慰得了他啊?但我还是要说。我一边继续抚拍他的后背,一边说:"不会的,不会一下四个人都被埋了,他们肯定在哪个地方,你和他们一起跑的,你在，他们也该没事。"

我这么说，的确也是在心里希望罗永只是看花了眼，他们都是平安无恙的。

他用力地摇了摇头："我……我也……希望啊……但是……"

我拍打着他身上的土，把他头上的树枝和草屑拍掉。他的悲伤情绪似乎平复了一点。

"他们……就比我……慢了一两步，然后……就完了！"

我们刚才还在一起吃饭、烤火、说话，怎么这么一小会儿，他们就与我们阴阳两隔了？我不信。我说："现在不滚石头了，走，我们去找他们！"

我开始喊罗开清，喊了几声，没有回应；我接着喊杨刚，也没答应；喊彭荣军、马正军也是。我喊了好几遍，都没人回应我。

我的声音都喊哑了，我也哽咽起来；喊着喊着，我就哭出了声，越来越悲伤，然后忍不住号啕大哭起来。

罗永也跟着我哭，跟我一起悲伤，哭着哭着，又来安慰我。但他也说不出安慰我的话，他的嘴也变笨了。

大灾后的天地是那么安静，像一个昏迷的病人。

原来有很多的鸟儿在电站附近的林子里飞来飞去，现在一只鸟儿也看不到，一声鸟鸣也听不到。能听到的，只有我和罗永的哭声，只有偶尔从高处掠过的一阵风声，还有那石头不时滚落的声音。

我的眼镜肯定埋在我被屋檩击中的地方了，我的眼睛现在已适应了一些,看见的东西也比先前要清晰一点了。

罗永像被刚才的遭遇耗去了所有的力气。他吃力地站起来,走到我面前,用沾了泥土的衣袖抹掉脸上的泪水,然后又伸过手来,帮我抹掉。

"莫哭了!"他说。

"他们……我一个也喊不答应……"

"能喊答应就好了。走,我们……去找他们。"

罗永开始走在我后面,然后紧走几步,赶到了我前面。我有些恐惧地望了一眼那些已经崩塌的、滑坡的山体,望了一眼那些刚刚滚下来堆在那里的石头,紧跟罗永往前走。

他比我先看到倒在地上的罗开清,接着我也看到了。他被一块石头砸中了,衣服上血迹斑斑!

罗永踉跄着快步走到哥哥跟前,喊道:"哥!哥!"

罗开清没有回答。

我把手放在罗开清的鼻子前,感觉到了他的鼻息。他还有呼吸。

"哥!哥啊——"罗永跪在罗开清跟前,继续喊他。

罗开清吃力地半睁开眼睛,开始呻唤,声音很小,他看了一眼罗永,又看了一眼我,低声问:"你……你们没……事……吧?"

罗永点点头:"没事,哥,我们好好的,你也……会没事的。"

罗开清没有回应,好像为了省下那一点睁眼和说话的力气,他又把眼睛闭上了。

我和罗永想把罗开清扶着坐起,但这个在湾东村爬坡上坎、吃苦劳累了半辈子的壮实汉子，却身体瘫软得像突然没了骨头似的。我和罗永费了半天劲，才勉强把他扶起，然后罗永把背朝向自己的哥哥，我又把罗开清往罗永背上扶。罗永艰难地把他背起来，朝相对安全的大坝走去。

从区间路到大坝那一小段距离，那时，却显得特别漫长。

罗永的双腿发抖、打战，一步一步地向前挪动，好像背上的哥哥比山还重。

见地震已停，原本各自躲藏的其他民工陆陆续续出现了，纷纷逃离这个危险之地。

我一见，赶紧喊叫道："路上还有滑坡，还有余震，大家先找个安全的地方躲躲再说。"

但人心惶惶，根本没人理我。他们多是本地人，熟悉每一面山坡。

有人朝我们喊："地震停了，快跟我们走啊！"

"有人遭难了！"我带着哭腔大声说。

"先把自己管好啊！遭难的人政府和解放军肯定会来处理！"

"你们先走吧！"

我朝他们挥了下手，一下觉得非常无助。

这时，我看到了彭荣军，他的半截身子被埋，我赶忙叫住几个正在跑路的钢筋工，让他们过来帮忙。只有一个人怯生生地向我走来。见我在用手搬石头、刨土，他也迟疑着走来，和我一起把彭荣军往外刨。彭荣军浑身是土，血迹斑斑，脸色灰暗，但还在呼吸，我和那个钢筋工把他抬到了一个比较安全的地方。

钢筋工没敢再看彭荣军一眼，见其他几个同伴正向库区上游的方向逃命，低声地说了句："我先走了！"

"注意安全！"

"你们也是。"

他说完，就着急忙慌地追赶同伴去了。

罗永可能想到接下来还有很多事情要做，把眼泪擦干，和我一起把罗开清和彭荣军的伤口做了简单的包扎，就去寻找另外两人。

四个人是和罗永一起跑的，马正军、杨刚又跟在罗开清、彭荣军的后面，四个人相隔也就一两步，他们出事的地方很好判断，但就是找不到这两个人。罗永扯起嘶哑的嗓子，呼喊杨刚，我则喊着马正军的名字，回音从被严重毁坏的山谷之间传来，但我们却没听到他们的应答。

罗永：
向遇难的侄儿和彝族兄弟鞠躬

　　甘宇没有把马正军喊答应，我也没有听到侄儿杨刚的回音。我再次陷入悲痛。我也担心哥哥和彭荣军挺不过去。他们伤得很重，但那里没药，也没有救命的医生，我没有任何办法。我从休息室跑出去，第一时间想的就是给家人打电话。电站这一块都震得这么凶，离这没多远的湾东村的灾情肯定也轻不了。我赶紧拨父亲的老人机，拨老婆的手机，都没有打通，信号显然中断了。

　　甘宇从边坡走向我时，浑身是土，脸上有两道血印子。他走得跌跌撞撞的，脚像是踩不瓷实。没戴眼镜的他眼睛发直，魂像被刚才的地震吓跑了，还没回来。

我们都大哭了一场，哭过之后，心里才好受了一些。

我和他把我哥和彭荣军救出来后，就想有人能来把他们拉下去抢救——如果能派直升机，就再好不过了。我打110、120，也没有打通，这让我感到绝望。

我用双手刨着泥土。根据我的判断，杨刚和马正军都应该在那堆土石下面。我刨开土，搬开石头，但那些泥土和乱石太多了。我意识到，他们不可能活着了。我的手出了血，甘宇的手也是。他是读书人，没有我的力气大，眼睛又近视，做事更吃力。

我有受伤的哥哥要救，有不见踪影的侄儿要找，没法和那些民工一起逃命。甘宇可以，但他没跑，反而过来安慰我，跟我一起哭。这可是只有亲兄弟才能做到的啊！而这之前，我们至多只能算是熟人。他有文化，是施工员，戴副眼镜，文质彬彬的，我是大老粗，跟他说不上话——何况他又不爱说话，见面也就互相点头，就算打过招呼了。最深的交情，是他在我这里吃过饭。他回家休假之前的头一天来问我，休完假后，能不能在我那里搭伙，我心想那有啥问题呢，只是我做的饭太简单了。当时，我正想着，他掏出一百块钱，说先预付一点饭钱。我说，我的饭，猪食一样，怕你吃不下去。我把他递钱的手推回去，又说，你太见外了。他跟我们吃饭，每次都吃得很香，还说我做的饭好吃。

其实，他是个没有什么架子的人。他没立即逃命，好像也没有想过跟那些民工一起逃命，而只一心想着跟我在一起。

我正用手刨着土，甘宇突然惊叫了一声："手！"

的确，那是一个人的一只手。手上全是泥，在泥土里伸着，像从地下长出来的，露着的皮肤已变成灰白色了。

我一见，跪下继续刨，我又看到了半截手臂，而其余的部分，被压在了一大块石头下。

甘宇默默地看着，终于没有忍住，随后和我一边刨泥巴，一边又哭起来。

那只手不是我侄儿杨刚的，侄儿年轻，手没那么粗大。它是得妥那个彝族老哥的手，明显干过很多活路，骨节很粗，曾经很有力量。

我扯了扯那只手，感到它比我刚才刨的泥土、搬的石头还要冰冷。我晓得，我们已经阴阳相隔了！

那时，看着年轻的、哭兮兮的甘宇，我反而变得冷静起来。我对甘宇说："兄弟，不要刨了，他是马正军，已经死了。"

"他昨天……才上来啊……"甘宇接受不了这种生离死别。他想把马正军从泥石的重压下刨出，说："你烤熟的玉米，他都还没吃到嘴里，我们不能让这个死前连根烤玉米都没有吃到的人，死后就那样被惨烈地压在石头下面。"

我和甘宇的想法一样。我们都想把两个被泥石掩盖的人刨出来，但缺少工具，就凭我们两个，不可能做到，我只能被迫放弃。

因为那些石头和滑下的泥土堆在那里，还不稳定，表面不时有石头往下滚动，还有泥土往下流泻。芦山地震时，泸定离得不远，震得也凶。我对地震有亲身体验，并不陌生。我知道大震之后还有余震，这个地方不宜久留，将会越来越危险。

我也晓得，人之为人，无论你是做哪行的，在我的处世方式里，都应该得到起码的尊重。可在这种残酷的场面面前，我又必须保持清醒的头脑。把那些平时在乎的枝枝丫丫，能收缩回来，就尽快收缩回来。何况我的身边还有甘宇呢！他那么年轻！是个幸存者，必须好好活着，尽早离开这个危险之地；已遭遇不幸的，我也没有办法，没有回天之力。

我把甘宇拉起来，用泥巴把马正军那只露出来的手重新埋好。

"走吧。"我说。

"还有……你侄儿呢？"甘宇带着哭腔问我。

听到他问杨刚，我的喉咙里发出好一阵"咕噜咕噜"的响声，但我除了悲痛，什么也无法咽下。我嘴巴干渴，像被火苗燎烤着。我回答道："不找了，他也……被埋在地下了。"我努力想忍住眼泪，但当我说出这句话，悲痛再次让我四肢无力，快要站不稳了。想到压着两个不幸之人的是跟山一样沉重的泥巴、石头，我的泪水再次涌了出来。

我望了一眼崩塌的山体，对着那小山一样隆起的土石堆说："马正军啊，侄儿啊！我们没法……挖你们了，你们先在……这里躺着吧……"我说不下去了，鞠了一躬，转身就对甘宇说："一有余震，这里还要垮塌，我们该离开这里了。"

甘宇也跟着鞠了一躬，吃力地迈动双腿，跟上了我。

就这样，中午还嘻嘻哈哈一起吃饭、围着火塘烤火的工友，有两个已被泥石埋在那里了。哥哥罗开清和彭荣军躺在大坝上，不知道是不是还活着。这样一想，我不由得加快了脚步。

离他们很近时,我也没有听见他们呻吟的声音。我一下紧张起来,一种疼痛遍及全身,像一把生锈的镰刀在我身上割肉。

甘宇走到彭荣军面前,蹲下,轻声喊叫他的名字,然后声音越来越大,喊着喊着,他又哭了。他回过头来,对我说:"他……走了……"

我把头埋在彭荣军的胸口,的确没有听见心跳的声音;我又用手试了试他的鼻息,也没有气息呼出来。我说:"老哥啊,一路走好,投生的时候,去找个永远没地震的地方吧!"

回过头来,我发现我哥罗开清的脸色发灰、发白,生气已消失得差不多了。

我坐在地上,把哥哥像个孩子一样抱在怀里。眼泪似乎已经流完了,但还是涌了出来。我带着无法忍住的哭腔,不停地和他说话。但我哥,没有任何回应。可我还是要对他说,我希望他能挺住。我知道,政府马上就会组织救援。我伏下身体,把嘴放在哥哥耳边,呼唤了好一阵;哥哥睁开了眼睛,看了我一眼,一下变得清醒起来。他艰难地张开嘴巴,想和我说话,我赶忙把耳朵贴到他的嘴边。

他用微弱的声音说:"杨……刚娃呢?"

"杨刚……?哦,他没事。"

"那就……好,带着……他,走……出去。"

"哥,我也会……带着你。"

"家里……父母……就靠……你了!对不起……你嫂子和娃儿们了……"

我大声说:"哥啊,你放心,我们都会没事的!"

我再也不能听见他的声音了。

我晓得,我哥已经走了。一个人在这么短的时间里,接连经历这样的不幸,我哪能承受得了?呜咽两声,眼前一黑,什么知觉都没有了。

我醒来时,头枕在甘宇腿上。一看我睁开眼睛,他有些害怕地说:"永哥,你醒了,吓死我了!"

我刚才和我哥做最后告别时,甘宇坐在彭荣军的身边,守着他,不时地打望我们。他自然希望在我哥身上能发生奇迹,没想到我也晕了过去,他一定被吓惨了。

被飞石击倒后躺在区间公路上的我哥和同村的彭荣军,被我们抬出来时,还能一边呻吟,一边向我们表示感谢,现在脸色已变成一张白纸,没有任何声息了。

往日机械轰鸣、人声鼎沸的大坝上,就只剩我和甘宇了。

甘宇：
错过了最佳逃生时机

　　罗永的哥哥罗开清说的那些断断续续、零零碎碎的遗言，有几句我听见了。听得我受伤的心又像被撒了几把盐。因为他说那些话时，就表明他要走了。罗永向哥哥隐瞒了杨刚已经遇难的事。罗开清的遗言，我归纳了一下，大致意思是，他希望罗永、杨刚和我替他和遇难的彭荣军、马正军好好活着，不管遇到什么困难，经受啥子磨难，都要想法走出去；还有，他让罗永告诉他的老婆孩子，他要走了，不能照顾家了，感到很难过；另外，他希望罗永出去后，把家撑起来，替他为父母尽点孝道，安慰一下两个不幸的白发人。

　　罗开清和彭荣军去世后，按理说我和罗永应该尽快逃生，但我们发现，我们还有一些事情没有做完，所以明知危险又不能快点离开。

我和罗永找来两件相对干净一点的衣服，按"死者为大"的说法，给他们穿好；然后，又找来两床被褥，将两具遗体小心裹好；罗永接着跪拜了死者。我没他的礼数那么周全，不好意思给人下跪，但我对他们鞠躬致哀了。

为罗开清和彭荣军办完简单的"后事"，我们就向大坝上更安全的地方转移。

来到大坝上，看到湾东河因被滑下的山体填充，水位上涨很快。如果泄洪闸没有打开，水坝随时会有溃坝的风险。考虑到余震不断，伴随山体垮塌，可能形成堰塞湖，危及下游电站和村庄的安全，罗永便要去开闸放水。我也要去，但他知道我的眼镜丢掉后，行动不方便，就让我在原地等他。

我知道，他是不想让我冒险。因为在当时的情况下去排除事故隐患，随时都有生命危险的。

远处不断有飞下来的落石。罗永去机房，启动了柴油发电机，打开了1号闸门，成功拉闸泄洪。

我作为施工员，自然晓得湾东河属于大渡河右岸一级支流，建有多个电站，位置分布在板棚沟、银沟和湾东河的交汇处。距离大渡河最近的是湾东河三级水电站，坝址下行1000多米，就是大渡河。水电站所在位置海拔近1192米，最大坝体高25米，有10层楼高，电站最大库容8.6万立方米。而湾东村在水电站东北方向，海拔1180米左右。所以，一旦溃坝，那就是30米高、几万立方米的水头直接冲向下游水道，会让两岸的居民、田地遭受灭顶之灾。

修建湾东水电站时，《四川日报》曾在2009年3月做过报道：《134户村民缴纳一定的入股资金，参与当地水利开发——湾东河边村民成水电站股东》，也就是说，湾东村134户村民以村委会名义，一户投资3万元，然后村民每年能够享受到10%也就是大概3000元的投资回报。所以，湾东水电站，既是国家财产，也是湾东人的"私人财产"。

罗永是土生土长的湾东人，跟这里很多人都沾亲带故。因此，湾东村是他和一百三十四户村民的家园，是值得用生命去保护的。

真的准备离开这里去逃生了，我脑子里竟然还想把被埋的马正军和杨刚刨出来，和罗开清、彭荣军带着一起走。要在其他场合，这也是应该的。但在大震之后，山崩地裂，在不知道我和罗永能不能成功逃生的境况下，再有这样的想法，就是"胡思乱想"了。

但我还是忍不住要去看看那个曾露出一只手的彝族兄弟马正军。刚才罗永把那只手掩埋了，现在，可能是余震或泥石移位的原因，好像又露了出来。

"甘宇，还在磨蹭什么？"罗永冲着我问话的时候，我能听出，他有点着急。

我说："哥，得妥镇彝族老兄的手又露出来了！"

"你眼睛看不清，那里的土石都是松动的，你可不要乱动。"

我站在马正军的手面前，悲伤从心中涌起。

是的，在天灾面前，人真的太渺小、太脆弱了。想起几十分钟前还活着的四个人，一时我有点进退两难。直到罗永开完第一道闸门，见我没在坝上，又回来找我，我才从我那看起来充满悲悯，其实并不管用的"人生哲学"中醒来。

罗永过来后，把仍在愣神的我，向后猛地拉了一把，有些冲动地指着那堆泥石说："不能待在这里！"他说完，用手捧起泥土，把那只手再次掩埋好。

"杨刚还在下边躺着呢……"

"我晓得啊！"罗永接着想说什么，一时又没想好，叹了一口气，将语气明显放缓下来，指了指坝下湾东村，又望了一眼库区上游猛虎岗的方向，说："兄弟醒醒吧，这次地震是很凶的，虽然没有汶川地震那么惨，但也不比芦山地震弱。河这边，肯定有很多泸定人遇难了；河那边，一定也有不少石棉人遭灾了！"

"可是，这个彝族老哥，根据他们的风俗习惯，人死以后，要在祖坟山上火化、掩埋，你晓得不，他们对死亡非常重视，有条件的人家，办丧事的时候，都要办得风风光光、体体面面的……"

"你是不是觉得我们该给他宰杀一百头牛，然后再宰杀一百只羊呢？这种时候，我们有尊重那些风俗的条件吗？"

"我不是那个意思……"

"走吧，兄弟！"罗永拉着我，再次对那个不幸遇难的马正军的手臂和埋在那里的侄儿杨刚鞠了三个躬，接着对我说，"不要想得太多，我们现在要想的，是接下来怎么办。"

罗永当时四十一岁，在大灾大难面前，他总比我冷静、坚强。

因为我的眼镜丢失，看不清路，他就找来一根绳子，绑在我的腰上，拉着我，又冒着危险冲进厂房，断开电闸；把这些救人于水火的事都做完了，我们才开始考虑逃离这个地方。

罗永文化程度不高，待人接物，喜欢直来直去，但遇事沉着、冷静。他吃的苦、经历的事肯定比我多，所以，一到关键时刻，他考虑问题比我周全。

他是电站聘用的水情观测员，通常叫他"水工"，主要工作是控制库区的水情急缓。但这项工作，决不允许擅自行动，遇到危险的水情时，也得汇报给上级，在接到上级指令以后，才能作业。

但地震发生后，通信就中断了，他在无法请示上级的情况下，决定开闸放水。这种敢作敢为、敢于担当的勇气，不少人都是缺乏的。稍有患得患失的顾虑，都会错过时机，给国家财产和群众生命安全造成无法想象的损失。

地震之后，岩石、泥土和树木本就涌进库区，抬高了水位，即将形成堰塞湖；加之还不断有余震，山体还将垮塌，还有更多的岩石、泥土和树木进入库区，如果蓄水无法得到顺畅、合理的排泄，大坝在开了一道闸门后，仍有可能垮塌，这座电站就会报废。当时，我把这些不一定正确的想法和担心的问题提出来后，就与他商量，逃生前，是不是要把潜在的危险再排除一次。

"永哥，这些问题，你看咋办？"我是施工方的员工，所以，我要先征求罗永代表的业主方的意见。

罗永对我提出的问题，显然一时还没想好，因此他说："让我想想……"

"你是担心事后问责吗？……比如我们预想的问题，如果并没发生，而我们却把水放了……"

"不是……或者说，不完全是！我在想，放过一次水了，能不能解决问题；还有，我也担心，一旦误判，承担后果的时候，会不会连累你。"

"永哥，你说得也是。但是，如果我们担心的问题发生了呢？"

"所以，我们不能回避库区将会出现的更大危险，这个水，我们还要继续放。"

"永哥，这样吧，如果将来真要追责，我就说是我非要坚持干的！"

"你在说啥子哦！"罗永站在坝上，转过身来，一脸惊愕地望着我。

怕他误解，我接着表态："你别误会！我说的每句话、每个字都是真心的！"

"我肯定知道你是真心的。"

罗永最后也认为，仅打开1号闸门泄洪，很难避免湾东河下游群众生命财产的安全受影响。一旦出现问题，湾东村将首当其冲。村里的父老乡亲、飘着国旗的村委会、墙上画着各种动物图案的幼儿园等的安全就无法保障。想到这里，他最终默认了"继续放水"的建议。

虽然公司人力资源部门出台了规定，为强调属地管理，禁止员工作业时越级做事，但在通信中断、余震频发、两边的山体仍在不断垮塌的险境中，我们的确面临继续"放水还是不再放水"的两难选择。后来转念一想，充足的水源，对满足发电生产固然重要，可库区一旦形成堰塞湖，就会给湾东至得妥之间的群众造成生命财产损失。权衡利弊后，放不放水这种选项的对错之分，一下就一目了然了！

我们决定放水。

我在油机房里，守着机器发电；罗永去打开了2号闸门。

等大水再次通过闸门，奔泻而下，咆哮而去时，我们悬着的心，才重新落到了肚子里。

我们把危及下游安全的"风险水量"排泄掉，并将闸门做了固定控制后，是下午四五点钟的样子。

我们已错过了最佳逃生时机。

天空阴沉，像要垮下来一样，过不了多久，可能就会下雨。我们找了一些彩条布，盖在罗开清和彭荣军的遗体上。他们虽是打工挣钱、靠出卖力气养家糊口的人，但都是家里的顶梁柱。活着的时候，他们都没享过什么福，死后，在当时的境况下，我和罗永也只能为他们做这些了。

天空与地面之间，到处都是灰蒙蒙的雾气，天色暗了下来。我们身边，夜雾夹杂着零星的雨水正在四下飞落，寒意随之袭来。

夜幕下，我和罗永已经无法能逃生了，只能滞留库区，钻进油机房里过夜。

到处一片死寂。但不时又有一阵石头滚落的声音响起，惊得落在树上的野鸟又重新飞起。

为驱散无边的黑暗和近在咫尺的死亡气息,还有我们内心的恐惧,也为了引起救援人员的注意,我和罗永用油机发电,让油机房里的电灯亮起来。随后,我们在油机的轰鸣声中,找了一个干爽的地方坐着,等待天亮。

代红兵：
有时，可能是所谓"命运的安排"

地震发生后，总有人说，如果我让甘宇把假休完，他就能远离震区，将自己置身灾难之外。泸定湾东电站至石棉猛虎岗之间，天崩地裂、树木折断、滚石纷飞、泥水横流的景象；工友瞬间被埋，很快就停止晃动、求救的双手；同事倒在血泊中，气若游丝，却仍在呼救，他和罗永遭受的无能为力的绝望；一个牧羊人，赶着一群山羊，在山坡上放牧，没想到山坡瞬间垮塌，连人带羊被乱石掩埋……这些只有灾难大片中才能看到的画面，都将与他无关。更不用说，他还要独自深陷"人间孤岛"，挺过晨昏颠倒的十七个昼夜，去经历那与死神的较量！

然而，任何假设都是无用的。

但我的确又是很愧疚的。特别是在找不到他的那十七天里，我每天都揪心不已。记得"黄金救援期"72小时过后，还是没有他的消息，我心如刀割，忍不住地悄悄流泪；我当时想：9月5日中午，为什么没有劝他跟我一起回得妥的项目驻地吃饭？如果当时我把他拽上车，和我一起下山该多好啊？此后，每时每刻我都希望奇迹出现，但是……时间一天天过去，我也越来越绝望了。

甘宇做事认真，为人踏实。跟他共事的人，都喜欢他。我当然也是。我给他交代的工作，都很放心。

湾东电站2019年12月已经竣工投产。我们主要是做一些后期维护工作，人很少，这也是一场秋洪之后，我不得不让甘宇提前结束休假，回到湾东的原因。

他休假是我批的，那是他参加工作后的第一次休假，按我们的说法，第一次休假就跟第一次谈恋爱一样美好。我就说，那你把平时加班攒的那点假也索性休了。他一听，高兴极了。他也向我说了他要回去为婆婆庆生的事。我就说，代我祝老人家福寿永享吧。可我并不知道，他要给他婆婆过的是比一般生日重要许多的"逢一"之寿。

根据国家的休假规定，甘宇可以休假十一天，加上他平时加班攒的，我就给他批了二十天。但他实际没休几天，叫他提前回来，我也是犹豫了好半天的。

泸定地处青藏高原东南缘的横断山脉，属于典型的高山峡谷区。山体呈南北走向，县境之内高山林立、谷深壁陡、沟壑交错，许多山峰海拔都在四千米以上。听坐飞机经过泸定上空的人说，贡嘎山不仅是高耸入云，而且是高出了云层。泸定县境的地理位置，在海拔三千四百多米的二郎山以西，介于邛崃山脉与大雪山脉之间，岭谷相间，相对高差三千米以上，形成了高差大、坡面短、山高坡陡、岩石裸露的地貌特征。大渡河由北向南纵贯泸定全境，另外还有磨西、湾东、磨河、木角四条支流……这样的地质地貌，造就了泸定县举世闻名的历史遗迹与风景名胜。一是1935年，中央红军长征途经泸定，受敌阻击，"二十二勇士"飞夺泸定桥，因而名扬中外；二是1950年，解放军修筑川藏公路，唱了一首《歌唱二郎山》，因而家喻户晓，世人皆知；三是贡嘎山海拔7556米，为四川最高峰，被誉为"蜀山之王"；四是泸定以大型低海拔现代冰川著称，融原始森林、珍稀动植物、温泉、瀑布为一体的海螺沟，构成了壮丽奇特的风景，是世界上距大城市最近也最好进入的现代冰川，令人向往；五是泸定是进藏出川的咽喉要道，素有甘孜州东大门之称，自古闻名。

但对我们水电建设者来说，虽然它的地形有利，但气候却容易引发地质灾害。一到8月下旬，川西就暴雨不断，一遇大雨，山谷里的河水飞流直下，湾东电站的防洪、泄洪任务就变得异常繁重。8月底的一场洪水，已造成了东岸挡墙的破损。这种时候，甘宇作为项目部唯一的施工员，我就不得不叫他提前结束休假，回来上班了。

他当时可能是有一点意见的，但他是个十分明理，且知道轻重缓急的人。我头天晚上打的电话，他第二天晚上十二点左右，就赶回了得妥镇。从家里坐车到大竹县，从县城到达州，从达州到成都，从成都到泸定，最后从泸定再到得妥，虽然现在的交通比较方便，但路途还是周折；加之当时又是新冠疫情防控期间，各地防控严格，要报备、做核酸，等等，也需要时间。我以为他再怎么着，也得晚两天回来，见他这么快就回到驻地，我很感动。但我也没让他休息一下，第二天一早，我们就直接上湾东，进库区了。

9月5日上午，甘宇组织民工修复库区靠近东岸的挡墙。我没想到，让他提前结束休假，把他从大竹老家喊回来，刚上手的活路还没咋干，地震就发生了，像是我要让他专门回来体验、经历这场灾难似的。

从得妥驻地出发到湾东库区，只有一小段稍好一点的水泥路，再上行不久，就是一段常年积水、不断打滑的机耕路，然后就是挂在山坡上的羊肠小道，所以，那条路实在太难走了。但它的直线距离实际不远。说它远，是因那是一条曲里拐弯的盘山路，汽车只能像蜗牛一样爬行，所以，才有了"距离很远"的感觉。

我们没法在业主方那里开伙，一天三顿要回得妥解决。比如一大早吃了饭，我就拉着他，从得妥镇开车一个多小时到电站施工现场，中午开车回来吃完午饭后再开车上工地，下午下班后又开车回镇上吃饭休息，这样，我们每天都要在那条又险又难走的路上，来回颠簸五六个小时。

因为川西八九月暴雨多，所以甘宇把工作抓得很紧，早出晚归，经常把自己搞得疲惫不堪的。

5日上午下班后，考虑到路上要走一个来小时，本该十一点半就往回走，赶十二点半的午饭，待吃完饭上来，差不多就是下午上班的时间。但到了十二点，甘宇还在忙。我把一辆皮卡开到大坝和员工休息室之间的区间路上，停下来等他，当时，他在拉篷布盖钢筋。接完驻地第三次催促我们回去吃饭的电话后，我就对他说："甘宇，搞快点，下面又催我们回去吃饭了。"

"钢筋堆在露天坝里，如果下雨，淋了要生锈。赶上打雷，工人拿钢筋时，还容易发生危险。"站在坝上推得很高的钢筋堆上，甘宇像个剪影一样，望了几眼云层很低的天空，答非所问。

作为项目经理，我在这里干得久，很多方面是我带他，算他师傅，所以，我是他亦师亦友的直接上级。

甘宇和我每天围着工程转，主要管质量、追进度，对工人进行一些安全方面的提醒，也就是说，他还要抓安全。三者都很重要，出不得任何差池。

当时，挡墙加固工程包给石棉县王岗坪乡的包工头孙建洪做，他雇了十六个工人，吃住临时安排在工地上。由于业主对工期要求紧，用工缺口一时无法满足，老孙的施工队就需要一边上班，一边再找一些当地的民工过来干活。那天中午遇难的罗开清、杨刚、彭荣军、马正军就是孙建洪临时招来的。考虑到民工大多是附近的村民，上下班方便，也就没在库区搭建临时工棚，垒建灶台。他们都是早上来上班，午饭自己带，晚上回到家里住。罗永作为水情观测员，是个湾东电站的"坐地户"，他在库区可以做饭，这也是遇难的四个人当时在他那里搭伙的原因。

甘宇回来上班，工作头绪多，但他又是个做事认真、非常细心的人，所以为避免浪费时间，耽误工作，他就想在罗永那里凑合一顿。那天都快过了中午的饭口，我想，他估计不和我一起下山了。

那个时节，天气阴晴不定，山雨说来就来，那些堆在露天坝里的钢筋，的确也要及时处理。所以，见我不停催他，让他快点，他就说："师傅，跑来跑去的，太费时间了，我就不跟你回去了。"

"你要到罗永那里凑合吗？"

"吃饱就行。"

"那我走了。"

"师傅，路上慢点。"

他跟我挥了下手，又埋头干活了。

我刚把车开到那段水泥路上，穿过路口村庄，就要看到得妥大桥时，突然发现两边的青山猛地腾起一股股烟雾，接着就有石头滚落重重砸在公路上了。近处的房屋和树开始摇晃，鸡飞起来，狗奔跑着吠叫，路面开始起伏、裂开、垮塌，有的地方开始剧烈蠕动，像有什么怪物在地下直往前拱……看到这一切，我愣住了，放慢车速，便意识到地震来了。人们从房屋里飞跑出来，因为正是午饭时间，有人手里还端着饭碗。我把车停稳，听到人们果然在喊：地震了！又地震了！

当时我第一个想到的是水电站，是甘宇、罗永以及孙建洪和他的民工……

我马上把电话打给甘宇，电话通了，没人接；打给罗永，也只有电话铃声。我对着电话着急地喊叫道："兄弟，接电话呀！不接，搞什么鬼啊？"

我心猛地一沉："完蛋了！"我自己的声音已经带着哭腔。

回望湾东方向，我看见山体在不断崩塌，轰隆隆的巨响不时在耳边回响。

我再次拨打电话，已经不通，信号明显中断了。

我不知眼泪是在眼眶里包了多久才流下来的。

我知道他们遇到麻烦了，但我就是不想承认。一路上，我躲避着逃出房屋到公路上避难的、人心惶惶的男男女女，把车开到公司驻地，就在手机上收到了地震消息：

据中国地震台网测定，2022年9月5日12时52分（北京时间），四川甘孜州泸定县（北纬29.59度、东经102.08度）发生6.8级地震，震源深度16.0千米。

甘立权：
甘宇原本是个"留守儿童"

突然爆发的泸定6.8级地震，对当时二十七岁的甘宇来说，是一个铭心刻骨的经历。十七个日夜绝地求生，不但让他吃尽苦头，还险些把命也丢在贡嘎山下的地震废墟中了。所以，只要想到这段经历，他还难免心有余悸。

对他来说，逐渐愈合的伤疤，能不触碰，就尽量不去触碰。

但是，走出命悬一线，如遭炼狱般锻打的十七个日夜之后，再次重返人间的他，想到国家、政府、社会各方对他的关心和付出，尤其各种救援力量对他展开的持续搜救，把他从死神手中抢夺回来，他的内心又一直充满感激和感恩之情。作为他的堂兄,我也多少尽了一点应尽之力。

  我对他说,既然已经重生,那你就坦然面对吧!但说来轻巧,其实这又很难。他曾告诉我,在他开始还比较清醒的日日夜夜里,他把能想的事,翻来覆去地想了无数次。甚至,他还想过鲁迅说的"敢于直面惨淡的人生"的至理名言。在他的成长经历中,他对这种"勇士精神",应该也是很向往的。在十七天的求生过程中,这种精神起了很大作用。这也是我们年轻人战胜艰难困苦时,不可缺少的精神动力。很多人,虽然大都不是什么"真正的勇士",但甘宇应该是深有体会的。

  因此,我跟他说,希望他不要回避,不要恐惧,夜深人静的时候,只有对那种绝地求生的经历不时回味、咀嚼,才算真正地战胜了自己。

  甘宇是我堂弟,身高一米八〇,也算相貌堂堂,只是眼睛近视得厉害,离不开那副五百度的近视眼镜。与人交流,无论是四川话,还是普通话,他都会说。只是有的时候,他不爱说话,显得比较安静,所以在不少人眼里,他就成了"斯文人",或"闷葫芦"了。他在总部设在成都的一家国有水电公司当施工员,因工作原因,东奔西走,生活一直处于不稳定的状态。他经常出入川内各大水电工程的建设工地。凡是能拦河筑坝之地,都在高峡深谷里。这种工作,有些颠沛流离,但成了家常便饭后,他也就习惯了。

  说到泸定地震,照说,他是完全能躲开的。如果那样,他就不会遭遇那十七个一言难尽的日日夜夜了;也不会让那么多人担心、牵挂、揪心，持续"浪费"那么多的公共资源了。

甘宇，1994年生于四川省大竹县农村，他和我是同祖祖的堂兄弟。他有时也跟我说，人家觉得90后很年轻，其实他早已不小了。因此我感觉，经历了这场生死考验，他成熟了不少。

20世纪90年代出生的农村娃儿，很多人和我一样，都是留守儿童。甘宇小的时候，妈老汉儿都在广东打工，把他和弟弟交给爷爷婆婆抚养、看管。他从小跟着爷爷婆婆一起过日子。大爹大妈的两个孩子，都是爷爷婆婆一把屎一把尿带大的。我和他也差不多，在我的记忆里，爸爸妈妈的印象，一直都是模糊的。我们都晓得自己有爸爸妈妈，但他们却在很远的地方挣钱，一两年、两三年才回一次老家，一般很难见面。到了学校后，我发现，校园里几乎都是我们这样的孩子。

在甘宇的记忆里，他爸爸妈妈如果哪年挣钱了，就有可能回家团年。那是爷爷婆婆日夜盼望的，也是他和弟弟天天都在盼望的。再怎么着，哪家哪户大过年的，还不团个圆啊？不团圆，一年的辛劳就白费了，日子就白过了，来年就没指望了；不团年，家就是残缺的，一家人就是不圆满的。其实那时，在外打工的父母如能回来，也是腊月二十八九才会动身——只有临近年关，老板才会给工钱的。我们川东北一带的习俗，是大年三十团年，所以无论如何，他们都会千方百计在那天赶回家。"叫花子也有三十夜"，老家人都很注重这个。所以这也是很多人，即使路上再遭罪，也要天南海北赶回家来的原因。其实，他们挤火车或坐长途班车，颠簸好几天，回来后，一般也就能待十来天。但只要能见到爹妈，那个年的味道就是浓浓的，我们就过得就很快乐。为了多挣点钱，父母很少休息，春节是他们耍得最久的时候。但有时，地上放鞭炮的红色碎纸都还没扫干净，也就是说，连正月十五的元宵节都没过完，他们又要背上包包，离家远行，像候鸟那样去找钱了。

身边没有父母的日子过起来开始很难，后来我们也就慢慢习惯了。有人说，我们这代人，基本是"缺爱的一代"。甘宇和他弟弟——也包括我，感受倒是没有那么强烈。因为父慈母爱，不是我们能奢望的，我们不会那么想，那么"不懂事"。但我们觉得，父母还是疼爱我们的，他们的爱体现在给我们打的电话上，体现在回家时带回的好吃好喝上，或过年从外省专门买回的新衣服上。他们爱我们，只因生计所迫没得办法。

甘宇家有六七个人的包产地，从我记事开始，就全靠他的爷爷婆婆耕种。两个老人，面朝黄土背朝天，一年四季，既要耕田种地、侍候庄稼，又要喂猪喂牛、养鸡养鸭，还要花很多精力经营甘宇兄弟俩、担心在外打工的儿子儿媳，其中的艰辛和不易，可想而知。

我父母和甘宇的父母，经常结伴去广州打工。小时候，父母就跟我说，广州是个很大、很繁华的城市。但他们只能在广州城乡接合部的边边角角打工，繁华的地方，都没去过。我父亲和甘宇的老汉儿一起，在一家很有名气的家电公司当搬运工，每天都靠卖力气挣钱，像原材料进场、成型产品出厂，都有他们弓身负重、一身汗水的身影。我妈和甘宇的妈，与很多来自全国各地的农村妇女一起，在一家不太有名的服装厂上班，每天踩缝纫机，起早摸黑，像钉子一样"钉"在流水线上。

  我父母和甘宇的父母小时候,家里的日子都过得很紧,每个学期一两块钱的书本费,也拿不出来。所以,他们勉强上完小学,就辍学了。在我老家大竹县,川东北山区丘陵地区的大部分农家子弟,那时的读书经历,基本上都是如此这般。像我父亲这代人,有些是没条件让他们上学,还有一个可怕的原因就是,很多的老一辈认为,读书根本没用处。有人甚至想,读书既然不能跳出"农门",改变自己和家庭的命运,那么只要在学校里学个加减法,能认不同面值的钱,认得男厕所、女厕所门口的"男、女"两个字就可以了。

  父辈上学的年代,改革开放刚开始不久,但一些不小的变化,已在城乡之间悄悄地露出苗头。土地包产到户的政策调动了农民的积极性,大家通过自己的辛勤劳动,已经家有余粮,人人都能吃饱肚皮了。那时,在大竹农村,日子稍微好过的,纷纷修房造屋。家里盖房,现在看起来很花钱,过去其实也一样。20世纪90年代末,盖个房子,少说也要一两万元。甘宇家现在还住的一楼一底的楼房,就是那时修的。房子修起来后,当时,在那一片还是既显眼又洋盘的。

  在这以前,甘宇一家住在一间摇摇欲坠的老屋里。由于两个老人兄弟姊妹很多,家里就缺钱修房子,所以,到分家自立门户时,他的爷爷婆婆只能分到面积很小、仅能容身的一间偏屋。后来,他们慢慢有了儿女,也都挤在那间偏屋里,它比普通酒店里——我们常见的标准间，大不了多少。爷爷婆婆跟着甘宇的父母过，他和弟弟出生后，一家六口还是只能挤在偏屋里。那么小的房子，也不知道当时他们是如何熬过来的！不过，开始亮着一盏煤油灯——后来挂着白炽灯的那间房子，很多时候尽管充满苦涩的味道，但也留下了很多温暖的记忆。每到晚上，一家人挤在一起吃饭、歇息的情境，还是很温馨的。

那时，甘家称得上人丁兴旺。老老少少、陆陆续续地开枝散叶，几十年间，一下就冒出了四五辈人。

住在小屋里的甘家老小，像一幅画儿，也像20世纪90年代至21世纪初，我国一个农村大家庭的"一张老照片"。

从很长时间的一成不变，到日新月异的瞬息万变，我们国家发生了天翻地覆的变化。爷爷婆婆一边照顾甘宇和他弟弟，一边响应县政府号召，每年种一些苎麻、香椿一类的经济作物卖钱；他妈老汉儿加入进城务工的大潮，不时从广州寄些钱来，于是就修了一座新房。

他家新房背后，有座不高不矮的土山。和我们大竹农村建筑古已有之的传统格局一样，建房造屋，人人都喜欢选择"找个靠山"，好像这样一来，以后的日子真的就有了依靠，再苦再累的日子，慢慢地也就有了盼头。

房子修了两层，是砖房，在当时，看上去也很气派、宽敞。虽然室内的摆设至今并没有多大改变，但全家人毕竟从最初低矮、破败的一间"老破小"，搬进了小楼里。原本愁眉不展，日出而作，日落而息，不时唉声叹气的甘宇的爷爷婆婆的脸上也露出了久违的笑容。当然，修房造屋也是要欠账的，甘宇的父母只有继续出去打工，候鸟般在老家和打工地之间"飞来飞去"了。

房子修好后，父母的想法是等挣到钱，再装修得像城里人住的房子一样，没想一拖就是好多年，从甘宇小时候，一直拖到了现在。一是他父母在外面，钱越来越难挣了；二是随着甘宇和弟弟上学，需要花钱的地方越来越多。现在，家家户户都建起了新式的更漂亮的房屋，他们家的房子就显得很落后了。

以前，甘宇的爷爷婆婆养过一头耕牛，农忙时自用，自己用完，还能租给有此需求的乡亲耕田耙地，挣点钱来补贴家用。我们家也养了一头牛。我和甘宇星期天总是一起去放牛。我们最喜欢把牛赶到甘宇家屋后的山上，那里有牛爱吃的花花草草，也是我们兄弟俩的乐园。在山上放牛，我们可以爬树、躲猫猫、捅鸟窝，还可以扒开草丛、树梢，捡蘑菇。那些蘑菇，可以自家炒着吃，也可以拿到街上，卖一点钱。但这要保证我们捡到的蘑菇没有毒，一旦有毒，那就糟了。有一次，爷爷婆婆，还有他和弟弟，吃了有毒的蘑菇，在床上躺了两天，差点命都没了。

在后山放牛，除了捡蘑菇，有时我们喜欢坐在山顶，看山下的田地、庄稼、树木、房子，最吸引我们的是，在山下砖瓦厂里忙忙碌碌的人。砖瓦厂的院子里，天天都有些我们无法看清面容的男男女女，今天拉着一车车黄土砖坯，从外边飞跑到砖窑前，装窑烧制，明天又拉着一车车已烧好的、出窑的红砖，飞跑着拉到汽车、拖拉机前，装车运走。在我们眼中，他们总是一刻不停地飞跑着。那些人在山下忙碌的样子，实际就像一窝蚂蚁。但甘宇有次却一脸羡慕跟我说，他很爱看那些一刻不停歇的男人、女人，因为他们下班后，能与家人坐在一张桌子上吃饭，而他爸妈却无法做到这一点。

他还说，看到他们，他就不由得想：既然砖厂也能挣钱，为什么爸妈要舍近求远，不在砖厂打工，就近挣钱呢？要是爸妈不去广东，也在山下的砖厂做工，该多好啊！农忙时，他们不但能干些时间不等人的农活，还能省下一笔车费，最主要的是，他和弟弟每天都能看到他们。事后当然他晓得了，他们之所以去广州做活路，就是想多挣一点钱，广州的钱比砖厂的钱要好挣些，也多出不少。

甘宇的爸爸妈妈不在身边，除了他放养的那头一直没啥脾气的水牛能帮爷爷婆婆做点活路，减轻负担，他和弟弟是一点也帮不上忙。看到爷爷婆婆越来越老，还弓腰驼背地整天在田间地头劳作，他真希望自己快点长大。

他说，他长大了，就能帮爷爷婆婆做活路了。

但爷爷婆婆只希望他好好读书，最好能上大学，不再过他们那样的生活。

但甘宇从小学到初中的成绩却一直不够好，勉强升到高中，才终于甩掉"差生"的帽子。之前成绩不好时，他差点就像他老汉儿那样，连初中也不准备读了。他原以为，自己成绩不好，和爷爷婆婆成天在田间地头忙活，没时间管他有关。那时他比较调皮，喜欢和村里的孩子去野，滚铁环、打弹珠、捉鱼摸虾，农村孩子小时候玩的游戏，他一样不落地全部都会。等他慢慢懂事后，情况就不一样了，除了理解爷爷婆婆的艰辛，也能理解爸爸妈妈的不易——

由于文化水平不高，爸爸在广州当搬运工，常年下苦力，一天扛的东西往往就有七八吨，但活儿越多，他越高兴，因为那样就能多挣点钱；妈妈在服装厂天天加班，在缝纫机前，一坐就十几个小时。即使这样一年苦到头，他们每一分钱的花销也不得不精打细算。因此作为那个年代的留守儿童，成绩不好，是不能全怪爷爷婆婆的。他们要种那么多的田地，还要尽力把孙子照顾好，解决孙子的温饱。再说学习上，他们也帮不上忙。他爷爷的文化程度，也就认识几个常用的字，上街买卖个东西不被坏人欺哄而已，他婆婆则一字不识。

高中毕业后，甘宇考上了西昌学院，学的是水利水电工程专业。这在当地，作为一个留守儿童，能考上大学，那可真是一件不容易的事，他爷爷婆婆、爸爸妈妈，还有我都觉得脸上有光。

甘宇：
我本可远离震区

西昌学院在西昌，前身是1939年抗战时期北洋大学工学院内迁至西昌创建的国立西康技艺专科学校，距今已有八十五年的历史。2003年5月，经教育部批准，由西昌农业高等专科学校、西昌师范高等专科学校、凉山大学、凉山教育学院合并而成，算省属全日制普通本科院校。

西昌是个多民族聚居的边城，主要有汉、彝、回、藏等36个民族。西昌位于川西高原的安宁河平原腹地，是凉山彝族自治州的州府所在地，由于冬暖夏凉、四季如春，雨量充沛、降雨集中，日照充足、光热资源丰富，这个地方，又被热爱生活的人们誉为"小春城"。

西昌还是国家森林城市，旅游资源很好，是大香格里拉旅游环线、川滇旅游热线的重要节点。这个地方有邛海湿地公园、螺髻山、泸沽湖、灵山寺等风景名胜，西昌卫星发射中心也在这里，"太阳城""月亮城"和"航天城"，指的都是西昌。

我在这个名气不小的边城度过了四年大学生活，以合格合规的成绩毕业。同学们毕业后走向社会，各奔东西，有的和我联系频繁，有的则渐行渐远，甚至不联系了。但我们几个室友，还是保持了密切的往来。

前不久，我从泸定回成都办事，几个在省城上班的兄弟听说后，还聚了一回。一个哥们儿根据公司的指令去国外工作，也是做水电水利工程的，我们给他送行。这几年，中国水电开发事业在国外发展势头还可以，今天你在四川上班，明天就被派往海外工作，这种情况都很常见。

我之所以到现在的公司工作，也多亏学长代红兵帮忙，没他从中穿针引线，我可能也不会在这个单位工作，那么，我跟湾东水电站、跟这场地震就没啥子关系了。

之前，我在江苏吴江一个水电项目上实习，听到这边公司要招人的消息，就收拾行李，赶回成都面试。我本可留在姑苏吴江，之所以离开，是考虑到四川大竹与吴江的距离太远，这种距离，肯定让我和爷爷婆婆难得见面。父母还在广东打工，弟弟仍在读书，家里只有两个老人，缺少照应不行。所以还是回四川工作，让我感到踏实。

去吴江实习前，我还没出过四川，能去那边做半年的实习监理，也算见过世面，这就行了。

顺利通过面试后，我成了四川水发集团的员工。这个公司，在资产重组的过程中，曾改过不少名字，现在是水发安和集团有限公司，是在成都市工商行政管理局注册的国有控股企业。2017年，为了做强做优做大企业，母公司加入水发集团，企业性质从民营变为国有控股。这样，水发集团就是一家以水资源开发为主的综合性大型国有企业，资产规模超一千亿元，水务环境、现代农业、文化旅游是公司的主业。而安和集团以水电站工程建设为主。两者合并成立水发安和集团，算是"强强联合"。

作为一个学水电专业的非名牌大学毕业生，能入职这样的公司，我觉得非常幸运。那时，大学生已经不容易找工作。不过对我来说，还是比较顺利的，无论去吴江还是回成都，好像我一去，人家就能接纳我，给我机会。其实，从学校出来后，我还摸不到门路。好在成都这家公司，有不少同事是西昌学院出来的。他们有的是我的学长，有的是我的同学，所以，从面试、入职到具体开展工作，我适应得很快。

到水发安和上班后，我一开始是在宜宾市屏山县杨寺坝水电站做监理，干到2019年底，学长代红兵到泸定做湾东电站的项目经理，希望我能过去帮他。我答应后，他就通过人力资源部，把我从杨寺坝水电站要来了。

杨寺坝水电站是个中小型水电站。屏山的条件与泸定看不出多少区别，都是建在大山深处的水电项目。但如要做比较，湾东水电站位于甘孜州泸定县得妥镇湾东村，山更高，谷更深，人烟更少，条件自然更艰苦一些。但依托大渡河水系丰富的资源，这里的发展前景却十分广阔。

湾东水电站2014年3月动工，为防地震，设计采用五十米深抗滑桩以及能适应十厘米以上变形的波纹管对边坡进行处理，保证了在高烈度地震区域内永久建筑物的安全性。2019年底，项目已经完工，但还有一些工作要做，这也是我来这里工作面临的主要任务。当然，我也觉得这里更适合我。何况湾东到成都的距离更近，来往相对便捷，这样回老家也就方便些。

2024年，地震发生前的8月下旬，是我大学毕业入职水发集团以来，好不容易盼到的第一次休假。根据休假规定和领导安排，我的假期加上路途，共有二十天，9月10日结束，刚好可以避开9月5日发生的泸定地震。而这次休假对我来说，之所以珍贵，是因为除了正常休假天数，多出来的，都是我加班加点、一天一天攒下来的。我把假期攒着，就是为了能在老家多陪一陪爷爷婆婆。

这二十天，我打算一直在大竹老家待着，哪儿也不去。白天可以一边陪爷爷婆婆摆摆龙门阵，一边干些已显生疏但还能干的活路；也可以自己到镇上买根鱼竿，蹲在我家门口的堰塘边钓鱼，用钓到的鲫鱼，给爷爷婆婆做鱼汤，如是鲤鱼就做红烧鱼，是草鱼就做酸菜鱼。钓鱼时，专注于水面的浮标，内心浮标的互动，感觉还是很舒服的。我还可以爬到小时候和堂兄一起放牛的后山坡上，坐一会儿，看一看那些正变得金黄的稻田、有残荷的藕塘，显得有些密集的各式农房，还有那条弯弯曲曲的、时隐时现、闪着灰白色光芒的、可以通往无限遥远之地的水泥路,以及远处逶迤的青山……晚上,我就读一读书,复习复习想要考的一级建造师的功课。在湾东电站,我除了施工员的本职工作,还身兼统计员、资料员和出纳,时刻都把神经绷得很紧。休假,的确让人很放松。参加工作后,能第一次陪伴爷爷婆婆,这种时光当然就更珍贵了。

我之所以在这时休假,还有一个重要的原因,那就是要给我婆婆过寿。婆婆过的是"逢一"之寿,按我家的说法,就是再过一年,婆婆就要迈过生命中的"又一道坎",进入七十高龄的古稀之年了,所以这个生要过得隆重一些。

我这当儿孙的,必须重视起来!

"逢一"的头天,甘家那些在福建、湖北、河北等地居住、谋生、打工的近亲,都陆陆续续地赶回老家,父母也从广州风尘仆仆地回来了。他们平时为了多挣几个钱,每年春节回家,连正月十五都无法过完。

亲人们在这个时节陆续回来,平时很冷清的老家,一下子热闹了不少。

我婆婆"逢一"的头天晚上,亲友们面带喜色地来到我家的院坝里。我们请厨子摆了十几桌"坝坝宴"。平时难得一见的响器班子,敲锣打鼓,吹奏起了热闹的曲子;各地回来的亲友,有人给婆婆送了红包,有人给她老人家置办了新衣。当时,我坐在爷爷婆婆对面,望着这几年头发已全白、背驼得更厉害、显得更瘦小的两个老人,想到他们如今仍在侍弄田地里的庄稼,鼻子不由得发酸,眼泪在眼眶里直打转转。

婆婆被请到上席，正正规规地坐下。我不时往她的碗里夹菜，请她多吃点。我已提前向他们表达了心意。在给婆婆"暖寿"之前的那天下午，我给婆婆爷爷买了洗衣机，装了热水器。

大竹乡下夏天热，暑气浓；冬天冷，寒气重。我想，家里有了洗衣机和热水器，爷爷冬天干完活，回家能洗个热水澡，既能解乏，身上也会暖和许多；爱干净的婆婆，以前冬天总把衣服被单用胶盆端到堰塘边洗，用手搓。而川东北的冬天很冷，手在冷水里，被冻得像被小猫的尖牙利齿不停啃咬一样地疼。有洗衣机，她就再也不用到堰塘边去洗衣服了。

婆婆"逢一"，是亲人难得的一次团聚，爷爷婆婆都开心。想到自己能陪婆婆过寿，还能陪他们耍上几天，我也感到很安逸。

但令我没想到的是，就在"逢一"的头天晚上，我还在坐席，突然就接到了代红兵从得妥镇打来的电话。

"甘宇，这会儿在做啥子？"我一接电话，代红兵就着急地问。

我从席桌上站起来，说："师傅，给我婆婆过生，正坐席呢！"

"哦，难怪这么热闹，代我祝老人家生日快乐，百年长寿！你那边声音太嘈杂了，这样吧，你找个安静点的地方，我给你说个事情。"

"好吧！"虽然我正要给爷爷婆婆敬酒，但代总的电话来得突然，我只得离开酒席，来到了房屋坎下的空地上。接着说，"师傅，现在好了，你请讲吧！"

"不好意思啊，这个时候打扰你。"

"电站有事吗?"我也晓得,电站没事,师傅在这个时候是不会随便来电话的,便直接问道。

"如果没事,我就不打扰你了。这几天泸定接连大雨,库区东岸的部分挡墙被冲毁了,需要马上加固,所以,你得快点回来。"

"过两天行吗?我好不容易回来陪陪爷爷婆婆,我爸妈前两天也刚从广州赶回来……"

"我明白,但的确没有办法,你得先回来,休假的事以后再补。"代红兵语气急促,提高了音量,"你是唯一的施工员,施工的事你不在,摊摊没法摆啊!"

听他那么说,我心里还是有点想法的,但还是应答道:"好的,师傅,我晓得了。"

接完代红兵的电话,我重新回到给婆婆暖寿的酒席上。爸爸看我的脸色,知道我有事,便问:"宇啊,单位有啥子事吗?"我摇摇头,没说。直到宴席结束时,我才把泸定多雨,单位要我立即回去的意思,小声在婆婆耳边说了。她很是通情达理的,一点也没怪我,她说:"娃儿喃,如果不是有急事、难事,你领导也不会催你回去。我看人家既然打电话了,就说明事情很急迫,他们需要你,还是回去吧!"爷爷和爸妈听说后,也都赞同婆婆的意见。

代红兵作为公司施工方,是直接对上级领导王华东负责的,他让我结束休假,回去上班,确实也是事出有因。不然,我这个西昌学院同专业出身的领导,对我这个学弟说话,就不会那么着急了。

原来,我离开湾东水电站大坝工地,刚回老家不久,位于贡嘎山下得妥大桥上头的库区，遭遇了秋洪的袭击。洪水从山谷与沟壑之间裹挟而下，进入库区，使这个设计水头780米、引流量每秒8.8立方米、装机容量60兆瓦，能为国家带来丰厚利润的水电项目，面临前所未有的安全威胁。

"一个萝卜一个坑"，作为刚完成股权混改不久的国有水电企业，我知道，单位正是用人之际，到处都有不少的"坑"，在等能干活、会干活的员工像"萝卜"一样去"填"。假如我仍坚持留在老家，等送走家里亲友后再回，那么库区东岸在洪水过境时，曾受不同程度损坏的挡墙，就只能靠项目上的代红兵和办公室钟主任组织民工抢修，可那是不现实，也是不符合国家及公司政策法规的。

项目，的确只有我一个施工员。

因此要施工，我的确必须马上回去。

于是，原本可以避开这场地震的我，第二天一大早就戴好口罩，背着双肩包，告别爷爷婆婆、爸爸妈妈和各位亲友，往得妥赶路了。

我在大竹人民医院做完核酸，找了一辆随叫随到的"野租儿"，匆匆赶到达州火车站，坐上了去往成都的高铁，然后，紧赶慢赶地又从成都坐上大巴，直奔泸定而去。

疫情防控期间，本来出行困难，但奇怪的是，此行我没受到阻碍，十分顺利。但即使这样，我从县城回到得妥镇，也已晚上十二点了。第二天一早，代红兵就开车拉着我，回到了湾东电站的挡墙加固现场。

到电站后，罗永见我刚从老家回来，直接到库区上班，就把我走后洪水过境的情况，向我做了介绍。他从一个蓝色的简易医用口罩背后传出的声音，除了语词含混的"呜呜"声，还有介于泸定与雅安之间、彝汉混居地带的当地口音。由于我们相处时间较长，他平时说话我都听惯了，所以他连比带画地告诉我洪水入库，和他开闸泄洪的过程时，我是听懂了的。

　　罗永站在工地厨房门口，将身体靠在墙上，对我主要说了两个情况：一是洪水从贡嘎山周边的群山之间下来，流进库区，把原始森林中的老树、老根、老木头、老藤子和乱石都冲下来；二是洪水退去三天后，得妥大桥下的深水区，一河浑水经过短暂的沉淀，竟比原来更清、更蓝不说，而且蓝色的深水区，经常还有一两尺长的大鱼游动，不时浮出水面。

　　说完这些，他去油机房检查设备。我看到他的背上，留了一层厚厚的白灰。

　　我也跟着出来，看了一眼熟悉的大坝、库区和周围的高山，想着接下来要做的事。

王华东：
如履薄冰，如临深渊

我是2019年到水发安和集团任职的，原来服务的企业，也是四川的一家水电公司。我这种人到中年的职场中人，个人意志随时都要服从工作需要，所以，当年10月上旬，刚过完国庆节，我就到甘宇后来也来上班的企业报到了。来到新单位，我还是干老本行，分管安和工程建设。因此，我的足迹几乎走遍了四川的山川河流，看了不少大好河山，也在行业内部做了一点力所能及的事。

湾东水电站地处龙门山和横断山脉断裂带。我履新时，湾东电站主体工程快竣工了。按照国家验收标准，还要加强抗震级别7级、烈度9级的配套措施，原来的公司已无力承担。水发安和的介入，解决了项目建设资金不足的难题，董事会2020年重启停工多时的湾东电站项目。当时，公司高层的意见是，等春节过完，就立即动工，争取把这个项目尽快完成。这对每个水电建设者来说，既是面临的挑战，也是难得的机遇。当年3月，在国家有关部门的统筹协调下，湾东电站项目重新上马。

随着重型机械的轰鸣声在贡嘎山脚下消失，随着最后一根抗滑桩铆定在湾东的山体里，2020年8月的一个落雨天，工程通过了国家验收。

我和甘宇，就是这时认识的。

每次，我从成都到湾东电站检查工作，都能看到这个戴着一副深度近视眼镜的年轻人。他的职责是协助项目经理代红兵，对每天的工程进度和施工质量进行监督。哪些部分的质量过关，哪些环节存在需要整改的问题，他都能做到心中有数，从不马虎。因此看到他在施工现场穿着雨衣、雨靴，深一脚浅一脚，总在不停忙碌的样子，我就觉得甘宇不像90后，倒是像个成熟稳重的70后。我觉得，他特别能吃苦，很负责，心很细，天生就是干施工员的料。所以，经历了太多曲折和坎坷的湾东收尾项目，有他和代红兵在一线认真负责地盯着，我很放心。

甘宇除了给我留下踏踏实实、能吃苦耐劳、有种超出实际年龄的成熟感的印象外，对他言语少、性格内向的感觉也突出。即使一起就餐，大家一边吃饭，一边摆龙门阵，有说有笑，气氛很好，不存在上下级关系约束时，他依然话不多。

湾东电站施工项目由于人手紧缺，人力资源部门的服务保障，一时难以跟上具体的用人需要。于是，办公室主任就兼任了司机与炊事员，甘宇除了是施工员，也承担了资料管理、上传下达的文员工作，甚至出纳工作，也是他兼任的。

湾东项目2021年1月正式投产，各项指标全部达到了预期。从企业对外公布的数据看，这个项目投产当年，发电量就有四千七百多万千瓦时，带来了不下五千万元的经济效益。尽管它和我们的预期还存在一定差距，但整体效益的确还是很不错的。水电这个行业，以我个人之见，哪怕前期投资很大，但只要运行得到保障，它的效益早晚都会持续稳定下来。

因此地震前，湾东水电站是水发安和效益最好的一个电站。

湾东项目投产后，还有一些收尾事宜需要处理。我们的部分员工，还要留在湾东，甘宇就是留在项目上的人员之一。地震发生时，他正带着工人修缮被洪水冲毁的库区左岸挡墙。这个挡墙问题不解决，左岸的土石一旦垮塌，冲进库里，就会影响蓄水量，危及大坝安全及生产安全。

那天，应该是个周末。中午我从单位回家，给家人送些日常生活用品和防疫所需的物品。

以前，疫情防控形势不紧的周末，虽说我们也时有加班，但遇上家里有事，还是可以请假回去处理的。

这天回到家里，我正将买来的肉食与蔬菜往冰箱里捯饬，地震突然发生了。我感到震感很强，放下东西，赶紧拉起妻子和女儿就往外跑。刚下楼,震感就消失了。惊魂未定之际,我就接到公司董事长打来的电话。

"王经理,泸定地震了。"

"我刚下楼,还不晓得地震发生在泸定,破坏力大吗?"

"具体情况还不知道,听说破坏力不小。你赶紧和湾东联系,刚才我叫人跟上面的员工联系了,但没联系上。"

"我会持续联系他们的。"

"现在,你回公司开个紧急会议,商量如何应对突发局面,如何评估地震损失,如何救助被困员工,这些都要拿出切实可行的办法。"

我一听,知道此事非同小可,二话没说,就跟妻子、女儿打了个招呼,在她们面面相觑时,便头也不回地走了。门卫知道我去处理与地震相关的事宜,于是,在他们不置可否的"默许"下,我离开了小区。

开车回公司的路上,我再次确认了泸定地震的消息,便不断和代红兵联系,但联系不上;跟甘宇打电话,也打不通。

根据董事长的要求,因为情况紧急,我们决定一切从实际出发,没按平时约定俗成的那种形式"开会",而是将应急抢险领导小组的人员名单敲定后,公司领导崔秀三、监事会主席张涛和我便火速出发,直奔泸定而去。一些未尽之事,我们改在路上商讨,等抵达泸定时,就形成了执行的决议。

我负责开车,崔总、张主席坐在后排,打开手机,了解震区的最新动态。他们语速急促地告诉我:继"5·12"汶川特大地震、

"4·20"芦山地震后，这次的"9·5"泸定地震有6.8级，震中位于磨西镇。磨西与湾东电站项目驻地得妥镇的距离，不到三十公里。听了他们的介绍，我对震中情况与项目上可能出现的问题，越发感到不安起来。

项目上马不久，我们与业主方搞团建，去过一次磨西镇。

"磨西"为古羌语，意为"宝地"，始于汉代的磨岗岭古道使它成了川藏通道上的繁华重镇。磨西位于泸定县南部，贡嘎山景区东坡，海螺沟冰川森林公园入口，距成都大概三百公里，距泸定只有五十来公里的车程。镇内的古街区，很有清末民初民居古建筑群的感觉。1935年5月，红军将士来过这里。毛泽东、朱德、周恩来等，曾在教堂住过，并召开了长征路上著名的"磨西会议"，确定了红军的战略方向——绕道康定，直取泸定。现在，"毛泽东旧居"等文物古迹保存完好。

但磨西也处于地震断裂带，在汶川地震、芦山地震中都受到很大影响，这次又成了"泸定地震"的震中。我无法想象，这次地震会把磨西变成什么样子，更为那些与磨西震中距离不远、分散在得妥镇项目驻地范围内的同事感到忧心忡忡。

他们的安危，肯定要受磨西震中的影响。

湾东这个项目，的确经历了太多的风雨，好不容易才开始创造经济效益，没想又遭到了地震的打击，所以，一想起来，就令人揪心不已。

我们的车子开上成都二环路，由于当时疫情防控面临的紧迫形势，沿路行人和车辆都很稀少。

我们驶往成雅高速的一座高架桥时，一名尽职尽责的交警把我们拦下。他敬了个礼，问我是哪个单位的。当时正值疫情防控期间，没有特殊情况，禁止开车上路。我报了单位。交警那时还不晓得泸定已经发生地震。在防疫形势如此吃紧时，居然还有人开车全速行驶，他感到意外才怪！监事会的张涛向他介绍了我们单位的情况，和我们出行的目的与方向，他有些吃惊，表情一下缓和下来。但在是否放我们通行的问题上，他不好做主，有点为难。他一边请示，一边拍下车牌号，逐一核对了我们的身份信息后，又"啪"地立正，向我们敬礼放行，并嘱咐我们注意行车安全。

成雅高速路上，车子三三两两，依然稀少。但一到蒲江至雅安段，过了一个服务区后，各种驰援灾区的特种车辆和车载救援人员就逐渐多了。其中，红色的消防车和身着橘黄色制服的消防人员最多，许多重卡拉着小吨位的海事船，醒目地呼啸而过。越是接近震区，我越能感到让人心跳加速的紧张气氛，同时更为员工安全担忧了。

我们下高速后，马上看见地震造成的灾难现场。到县城，人们几乎还是一脸惊魂未定的样子。前往得妥的路上，部分路段正在进行交通管制。执勤人员对我们进行了严格盘查，予以放行。我加大油门开了好一会儿，才看到熟悉的得妥大桥，因为救援人员正向这里聚集，平时冷清宁静的得妥一下变得人声鼎沸。

我把车子开进项目驻地后，准备进山，直接赶到湾东电站施工现场，想第一时间把那里员工接应下来。经过询问才知道，湾东方向已不能进入。项目经理代红兵说，从驻地出发去电站的路，已经严重扭曲、变形，因河谷两边垮塌伴随的泥石流、滑坡而被封堵、掩埋了。加之余震不断，当地政府已经下令进行交通管制。

代红兵汇报了湾东现场的情况。上面除了甘宇、罗永，还有二十名工人，但地震发生后，由于通信中断，一直未能取得联系。

我们的心情十分沉重，简单交换意见后，就离开驻地，去与甘孜州和泸定县组成的联合抗震救灾前线指挥部对接。这个州、县联合指挥部，是"9·5"泸定地震抗震救灾的神经中枢。从震区各乡镇收集上来的信息，要在这里分门别类，通过设在成都的四川省抗震救灾指挥部，向中央报告；从中央到省，各级领导下达的救灾指令，也将在这里延伸到震区的各个神经末梢，并通过每个救灾人员的努力，得到贯彻落实。

指挥部设在警察教导队一侧的院子里，里面已经搭满帐篷。那里距离我们驻地不远，如果步行，十多分钟就能到达。我带上项目部草拟的一份汇报材料，匆匆赶到指挥部。

为了加深领导对水发安和的印象，我在到处都是四川口音的人群中，特意在汇报时改用了普通话。我把我们的人员失联情况，大声作了汇报。用普通话报告情况，不是说我的北方口音多了不起，而是在那种情况下，我担心领导们太忙，在工作头绪多，各方都在请求救援时，把我们的情况忽略了。所以，改成普通话汇报就显得正式些，言语表达也相对比较准确，领导就更容易记住。

天快擦黑时，通过无人机对震区通信的临时恢复，我们"三人组"与身处库区的甘宇终于联系上了。后来，甘宇给我发了短信，介绍了十六名工人震后逃离库区生死未卜，四名工友已经遇难，以及他与罗永抢救、搜寻四位遇难工友，开闸放水、拉闸断电、被困待援等情况。

我重返指挥部，先把甘宇从库区传来的消息，向值班领导进行汇报，然后快速回到驻地，在救灾帐篷里召集大家开会，讨论救援湾东员工事宜。成都的三人组和代红兵项目部的六个人，组成了四川水发安和一线的九人救援团队。

我们先学习了新华社发布的《习近平对四川甘孜泸定县6.8级地震作出重要指示》的消息：

新华社北京9月5日电　北京时间9月5日12时52分，四川甘孜藏族自治州泸定县发生6.8级地震，震源深度16公里。截至目前，地震已造成21人死亡、30余人受伤，部分水、电、交通、通信等基础设施受损。

地震发生后，中共中央总书记、国家主席、中央军委主席习近平高度重视并作出重要指示，四川甘孜泸定县6.8级地震造成重大人员伤亡，要把抢救生命作为首要任务，全力救援受灾群众，最大限度减少人员伤亡。要加强震情监测，防范发生次生灾害，妥善做好受灾群众避险安置等工作。请应急管理部等部门派工作组前往四川指导抗震救灾工作，解放军和武警部队要积极配合地方开展工作，尽最大努力确保人民群众生命财产安全。

……

这是关于泸定地震的最权威的报道。然后，我们就这次救灾开始各自发言。

我在发言中，提了三个明确的救援思路：

第一，坚决执行总书记的指示，人是第一位的，无论开展什么工作，我们都要坚持"以人为本"原则。所以要争取时间，哪怕我们自己的力量不够，也要想办法，将甘宇和罗永两个兄弟尽快转移出来。我还举了一个《拯救大兵瑞恩》的例子，说大兵詹姆斯·瑞恩是反法西斯战争的英雄，甘宇、罗永在地震中，为避免湾东百姓的生命财产再次遭受更大损失，为避免库区形成堰塞湖，危及国家水电工程安全，他们已经作出了难得的选择，做了自己该做，但许多人可能不会做的事情，毋庸置疑也是英雄。

第二，继续摸排库区、电站的损失情况，防止因地表、植被松动，再次出现山体垮塌，给我们带来新的损失。我希望大家把心思用在监控库区、电站随时可能发生的险情上，集中精力，确保项目部与前线指挥部、四川省国资委和水发安和集团之间，直至国家能源局的信息反馈机制畅通。我们9人组，在组织、对接和实施甘宇、罗永救援措施的同时，还要根据中央对泸定抗震救援工作作出的指示，抓紧核实灾情，将公司受损情况与项目还有可能出现的险情，排查到位。尽管我们能力有限，但是在情况反映和接受上级指令方面，必须经得起考验。

第三，泸定地震是一场灾难，也是一场战争。重大考验面前，我们要努力担当作为，尤其在自救环节的物资保障上，我们这个九人组，要有"不等不靠"的思想，把该做和能做的工作，一件不落地做好。

会议开完,已是深夜十一点多。到零点时,困在库区的甘宇和罗永向我们发来一条求救信息。这个信息,是发给驾驶员张云的。也许,他们希望张云开车去救他们,帮助他们脱离险境。

张云向我汇报情况后,我也急得不行,整整一夜,我都坐在会议室,一个人抱着茶杯喝茶,越喝越无睡意。

第二天天一亮,我脸都没顾得上洗,就跑去指挥部报告情况。我对指挥部指挥长、副县长曾德成说:"曾指挥长,我们还有两名员工困在库区,情况越来越糟糕了!希望指挥部派人,想法把他们解救出来。"

曾德成见我心急火燎的样子,当即答应了我的请求。他们先准备派无人机从得妥起飞,直抵库区,在空中帮助甘宇、罗永恢复手机信号,让他们有机会和外面保持通信联络,确定他们所在的位置,接着又请求西部战区支援,派直升机,在湾东电站至库区上游的芹菜坪一带展开搜救。

但9月6日那天,大雾弥漫。我担心变化无常的天气将导致这次搜救夭折,就和代红兵从驻地再次赶到指挥部表达诉求,曾德成指挥长接待了我们。他听了我们的想法后,表示从省里到州里,各级领导对目前的情况都很着急。震区的每个被困人员,都让上级领导感到揪心。他希望我们尽量理解、尊重救援工作的程序和条件,不要过于焦虑,大灾大难面前,要相信党和政府会对每个被困人员的生命负责。他还告诉我们,甘宇、罗永离开库区,去往芹菜坪方向之前，已向指挥部报告情况了。

曾指挥长还说，指挥部根据地震救灾应急预案，已要求他们：尽量少打电话，千万别因打电话频繁，耗尽电量，一到关键时刻，无法将求救信号传递出来。

甘宇、罗永通过石棉110报警平台，传递了他们所处的具体位置和待援消息后，已接受指挥部的建议，开始保持电话静默。警方将他们的位置及情况，及时向领导作了汇报的同时，并提供给了有关救援人员。可以说，成千上万的救援人员，包括关心泸定救灾实况的亿万网友，也在同一时间知道了甘宇、罗永身处险境，亟待救援的消息。

后来的事实，的确也如曾指挥长所言，试图靠近他们的救援人员，无论天空、地面还是水上，但凡可能接近甘宇、罗永的人，都想把他们找到。为了找到两人，大家都尽了最大的努力。

然而，尽管指挥部与救援人员为此做了大量工作，组织了多批搜救力量寻找他们，最终还是由于他们已经离开了原来的位置，在雨雾弥漫的震后次日，参与搜救甘宇、罗永的队伍，只能无功而返。

9月7日，又是大雾弥漫，直升机无一能够起飞。

9月8日，天气先晴，随后大雾又起，直升机利用天晴空隙，起飞搜救，救出了罗永，但没有找到甘宇。

9月9日上午，天气好转，直升机终于具备了飞行条件。

熬过度日如年的三个昼夜之后，我们在前线指挥部院子里集合了。这次，去寻找甘宇、罗永的队伍，分别由西部战区某陆航旅、四川省消防救援总队和德阳市消防救援支队的官兵组成。从人员专业素质、警犬随队与装备配置等硬件看，参加这次最大规模出动的每个人，都信心满满。

需要说明的是，这次搜救开始前的9月8日，罗永与甘宇分开后，在火草坪燃放了"求救烟"。罗永在大雾将湾东村和芹菜坪全部笼罩之前，被部队官兵冒着生命危险转运出来。经过简单的救护，他接受了媒体的采访。救援人员把他送往泸定县人民医院接受进一步的治疗，他躺在担架上，还一边抓着救援人员的衣角，一边挥动着手说："你们要快点去救甘宇啊，他现在还活着！"

罗永获救的消息，与他和甘宇为了保护下游村民的生命财产安全，身处险境，坚持开闸放水，以至错过最佳逃生时间的事迹，可谓一石激起千层浪。通过记者报道，"甘宇活着"的消息，让深受疫情之困，对泸定地震始终保持持续关注的网友，喜忧参半。喜的是，罗永获救，让大家对这次救灾充满了信任和信心；忧的是，甘宇被困，已不属于"甘宇被困"本身，而是"甘宇活着"以及"怎么找到甘宇"，成了全民关注的公共事件。

这更让我深感重任在肩。

第二章

逃 生

罗 永：
说了半夜的吃吃喝喝

地震发生后的当天晚上，被困在湾东水电站库区的我们，和那些为我和甘宇担心的所有人一样，也无法入睡。油机"轰隆"作响，吵了一个晚上。经历了与近在咫尺的亲人和同事的生离死别，悲伤一直笼罩着我。这也是我和甘宇一直无法合眼的原因。

拦住湾东河的电站大坝，横在两座山峰间。两座山峰就像两个人，互相注视对方。这样的格局，是我国水电工程设计的普遍样式。

地震发生后，我和甘宇困守电站库区，除了要处理我哥和彭荣军的后事，搜寻失踪者马正军和侄儿杨刚，还要开闸放水。这些做完，天快黑了。天黑往外走，要在平时，也没有什么问题，但在地震期间，那就太危险了。所以，按甘宇的说法，我们在大坝"固守待援"，在当时是最安全的。

我们一直注意着手机的信号情况。虽然没信号，甘宇还是决定给项目部司机张云写一条短信：

> 张云，地震后，民工罗开清、彭荣军被飞石砸中，罗永与我将两人救出后，他们不久死亡；马正军、杨刚被埋，没挖出来。其余民工震后已各自逃生，生死不知。我与罗永目前安全。库区阻塞严重，水位上涨，为避免形成堰塞湖，危及下游居民安全，我们已陆续将1、2号闸门开闸放水，并已关闸断电。电站一片狼藉，衣服、食物均被埋。天已黑透，我与罗永现被困大坝。道路估计一时难以通行，通路后，希望你能开车来救我们。收此信息，请转告领导。期待能尽快救我们出去，我们也会设法自救！

写好短信，甘宇给我看了，我说，字不多，但汇报得很全面。他点了"发送"，这样，一有信号，张云就能收到。没有充电器，为了省电，我们都关了手机。过上二三十分钟，再打开一部手机看看，如没有信号，再关上。到夜里十二点二十分，甘宇打开他的手机，收到了几条信息！有几条是他家人问他在哪里，地震对他有没得影响，还有一条是王华东经理发来的，他边看边念给我听：

甘宇，你发给张云的信息已收到，情况俱知，你和罗永勇敢的精神和负责任的做法令人感动！我代表公司向你们致谢！得知有四人罹难，公司全体人员十分悲痛，谨表哀悼！已将你们被困情况报告抗震救灾指挥部，请相信我们会全力救援。这次地震为6.8级，各级政府抗震救灾已火速展开，但自得妥前往库区的道路几乎全毁，且落石不断，不能通行，故你俩也需做好坚守准备。万望注意余震，确保安全，设法保持手机能够联络。有何新情况，及时报告。我们会想尽办法，尽快来救你们！

王经理发来的这条信息令我们既感动，又振奋。甘宇给王经理回了短信："明白。"给家人回复得也很简单："我平安，勿虑。"看着手机所剩不多的电量，赶紧关了。我虽然想知道家人的情况，但还是强忍着没开手机。

当晚，我们都没想好如果等不到救援，第二天该往哪个方向走。现在回想起来，当时，真是茫然无措啊！两个亲人的离世，让我的脑子一下就短路了，人一下就变傻了。我整晚都没睡着。想起哥躺在大坝上，侄儿埋在泥石堆里，我就伤心，但我不想让甘宇发现，只能偷偷地哭、悄悄地落泪。甘宇的眼镜丢了，一个视力突然变差的年轻人，第一次面临这么大的灾难，第一次面对四个人的死亡，肯定也是蒙的，对这个世界，一下子也失去了方向感。

半夜，我开了一次手机，想看有没有新的消息，也想知道家里的情况。王经理把给甘宇发的消息，他也发给了我；然后是家人的信息——这些信息好像都攒在那里，一下集中来到了我的手机里。

我老婆的短信有好几条:"地震了,房子垮了!""家里的人没得事,不要担心!""你在哪里?你没事吧?""你在大坝上吗?你没事吧?""你没事吧?他们来问哥和杨刚有没得啥事,也联系不上,有信号了发个短信给我。""你千万不能有事。莫走电站到村里的路,全夸(垮)了,山上的石头不停往下滚。""你会没事的,没有你的消息,你肯定是手机没电了。"还有大嫂的:"你哥怎么没消息?急死人了!""有消息说一声。"然后是问杨刚的,有好几条。我看完,虽然无信号,但还是赶紧回复:"哥和杨刚出事了。"输完,我又删掉,重新写道:"我们被困在电站了,我们都没事。你们注意安全,听政府的,去安全的地方。"我没有给大嫂和杨刚的爹妈回复。我不晓得怎么说,然后我就把手机关了。家里的人没得事,我长舒了一口气,但房子垮了,还是觉得可惜。

"永哥,有信号了?"甘宇突然问。

我以为他睡着了,"没得,短信是有信号的时候收到的。怎么,你也没睡?"

"想睡,就是睡不着。有没得新消息?"

"没有。新消息来,估计要明天早上了。"

"有家人的消息吗?"

"人没事,房子垮了。"

"人没事就好。"

"我老婆说的,不晓得她有没得啥子隐瞒的。我给她回复的信息是,我们都没事,但其实呢,你晓得的。"

"你想多了。家里的情况跟这里哪能一样?"

"也是。我老婆是个实诚人。她说，按原路返回库区下游电站生活区的路垮了，很危险，走不通了。"

"那咋办？"

"明天看猛虎岗方向咋样。"

"猛虎岗？这名字，听起来像武松打过老虎的景阳冈。"

"听老人说，以前猛虎岗上是真有老虎的。从大坝到休息室的区间道出发，经湾东村村委会到川主寺下边的山谷，这条路肯定已经垮塌了，由于山很陡，山体震松了，就是没有余震，山上的石头也会随时滚下来。我们即使白天去走那条路，也等于找死，恐怕人还没有走多远，就被山上滚下来的石头砸成肉饼子了。再说，这段路平时本来就难走，就是地震之前开车通过，遇到堵车，还要一个多小时呢！据我了解，可能只有猛虎岗那个方向可行。"

"明早再说，说不定，天一亮，直升机就来接我们了。"

"那就再好不过了。"

当时很冷，我们背靠背坐着，这样会暖和一些。

中午，我在地震中失去了两个亲人，家里的情况，虽然从老婆的短信看，啥事没有，但房子都垮了，我爹妈年纪大，他们在屋里待得多，突然发生地震，他们怎么能及时跑出去？我心里暗暗骂自己胡思乱想。这种悲痛和担忧，不多说，我想无论是哪个，一旦遇上，感受都是可想而知的。但一想到今年我已四十出头，是年老父母的儿子，一个女人的老公，两个孩子的父亲，我又忍住悲伤，尽量克制情绪，在甘宇面前装出临危不乱的样子。要是这种情况下我也自乱分寸，慌里慌张的，更会影响到他的情绪。

过了半夜，夜色似乎淡了些，我们把睡不着的原因归于一直待在油机房，里面实在太吵，便关了电机，到大坝上坐着。一起看着隐约可见的贡嘎山，有一搭没一搭地摆起龙门阵来。

贡嘎山是座很高的雪山，我虽然从没去过，但我晓得库区的蓄水，多是山上的积雪融化后，沿着不同的山谷、深沟，一路流下来的。

听王华东和代红兵这些去过贡嘎山的领导说，山上有个流传很广的"三怪"说法。"一怪"是说，山上尽管四季积雪，却比山下还要暖和，夏秋两季，只要穿一件冲锋衣，在山上游玩，像啥子"高处不胜寒"的感觉，一点都体会不到。"二怪"是说，山上的"冰瀑布"虽然是冰冻结成的，但从来都不是凝固的，而是像"水"一样让人无法觉察地"流淌着"，于是，流着，流着，就流成了石棉王岗坪乡的田湾河，流成了我们这里的湾东河，流成了大渡河。"三怪"是，贡嘎山简直是个迷人的神仙世界，像冰神仙、冰城墙、冰宫殿、冰美女、冰皇帝和冰豹子这些神奇的东西，据说山上都有。

当然，因为我还没有去过贡嘎山，所以，就无法判断他们说的是不是真的。但自从听了他们摆了"三怪"的龙门阵后，我心里又多了"一怪"，却是真的。

我的这个"一怪"，不是大自然创造的噱头，也不是啥子封建迷信，神话传说。我说的是地震发生前六七月份的一天，我去上夜班，当时天快黑了，还有夕阳照在山尖尖上。我一个人站在大坝的中间位置，寻找看贡嘎山的最佳角度，当我看到它的山尖尖时，好像听到了喇嘛念经的声音。

因此，地震发生后的那天晚上，我和甘宇坐在水位还在隐约上涨的坝上，就在心里嘀咕着：我还能听到喇嘛念经的声音吗？如果9月5日夜间，我能听到喇嘛在贡嘎山上念经的声音该多好呀！听到喇嘛念经，就能超度我哥罗开清和本家侄子杨刚，还有彭荣军和马正军这些苦命人了，以及在这次地震中遇难的所有人——从这次地震的阵仗看，遭难的不可能只有他们四个。

如果真有佛菩萨，如果佛菩萨真能接引他们去那个传说中的极乐世界，该多好啊！

但遗憾的是，坐在油黑发亮的夜里，我望着好像露着一点雪白尖顶的贡嘎山，发现它在整个晚上都是沉默的。

我想，那天听到的喇嘛念经的声音，可能只是幻听而已，或者就是一种其他声音，我听错了。这时，我听到甘宇的肚子里传来"咕咕"的叫声，我的肚子也跟着叫了起来。我们吃了午饭后，就再也没吃任何东西了。我很饿，甘宇肯定也是。他吃饭斯文，午饭当然没有我吃得多。

他从屁股边摸了一块石子，咚的一声抛进水里，然后说："永哥，我们一起说说话，好不好？"

"好啊！"我也从屁股边摸起一块石子，咚的一声甩进水里。我只听见了声音，看不见水面的波纹。

原先，这时应该有猫头鹰在附近的林子里叫唤，但那天晚上，我却没有听见，好像因为地震，它们都被吓跑了。

"我们一起来说充满希望的话吧!"甘宇又摸起一块石子,"咚"的一声抛进水里。

"你先说……我听着的!"我跟着摸了一颗石子,"咚"的一声甩进水里。

这个时候,的确需要有石子打破水面的声音,不然,这个世界就是死的,让人害怕。

"我们来说吃的?"

"吃的?那是啥子希望哦!简直就是扯把子(方言,不着调之意)哦!"

"这个时候就是希望,因为我们这个时候,最想的东西就是吃的。说说想吃的东西,就像三国的曹操,对一支饥渴难耐的人马说,前面有梅子林,树上结满了梅子果果。据说曹操对他的军队不停地说,前面有梅子果果,前面有梅子果果!说着说着,他的士兵就满嘴直流口水,嗓子渴得冒烟的感觉也就没有了。最后,人困马乏的军队战胜饥渴后,还打了胜仗。"甘宇说完,在我身边"呵呵"地笑了两声。

如果我没记错,这是地震发生后,他第一次笑,而且还笑出了声。

"呵呵!"虽然我也笑了,但笑得心里五味杂陈,实在有些勉强。当时,为了不让这个小兄弟正在由坏转好的心情重新变坏,我也只能跟着他,学着他的样子笑了两声。我们各怀心事地笑完后,我又憋又痛的心里好像舒服了一点。于是,我对他说:"那不就是望梅止渴嘛,我上初中时学过这个成语。想吃啥子,你先说!现在，这个地方啥子吃的也没得，等天亮以后离开这里，我们活着出去了，我请你到我家去吃好的。"

"这叫啥子？"

"叫……先缺后补？"

"对，先缺后补。"

接下来，甘宇就挖空心思地说了不少想吃的菜肴的名字，有他爷爷婆婆、爸爸妈妈从小做给他吃的，有老家办酒席做的那些菜，还有平时吃过的、听说的川菜以及其他省份的名菜，比如北京烤鸭、红烧狮子头、剁椒鱼头、松鼠鳜鱼、糖醋排骨、烤乳猪、白切鸡之类的。这方面，他比我见识广，我也把父母从小做的，老家的，当然是川菜，或者偶然听人说过的一些藏族的、彝族的菜名都对他说了。我发现，我们一边说着各自想吃的东西，一边往水里丢石子，用个比较时髦的话说，这种穷开心真的很解压。说着说着，原来很糟、很坏的心情，真的好了不少。

不过我也知道，我们绞尽脑汁说给对方听的菜名，其实大多还是以家常、普通的川菜为主。我们说的都是些大众化的"大鱼大肉"，许多菜肴，根本上不了台面，更无法代表川菜的品质和水准。但这有啥子办法呢？我们无论吃过的，还是听过的川菜名字，就是我们所说的那些，不可能再有其他高级点的类型了。甘宇虽然是个大学生，可他参加工作也没几天，何况他也是农村出来的，所以我们说的菜名，有点让我觉得，作为农村娃儿，我们都差不多，这让我们彼此有了一种难兄难弟的认同感。

"永哥，我除了要吃'大刀回锅'，还要喝一两百元一瓶的瓶瓶酒！"在我的印象中，甘宇是个滴酒不沾的人，让他抿一小口，脸马上红了，脖子也红了。但他知道，我的酒量不比常把"干大酒"三个字挂在嘴边的彝族人差，下班回家后，也喜欢喝上几口苞谷烧。也许他是出于安慰我的目的，才提出等我们获救以后，要去喝很贵的瓶瓶酒。

瓶瓶酒，说白了就是酒厂生产的、用玻璃瓶子装的白酒。这个酒，比散装的苞谷烧的口感，自然好一些。但我们湾东的人，更喜欢喝用塑料壶打的苞谷烧，那种酒便宜，很合我们的口味，可以敞开喝。那种瓶瓶酒，一般只有家里过事（方言，有大事之意）才会喝，比如我哥罗开清的娃儿考上中专，办"升学宴"时，要讲排场，桌子上就会摆上瓶瓶酒。那种酒敞开喝，一台事办下来，就是几十块一瓶的，也要上千块钱。当然，这些年，农村里平常喝瓶瓶酒的也多了，特别是甘宇老家的条件可能比湾东村好，他们那里没有苞谷烧，像他婆婆过生，肯定是要喝些瓶瓶酒的，可能二三十块一瓶的还拿不出手，怎么也要四五十块钱一瓶的。

地震发生前，由于工地的伙食一般，所以有时候我也招呼甘宇和一些同事到我家打过一次牙祭。我家虽然条件一般，但甘宇和兄弟们去了，我父母、媳妇还是要给大家杀一只鸡、煮些腊肉，我也会提一壶苞谷烧来招待大家。甘宇是怎么劝也不喝的。所以，听他说出去后要喝瓶瓶酒，我也真想喝酒了。我对甘宇说："咱们就这么定了，要是能好手好脚地出去，你来我家像个老板一样陪我和我爹一起喝苞谷烧，我也像个当官的一样到你家陪你和你爷爷喝瓶瓶酒！"

"嘿嘿，好的，永哥。我出去后，要学会喝点酒，争取能陪你喝几杯。"

"你要能陪我，即使同样是苞谷烧，我喝的时候肯定会比平时香多了。我出去，先请你喝瓶瓶酒。"

如果说地震发生时，我和甘宇与死神的距离近在咫尺的话，那天晚上，我们和饥饿的距离就是直接杵到眼窝下了。我们把能说的菜名都说完后，就约定一旦脱离危险，就一定要"大吃大喝"一次。不过让人尴尬的是，虽然多少有点画饼充饥的效果，但当我们说了那么多的好吃好喝后，两人的肚子就像互相攀比一样，"咕咕咕"地叫得更响了。

我知道，工地的废墟下应该还有吃的，至少我们中午烤的几个嫩苞谷如能找到，还是可以啃几口的。可是，烤熟的苞谷都埋在砖头瓦块里了，压在预制板下了。

好在我们说了半夜的吃吃喝喝，尽管没把肚子填饱，但我们战胜灾难、克服恐惧的勇气，还是在说吃说喝后，不知不觉地增加了不少。

在隐隐的恐惧中，在无处不在的死寂里，我们就那样不知如何是好地待了一个晚上。

东方露出了一点鱼肚白，我们竟然听见了鸟儿的鸣叫！有好几种鸟儿的叫声，有黄莺、画眉、百灵、杜鹃，它们不知道是什么时候回到附近那些还没有倒下的树上的。

甘宇：
罗永失去了第三个亲人

    天快擦粉亮时，一夜不曾合眼的我们，一起商量如何开展自救的办法。

    令人不安的是，起雾了。

    我们搞水电施工的人，要长期在户外生活，我喜欢看户外生存一类的书籍和电视节目，比如中央电视台的《荒野求生》。一看有雾，我就知道，要派直升机来救我们，就会困难重重。

    我把这个情况跟罗永说了。罗永说他晓得，因为汶川特大地震时，他几乎看过汶川救援的所有电视报道，知道直升机不是在任何情况、任何天气下都能飞行和起降的。

我打开手机,看到代红兵半夜发来的一条短信:"兄弟,你和罗永要坚持住,相信党和政府会对每个被困人员的生命负责!"

然后是母亲的短信:"还是打不通你的电话,能打通电话时,记得跟爷爷婆婆说一声。"

父亲的短信留言则是:"娃儿,手机有信号了,莫忘给老子来个电话!"

堂哥甘立权说:"你那个地方离震中近,你要注意安全。"

甘宇回复给他们的,是同样内容的短信:"放心,我没事。"

就在这个时候,我们听到了无人机的声音,手机又有信号了,我赶紧向石棉110报警,向他们报告了我们所处的位置。不久,石棉警方回告说,已将我们的情况及时向领导汇报了,并提供给了震区救援人员。紧接着,我收到了抗震救灾指挥部的短信:已从石棉警方获知你们的位置,尽量少打电话,保持电量,以免关键时刻,联系不上。

这让我和罗永深受鼓舞。看着越来越浓的雾,我们又不想被动待援,决定最好是一边待援,一边设法自救。

从王华东经理和罗永的爱人短信告知的情况,加上我和罗永对这个地方的了解,要从大坝走到得妥镇的那条公路上去,已经不可能了。

我俩在待救与自救之间犹豫,最后觉得还是待救比较保险。

不久,又有一架无人机飞到库区上空,手机信号恢复时,我先是打通了甘孜州和泸定县抗震救灾联合指挥部的电话,后又通过项目部的司机张云联系上了公司领导王华东。获得了一个令我振奋的消息：地震后，孙建洪手下那些最先逃离库区的钢筋工、电焊工、水泥工等十六个人，从雅安市石棉县王岗坪乡猛虎岗跑出去之后，奇迹般地获救了！

我挂掉电话，正要把从外面得到的好消息告诉罗永时，罗永也打通了他老婆的电话。他老婆告诉他，她和孩子、罗永的爸都躲过了地震的劫难，都是好手好脚的。但地震发生时，罗永正在家里做饭的老妈，由于腿脚不太利索，没跑脱，被埋在倒塌的房子下了，遗体还没有挖出来。短信里之所以没有告诉他，是不知他面临的情况，怕他担心。

这个不幸的消息，让罗永一下僵住了，好久都说不出话来。

他的哥哥遇难！

他的侄儿遇难！

他的母亲接着又遇难了！

事后他告诉我，他当时还在想，怎么把哥和侄儿遇难的消息告诉家人呢，听到妈遇难的消息后，他已没法说出口了。

突如其来的"9·5"地震，按当地传说，就是那只老鳖又使坏了，它只眨了眨眼，就夺走了罗永一家三个亲人的生命！我不知道是突然降临的灾难，让他的承受力变得更坚强，还是几个亲人的遇难，接连遭遇不幸的打击，让他的感受麻木了。总之，接到他老婆打来的电话，他向我说起他妈的死讯时，我都没看到他流下一滴眼泪。得到这个消息，我还记得他曾亲口告诉我说，他忘不了他妈春节期间，对他说过的"一番话"。

过年时，老人家有点像交代后事似的对儿子罗永说，等她二天（方言，将来之意）"走"（方言，死之意）了，她希望自己能像罗永的外婆一样没病没痛地"走"。

她像讲"一个故事"一样地告诉罗永，他外婆预感时日不多的那年，他外公和她由于体质很差，饿得走路直打偏偏，嘴里清水长淌，但仍要下地去做活路，挣工分养家，但七十多岁的外婆就不行了，老人家又饿又病，活像枯藤上的一片黄叶，已经不起一点风吹日晒了。

从罗永妈妈讲给他的故事里，我仿佛也能看到老太太像一片又黄又枯的叶子，在风中不停地颤抖。就在太阳快要落山的一个下午，罗永的外婆眼看就要被风刮走了。于是，她爬上铺了一团破旧棉絮的床上躺下，结果一觉瞌睡都没睡完，人就不声不响地"走"了。

老妈告诉儿子罗永，她希望自己有一天离开人世时，也像外婆一样躺在床上，睡个瞌睡，就轻轻松松地"走"了！

遗憾的是，地震无法让罗永妈妈了却心愿，像外婆一样睡在床上，体面地离开人间。

我记得有个羌族人曾经给我说过，他们的天神木巴开天辟地时，天总是软塌塌的，站立不稳，随时都会垮掉。后来木巴根据西王母的指点，从海里弄来一只大鳌作支柱，大鳌四只脚立在东西南北四个方向，成了四根擎天大柱。巨大无比的这只鳌化作我们脚下的土地时，时间久了，它总会眨一眨眼。它这一眨眼不要紧，我们的大地却要发生剧烈的抖动，地上的人类与动物就会随之遭殃。大鳖的母舅是一条狗，它眨眼时，母舅便会扑上去撕咬它的耳朵，大鳖就不敢造次，大地也就重归安宁了。所以，居住在川西北的羌族人遇到地震发生时，就会"唗唗唗"的唤狗，希望狗来收拾大鳖，帮助人们把地震平息。但这只是一个羌族的神话传说，在现实中，他们的释比(端公)每次唤狗来降服地震，都没成功。泸定这边靠近地震带的地方也有羌族人，他们的释比唤没唤狗去咬大鳖的耳朵，我不晓得，也不好说，但我知道，得知罗永妈妈遇难的消息后，我的确下意识地想了很久，大鳖的眼睛难道就只对着泸定这一带眨巴，从而害得包括罗永妈妈、哥哥、侄儿在内的那么多人遭难吗？

　　罗永是个在一两天内就把泪水流干了的男人。得知母亲遇难的消息后，他恨不得能长出翅膀，马上飞到自家的老屋跟前，去把母亲从废墟里刨出来。

　　突然，传来了直升机的轰鸣声。罗永一下站起来，朝天上挥手，用沙哑的声音对着天空喊叫："这里！这里，我们在这里！"我也跟着他站起来，跟着他一起挥手，一起喊叫。但浓雾笼罩，我朝着天空望去，只能看到一大片乳白色的迷雾气。

　　直升机在电站与库区之间盘旋了好一阵子，然后飞走了。

　　我俩都很失望。

　　罗永收回目光，说："雾太大了，直升机上的人看不到我们，落不下来。"

　　"但我们至少晓得，抗震救灾指挥部已在想方设法地营救我们了。我们是在坝上继续等，还是往外走？"

"我在这里生活得久，晓得这个季节起雾，两三天能散都是好的。如果要在这里等，就可能要等两到三天，吃啥都成问题。"

"如果雾不散，直升机就下不来。没吃的，的确是个问题。"我想起了那十六个民工平安走出去的消息，这给我增添了勇气。"他们十六个人在震后凭两只脚走出了险境，如果按他们的方向走，我们同样也能走出去。"

"我也是这么想的。但这条路因为是去石棉方向的，我也没有走过。这些年，农村人口少了很多，除了采药的，那些地方很少有人走。凭我的感觉，路肯定不好走，而地震后，地形地貌随时都在变化，更是危险重重。"

"但往那个方向走，总归是有希望的。"

"那倒也是，如果顺利，明天就可能走出去。"

"那就试试吧。"

罗永望了一眼那个方向破碎不堪的群山，同意了。

罗 永：
山顶上蹿起了一股白烟

　　甘宇显然对这一带山路的难走，一无所知。我跟他说，这样的大雾天，要两三天才能好转，其实是乐观的说法，有时一周，甚至十天半月云遮雾罩，也是常事。所以，如果选择自救，我们即使没有那些民工跑山路厉害，现在出发，明天也是有可能翻过猛虎岗，走到通往石棉的大公路上。我如果自己走，当然会快一点，但要带着很少走过这一带山路，又丢掉了眼镜的文文气气的甘宇，那就要费力很多。但我无论如何，都必须和他一起走。

　　所以，摆在我和甘宇面前的现实比较残酷。就是说，我们即将踏上的这条逃生之路，其实充满了无法预料的险恶。从湾东电站到芹菜坪，转道猛虎岗——这段通往石棉王岗坪的求生通道，现在被浓雾笼罩，道路早已荒芜不存不说，还到处都是高坡、陡坎、悬崖、垮岩以及荆棘丛林，最高的海拔将近两千米。这对我这个当地人来说，应该没有问题，但对甘宇这个来自大竹且严重近视的人来说，就要做好吃苦的准备了。

我们从工地上找来矿泉水瓶，小心下到大坝，将瓶子清洗干净后，装满了水。要走一条命悬一线的险路，没有干粮是没有办法的事，但一定要把水备充足。

水库里又清又亮的蓄水，大多是贡嘎山的冰雪融化而成的，即使六七月，伸手一摸也是冰凉的，一到秋冬，则会冷得剜骨挠髓。由于湾东河的水太冷了，一般的鱼类无法在这里生息繁衍，有鱼河里也只有无法叫出名字的"冷水鱼"。

考虑到越往猛虎岗的方向攀爬，气温将会越低，越走就会越冷，我们就到废墟上找了两件雨衣穿上。这种表层粘了一层嫩黄胶皮的雨衣，谢天谢地，没被山上的飞石和倒塌的砖石埋掉。它的下摆刚好挨到大腿位置，无法与军用雨衣相比，不过关键时刻，躺在地上喘口气儿时，它也能起很好的防潮、御寒作用。

我们穿好雨衣，把两瓶水用绳子绑好，像两颗手雷一样挂在胸前。我和甘宇就像两个将执行任务的士兵，回头望了一眼满目疮痍的库区，就向猛虎岗出发了。

离开库区时，一架无人机"呜呜嗡嗡"地降低高度，又呈直线朝上爬升，我认为，它是专门来找我和甘宇的——事后得知，它依然是指挥部派来恢复手机信号的。指挥部的意思是，恢复湾东一带的手机信号，让被困的群众打电话，政府就能更全面地了解受灾情况，知道需要救援的人员信息。但我们当时看到无人机，便认为它是来找我们的，便心怀侥幸地停下来，希望它能发现我们。看到它在头上飞上飞下，我和甘宇就打开手机上的照明功能，不断向它挥舞、呼喊，这让我们的手机又白白浪费了不少的电量。

无人机飞走后，我和甘宇就想，无人机会不会发现我们，飞回去报信后，直升机接着就会来救我们。为此，我们还停下脚步，又等了一个多小时。

在这一个多小时里，雾不断升腾、弥漫，越来越浓。

我意识到，直升机与救援人员来不了，心里非常失望。考虑到我们虽然饿了一夜，毕竟还有一点体力，就索性离开大坝，艰难地向对面的丛林中走去。

我和甘宇想用一天时间走到猛虎岗，再与石棉那边的救援人员联系——这是我与甘宇逃命前，一起形成的决定。

石棉县的猛虎岗，不但有彝族、藏族和汉族的住户，还留有红军时期著名的"猛虎岗战斗"的红色遗址。地震发生时，这个地方因和震中磨西镇的位置不远，也像得妥一样被震得惨不忍睹。

湾东电站及库区通往得妥的路已被毁坏，这里实际成了一座孤岛。我们在库区待着，除了等西部战区的直升机和消防部门的救援人员来接应，就没其他办法。

想通过自身努力获救，去猛虎岗，便成了我们的"唯一之选"。

再说，中央红军下属的红四团，能在猛虎岗完成歼敌任务，取得飞夺泸定桥的胜利，那我们跟着孙建洪手下人的逃命路线，沿红军从石棉挺进泸定的行军路线，也能走通我们的"自救之路"！

当年，红四团从石棉县十月坪出发，正向泸定挺进时，突然接到上级电话传达的"磨西会议"精神。首长命令他们务必提前一天，经猛虎岗、湾东、过得妥，直奔泸定，完成抢占泸定桥的艰巨任务。总的作战任务没变，原定时间之所以提前，是因为中央红军强渡大渡河不久，四川省主席刘文辉害怕南京国民党政府追究"剿匪不力"的责任，从成都亲自来到汉源督战，并在石棉和泸定两县之间的菩萨岗、猛虎岗等隘口，增派重兵，严防死守。红四团根据敌情变化，只能和刘文辉抢时间了。

接到新的命令后，红四团抵达泸定城西的时间，满打满算已不足一个昼夜。一支携带着辎重粮秣和各种武器的先头部队，要靠双脚，走完沟壑密布，荒路纵横，且有重兵围堵的险途，面临的困难与凶险可想而知。但红四团在团长王开湘、政委杨成武的带领下，不但取得了"菩萨岗战斗"和"猛虎岗战斗"的胜利，开辟了从猛虎岗到泸定城西的一百四十多里征途，还最终取得了"飞夺泸定桥"的胜利。

想到我和甘宇要走红军走过的路，要经历他们也经历过的风雨，我们内心的那盏灯一下子就亮堂了。

和红四团的革命前辈们的生死行军相比，他们当时是集体行动；我和甘宇属于单独行动，只有脖子上挂的两瓶水，因此，我们面临的挑战也并不小。但我们的目的简单，就是寻求自救，活着走出去。我们尽管忍饥挨饿,但只要到达猛虎岗,找到那里的住家户就得救了;即使身处叫天天不应、喊地地不灵的陌生境地,抗震救灾指挥部早晚也会派人来救我们。而革命前辈们则肩负着为中央红军开路的重任,务必在不足一昼夜的时间里,一边作战,一边奔袭,夺下泸定桥。

我和甘宇一路摆着红军的龙门阵,一边用我们的渺小与他们的伟大相比,想用革命前辈的精神给自己加油鼓劲。

但走着走着,我发现,我们把问题想得太简单了。我没想到,从大坝到猛虎岗之间的道路处处垮塌,比想象中更难走。我到湾东电站上班前,是个靠体力吃饭的山里人,这种险路,按说走起来应该没有问题,当时却很吃力。对于甘宇这种书生娃儿,走起来就更吃力了。

当时,甘宇有点胖,体重八十来公斤。随着海拔不断增高,山势越来越陡,他走一阵,就要停下来大口喘气,加之眼睛高度近视,看不清路,不是滑倒就是摔倒。没办法,我只能继续采取昨天的办法,找来一根木棍,让他拿着一端,我在前面拿着另一端,拉着他艰难地向上攀爬。

雅安、甘孜两地,一过8月就是漫长的雨季,林木茂盛的地方,即使天不下雨,也阴暗潮湿,走起来又溜又滑。加之人烟稀少,少有人走,原来的路径早就荆棘丛生,没影形了,这样我们只好按照一个大致方位,拉着树梢、拨开草丛、钻过荆棘、攀岩过壁,往猛虎岗走,每走一步都格外小心。

我哥罗开清已经遇难,妈妈和侄儿也被埋在废墟下了,我不能再有什么闪失。我要是再有个三长两短，就对不起我哥的临终托付，好好的一个家庭，因为地震，就剩我媳妇、嫂子、年事很高的老汉儿和几个孩子，他们怎么活啊？我与甘宇已是生死兄弟！我是本地人，如果不能把他带出去，那我以后怎么见人？怎么向公司领导和同事们交代？甘宇的爷爷婆婆，妈老汉儿向我来要孙子、儿子，我该咋办？

所以，不管站在我个人的角度，还是站在别人的立场来看问题，原来想得轻松简单的事，一要落到实处，就显得不容易了。

我走在前头，甘宇跟在后头。我们在光线阴暗、雾气环绕的密林中，一步一步地向猛虎岗的方向攀爬。由于缺少爬坡上坎的经验，甘宇被我拽着，跌跌撞撞地跟进，没多久，挂在胸前的水，就被他喝光了。

他那样喝水，不全是因为渴，主要是太饿了。我和他都很饿，但彼此都避免提起"饿"这个字，避免说任何与吃有关的话，好像这样，就不饿了。饥饿让我腿脚无力，身上直冒虚汗。甘宇昨天午饭吃得不多，应该比我还饿。

见他张嘴喘息、渴得喉咙冒烟的样子，我擦了一把脸上的汗水，把我的水从脖子上拿下一瓶，交给他喝。

我们战战兢兢地爬了一个多小时，终于走出了一片原始森林，离开了平时听人说起过的"烟瘴"之地，看到了一段废弃公路。

那条路有两米多宽，是那种很多年前修的机耕道。只能看出路的痕迹，路上已长满碗口粗的杂树和各种荆棘，以及半人高的荒草，可见已经废弃很久了。但这毕竟是一条政府封山育林前，林业部门挖掘出的转运木头的林区公路,沿着它,我们肯定能走到我们想去的地方。

我和甘宇停下来,长出了一口气,背靠路基坐下,把脚岔开,想放松休息一阵。可是,等我把脖子上挂着的最后半瓶水取下来喝了,才发现离开大坝前盘在腰间,准备爬岩用的尼龙绳,不知怎么竟弄丢了。想到接下来还有比刚才更陡的高坡要爬,我不禁有些沮丧。但我没给甘宇说,以免给他增加心理负担。

我们歇了一会儿,继续赶路。

一开始路面比较平顺,走起来并不费力,但饥饿让我头晕。上午十点左右,这条乱草丛生、经常被杂树和荆棘封堵的废弃公路,就走到头了。它活像被人做了手脚一样,齐整整地垮成了一道几十米高的陡坎。

前路断绝,我们被迫转身顺原路返回。

当我和甘宇回到公路上的出发点时,有些山头从浓雾里显露出来,然后,露出的山体越来越多。但雾并没有完全散开,而只是沉到了山谷间,那里雾烟汹涌,比之前显得更浓稠了。我们看见从远处飞来了一架直升机,它贴着雾面飞行,一直飞到仍被浓雾笼罩的库区上空,盘旋了一阵,接着又在更大一片区域盘旋着,然后向我们这里飞来。它显然是在搜寻需要救援的被困人员——包括我和甘宇。

"难道它发现我们了?"我惊喜地对甘宇说。

"我听到了它的声音。如能发现我们,那就谢天谢地了!我饿得人都站不直了。"

他终于说出自己饿了。

我说："我也是啊！"

我们站起来挥手，又把雨衣脱下来朝直升机挥舞。

直升机继续朝着我们直飞过来，距离越来越近，螺旋桨把浓雾拔开，又迅速合拢。看它飞行的那个样子，我真以为直升机上的救援人员发现了我们，要来接我们了。不想它却突然飞高了，飞到了离我们不远处的一片树林上空，然后保持高度，又沿一道山脊，朝猛虎岗方向去了。

"它真可能是来搜寻我们的。"我咽了一口清口水。

甘宇也把一口清口水吞下——他的肚子"咕噜"响了几声，然后很失望地说："我们身上要是有个打火机就好了。"

"只有抽烟的人身上才随时有火，可惜我们都不抽烟。"

"看来不抽烟也不全是好事，赶在这种时候就要命了。"

"没有打火机，就无法点燃柴草求救，这时如能冒起一股烟子，飞机上的救援人员就能看到我们。"

过了一会儿，直升机又从猛虎岗方向往回飞。我和甘宇赶紧继续一边挥舞雨衣，一边大声呼救："我们在这里，快来救命啊！"甘宇一看喊了半天，飞机没啥反应，连忙就把身上的一件白色T恤脱下，我马上撅断一根竹子，三下五除二地捋掉枝丫和竹叶，将他的衣服高挑起来，在废弃公路上一边奔跑，一边摇晃。我们想用这种办法，让直升机上的人发现我们。

就在我以为直升机上的人只要能看到我挥动的T恤，就能发现我们时，对面不远处的一个山头，却直直地蹿起了一股白烟。

这时我才晓得，那个山头里，也有被困的人。我们应该是同时发现直升机的，但人家身上带着打火机，所以，他们点燃了一堆柴草，发出了有效的求救信号。那些从被困者变成幸运者的人，身上肯定是带着打火机的。

直升机发现了求救的烟子，螺旋桨飞速地旋转，引擎发出巨大的轰鸣，向那道山脊飞去，然后拐了一个急弯，就消失了。

我和甘宇眼睁睁地看着直升机，最后像只很大的蜻蜓一样向那个冒着一股白烟的山头飞去。它降落的地方，和我们的直线距离最多1.5公里。可无论我和甘宇如何呼救，把一件T恤高举着疯狂地摇晃，它硬是没有发现我们。我们眼睁睁地看着有几个人从软梯上爬了上去。飞机重新起飞，往泸定方向去了。

真是太沮丧了！

我和甘宇瘫坐在地上，刚才的一番折腾，耗尽了身上的最后一点体力，饥饿、劳累的感觉太明显了。我不由得躺倒在地，觉得自己再也爬不起、站不稳了。

我们听着彼此肚子里发出的饥饿轰鸣声。

甘宇也躺下来，连吞了几次清口水说："我终于晓得什么叫饥肠辘辘了，也晓得啥子叫饥肠响如鼓了。"

我不想接他的话，觉得多说一句话，好像就要耗费我剩下的全部气力。

甘宇又说："网上有个户外博主演示过古人的钻木取火术，对我们也许有用，等下次直升机再来救人，我们就如法炮制，无论如何都要烧一堆火。"

"网上的东西为赚流量，表演痕迹很重。"我沉默了一阵，只好回答。

"还是有用的。我之前还刷过一个流量不高的视频，一个皮肤晒得乌漆麻黑的男人表演荒野求生技能，他用一根棍棍、几根草草，'呼哧呼哧'猛钻木头，真的整出了火。"

"那你等会也整一堆火咯。"

"直升机来这一带搜索过了，没有发现求救信号，恐怕一时半会儿不会来了。"

肚子饿得生痛。看来只有找到人户家子，才有可能填饱肚皮并获救了。

我把失望的情绪努力平复下来，起身去爬一架陡坡。没走多久，我们就饿得实在走不动了。我在附近找到了一株水红子，它的红果果叫"救兵粮"，就喊甘宇过来，捋下果果来吃。水红子味道酸甜，树上的果果被我们吃得一颗不剩。这点东西填进肚子，饥饿感就没有原来那样强烈了。但这玩意儿对我们来说，只能哄哄肚皮，其实最终是撑不了多长时间的。

甘宇：
罗永像个梦境中人

靠着吃水红子——它有个学名叫火棘，肚子不那么难受了。我们继续往前走，手脚并用地"走"到下午，也不知道是几点钟了。这时，又有两架无人机出现在我们头上，盘旋着，被中断的手机信号恢复了。这种无人机就是这样，飞来的时候，我们能打电话，能收到短信，与外界可以联系；飞走后，我们和外界的联系又没有了。但两架无人机的出现，毕竟还是让人很高兴的。我可以把我们两个人的情况报告公司了。

为确保手机有电，我把关了的手机拿出来打开，爬到一个树枝稀少、接收信号条件要好一些的坡上，再次通过石棉110报警平台的定位功能，传递了我们所处的"新位置"。同时，我收到了好多条短信，但我装作什么事也没有，故作轻松地简单回复着。正想着是不是给家人去个电话，石棉警方的短信很及时地发来了，意思是，定位已报抗震救灾指挥部，要我们确保安全。不一会儿，抗震救灾指挥部的短信也到了，内容跟之前的差不多，说天气一旦好转，会再派直升机来救我们。

我把短信的内容转告了罗永。新消息让他的心情似乎好了一点。

他对于是否开机有些纠结。我猜他是害怕一旦跟嫂子打通电话，他不知道怎么告诉他哥和侄儿遇难的事。但这样的事，早晚得让人家知道。我因此说："永哥，趁现在有信号，看家里有新的消息没有。"

"唉，我想开机，又怕开机。"

"这手机信号不是随时都有，他们肯定也想晓得你现在的情况。"

罗永听我这么说，就把手机打开了。刚要看家人和亲戚的短信留言，他嫂子就把电话打了进来。他打开了免提，这也是他和我这两天形成的一种默契，相互知道彼此的短信和通话内容。

"罗永，你在搞啥？我给你留了语音，发了短信，电话都快打烂了，短信发了几十条，怎么直到现在才开机？"嫂子的声音里带着哭腔，没等罗永说话，就连珠炮似的质问起来。

在我的印象中，我和电站的兄弟伙去罗永家里蹭饭时，嫂子总是笑眯眯的，给我们又是泡茶，又是煮肉，从不多言多语。如果不是因为急坏了，她是不会用这种口气同罗永说话的。

"嫂子，我们在等待救援，要保证手机有电，不能随时开着。"

"我晓得，但我还是着急啊！"

"这里没有信号，靠无人机恢复信号后才能打电话，才能看到信息，没有信号的时候，开着手机也没用。"

"我晓得了，你们现在怎么样啊？"

"我们从库区出来了，这时在一个坡上，手机一有信号，我就急着开机了。屋里头情况咋样？"罗永说话的语速也比平时快，那种时候，是人都有一种劫后余生的感觉，说话都有些急躁，好像要从对方的声音里把对方拖出来似的。

"妈被挖出来了，村里的房子被毁得差不多了。"

罗永沉默着，说不出话，只"哦"了一声。

"你们真的没事吗？"

"没事，今天直升机来了，但雾太大，没法降下来救我们，但它会降下来的。我们在往猛虎岗那个方向走。已走到一个很高的坡上，山上滚下的石头打不到我们了。"

"那就好！你哥呢？他的手机怎么一直打不通啊？也没有回一条短信，哎呀，我都快急疯了！还有杨刚也莫得任何消息，他爹妈都恨不得到湾东电站去找他了。"

"他们……他们……"罗永没有说完，眼圈一红，声音突然哽咽了。

"他们咋啦？罗永，他们没啥事吧？"

罗永和嫂子通话，本来是故作坚强的，但一提到罗开清和杨刚，他还是崩溃了。

"大哥和杨刚咋了？你这个人快说话啊！"嫂子声音更大、更焦急起来。

"他们……也没什么大事，就是出了一点小问题，等我明后天回来，再和你慢慢说。"罗永还是把真实情况咽进了肚子里。我想，这是因为他想着嫂子一个女人家，在屋头既要照顾小的，又要照顾老的，怕她知道哥和侄儿的死讯后，承受不了。

"没有什么大事，那还是有事啰！是什么事？为什么他们的手机一直打不通？也没有给我们发任何信息？你让他们跟我说话！"

罗永看了我一样，对于怎么回答，像是要向我寻求帮助。我向他摆了摆手，示意他还是不说算了。

"他们……他们两个的手机地震的时候就被埋了。杨刚受了一点伤，他的脚被石头砸着了，走起来吃力，在大坝上等着救援，哥在那里照顾他，他们很快就会获救的。"罗永编完这个谎，额头都冒汗了。

嫂子显然松了一口气："原来是这样啊！"

她接下来对罗永却没再隐瞒什么。她将家里的情况对罗永说了："你们要注意安全，我现在真的撑不起了，妈遭难了，房子全被毁了不说，地里的庄稼也全被毁了，放在山上的牛羊不晓得还在不在。妈遭难后，爹一句话也不说，整天偷着抹泪。罗永，你们一定要好手好脚地早点回来啊！"

"你们……现在是个啥情况呢？"

"我和老汉儿费了好大的劲儿，才把妈从砖头瓦块里刨出来。我们把她放在一扇门板上，但香蜡纸钱都买不到，要等你回来，才能给她办后事!"

"两个……娃儿呢?"

"县城的学校在地震中好好的,老大没得事。小的在得妥的学校也没得事。两个娃娃都是好手好脚的。"

嫂子的电话,虽然让罗永已有心理准备,但听了妈妈遇难的事,还是有种天旋地转、手脚发软的感觉。不过,当他得到两个娃儿都没事的准信后,他的脸上才有了一丝欣慰。

我原以为,在库区经历了哥和侄儿的生离死别,又从嫂子的电话里得到了妈妈遇难的凶信,已经适应了地震灾难的罗永,为了两个正在上学的娃娃,无论如何,他都不会倒下的。可是,他在接完嫂子的电话后,还是像一根面条似的瘫软下去了。

坚强的罗永,之所以突然遭不住了,可能有几个方面的原因,一是母亲遭难后被放在倒塌的房屋废墟前,在等他回去办丧事;其实要办的丧事,还有他哥和侄儿的,但他话到嘴边,还是没有把那样的消息告诉家人;二是嫂子带来的凶信,比短信更具体、更详细,他知道这一切时,等于遭到了第二次、第三次,或更多次数的打击;三是听到母亲遭难后,惊魂未定的嫂子和他的父亲,却无力从废墟中刨出早已备好的棺椁,收敛母亲的遗体,甚至连张纸钱都没有,想到老人家辛劳一生,竟然落得如此结局,他的心理防线一下就崩塌了。

罗永在我眼前,突然一个趔趄就倒下了。他的魂魄好像不听使唤,离开了他的身体,直撅撅地倒在了荒野里。

母子连心,我想说的就是罗永的这种情况。看到他在我的眼前倒下,我赶紧一边掐他的人中,一边带着哭腔喊道:"永哥,你醒醒!永哥,你可要挺住!"

在我的呼唤声中,过了一会儿,罗永竟像个梦境中人,醒了过来。

在我的搀扶下,他重新在山坡上站了起来,眼神空洞地朝着浓雾密布的电站张望——他望向的,是湾东村的方向。

经历了痛失三个亲人的连续打击,他之所以还能站起来,我想,应该是"快点回家料理妈妈后事"的愿望在支撑着他。

罗永：
"孤岛"上的企鹅

甘宇和我的情况不太一样，小的时候，他和父母在一起的时间少，算是聚少离多。怎么说呢？他属于改革开放后，农民工进城务工潮中的留守儿童之一。在我的记忆中，甘宇七八岁的样子，可能和希望工程海报上印的那个大眼睛女娃娃差不多。

甘宇把我喊醒后，他的电话最先不是打给至今仍在广东打工的爸爸妈妈的。

他先和项目经理代红兵通了电话，把我们向猛虎岗转移，需要救援的请求提了出来。代红兵也给他说了由于当天雾大，直升机虽然出动了，但却没能找到我们，并说会立即给抗震救灾指挥部报告我们新的情况，会尽快来救我们。代红兵挂了电话后，甘宇看到手机上还有十来个广州打来的未接来电，那是他爸爸妈妈打来的。但他并没有马上回电话过去,而是看起新收到的短信来。就在这时,甘宇妈妈的电话又打来了——自从成了患难兄弟,我们接电话时都会打开免提,这样,就不用转述——那样太费气力了。

"喂,是甘宇吗?"妈妈的声音里充满了担忧,小心翼翼地问。她害怕接电话的是别人,而不是自己的儿子。

"妈,不是我还能是哪个嘛!"甘宇装作跟平时一样,故作轻松地说。

"幺儿啊,你的电话怎么一直关机?整死打不通,急死我和你爸了!"

"妈,你莫乱担心,地震期间,用电得不到保证,所以要节约用电。很多时候手机没有信号,开着也没用,所以就关了。"

"那现在怎么有信号了?"

"无人机刚刚恢复的。"

"哦——"我能听到他妈妈舒了一口气,但她还是不放心,"你给妈说句实话,你现在没事吧?"

"我如果有事,哪还能这样跟你说话啊?"

"那我就放心了!"

"妈,你跟爷爷婆婆和爸爸都说一声,我安全得很。我手机电量不多了,我就不一一跟他们打电话了。"

"幺儿,你现在究竟怎么样啊?"听得出来,他妈妈心里仍然不踏实。

为了让父母宽心,他给妈妈说的,都尽挑好的方面说,把我们面临的危险,用平淡的语气隐瞒了。他告诉他妈妈,说我们待在一个安全的地方，在等政府救援，吃喝拉撒都没问题，天黑之前就能返回得妥。

他妈妈终于放心了。他挂了电话。

如果我没记错，无人机再来恢复信号时，甘宇又给石棉的110打过电话。他希望离我们最近的公安人员能把我们尽快转移出去。

想到警方是从事治安和刑事工作的，再说找警方帮忙的人，肯定把110都打爆了，警方在救人这方面，也不能给我们"搞特殊"，何时出警，也会有个先来后到，所以我就没抱啥子希望。石棉警方依然根据业务流程，把甘宇的请求转给了石棉方面的抗震救灾指挥部；石棉那边，又把我们的请求向泸定这边的指挥部转达了。

不然，无人机即将飞走，我们躺在坡上等回音时，甘宇就不会接到一个解放军军官打来的电话了。那个军官说，解放军已经进入震区，他是驻川某部的指挥员，根据习近平总书记的指示，正在执行人员搜救任务。他问我们的位置是不是仍在警方转给他们的定位地点，得到确认后，他要求我们在原地等候，以便救援官兵来救我们。

与解放军军官通话结束后，甘宇还接到了王华东打来的电话。王总说，项目部的同事都已投入抗震救灾的行动中，大家非常关心我们的安危；甘孜、泸定负责抗震救灾的领导，还专门协调了两支消防救援队伍，很快就会来救我们。

刚与王总通完话，又有不少外面的陌生电话打了进来，那是一些记者和自媒体博主的电话。我说了几句，又让甘宇接受采访。但我们不能讲得太多，就记住军官的话，简单说了当时的处境，便把电话挂了。甘宇事后跟我说，从他们问的问题来看，外界已经晓得我们开闸放水和抢救遇难工友的事了，并把这些当成了英雄壮举。但我跟甘宇都觉得那没有什么，的确是我们应该做的。

我们生怕把手机电量耗尽——像战场上的伤兵，怕把自己的"最后一滴血"给流完了，所以赶紧关了手机。

外界的关心，令人感动；我们经过休息后，准备积攒力量，与救援人员实现"双向奔赴"。沮丧、悲伤、饥饿和疲乏，虽然像蛇一样纠缠着我们，但政府、军队、亲人、同事和网友却没有忘记我们。因此，我和甘宇觉得，只要坚持下去，我们就能获救。

沿着红军当年走过的那条险途，我们用力向猛虎岗攀爬。但上路前，我和甘宇面临的选择却是纠结的：我们可以在原地等待——这是救援人员与我们的约定，也是警方专门标注过的坐标点位；但我们身处半山坡上，直升机即使来，也没有起降条件。最主要的是，今天一整天雾没散去不说，现在又弥漫开了，只能看见几个山尖尖在雾海上面漂浮着。这意味着我们今天获救的可能性很小，如果等到明天，我和甘宇就要在这没水、没食物的半山腰上等一晚上。假如等到明天，雾还不散，怎么办？

这里的夜晚可不好过，晚上的气温能降到裹着棉袄还冷的程度，还有就是，我们还得饿一晚上。如果在这里待一晚上，那可真是饥寒交迫了。

后来，想到警方的定位，既然他们可以发现我们，那我们向猛虎岗行进，他们应该也能跟踪到我们的行踪。只要我们尽快赶到猛虎岗，救援人员和我们就不存在"擦肩而过"的问题。于是，我和甘宇决定，继续往猛虎岗走。

走了大概有一个半小时，想到救援人员可能会联系我们，甘宇打开了他的手机。过了一会儿，果真有人打来了电话，很客气地问道："同志，我们是来寻找你们的救援人员，你们在哪里？"

甘宇说："我和罗永在去猛虎岗的路上。"

"那就是说，你们离开了原来的位置。"

"是的。"

"我们接受任务的位置，不是猛虎岗，你们的路可能走反了。你们现在的情况怎么样？"可能是听到甘宇接电话时发出的喘息声，对方感觉到了我们处境不妙。

"缺水，没有吃的，气温也下降了，很冷。"

"那就原地等待，千万不能乱走，我们会根据GPS定位，尽快向你们靠拢。"

为了给我和甘宇吃颗定心丸，救援的负责人还给甘宇发了短信，说他们与我们的距离，最多只有十五公里。

我和甘宇看到短信，一时有些蒙。十五公里在山区是很长的距离，但对直升机来说，转眼就能到。我们便满怀希望地停下来等待。

我们停留的地方，在一个陡坡上边，那里有一块很大的石头，比较显眼。为了让救援人员更容易发现我们，我和甘宇爬了上去，站在上面，看起来就像站在海上的孤礁上，而我和甘宇，当时活像我在电视里看到的两只瑟瑟发抖的企鹅。看到甘宇累得四肢无力，躺在巨石上喘气的样子，我真担心他身体会吃不消。

走路的时候，对饥饿的感觉没有那么强烈，一停下来，就饿得感觉肠子都绞到一起了。又想到我哥躺在大坝上，侄子压在落石中的惨状，想起躺在门板上妈妈的遗体，我那本来就堵得发慌的胸口，一下更堵得不能呼吸了。

但我毕竟是个比甘宇年长的人。我害怕自己在他面前忍不住哭起来，更担心他饿坏了，就让他躺着休息，我自己去附近看看有没有可吃的东西。

我找了一会儿，找到两个八月瓜，采了拿回来。甘宇从石头上坐起来，向我道过谢，接过我递给他的两个八月瓜，将其中一个剥了皮吃掉；准备吃第二个时，他下意识地看了我一眼，把它递给了我。

但我没要，又递给了他。我跟他说："我吃了水红子，不饿了，我还可以去找找看。"

石棉、泸定这一带，八月瓜比较多。甘宇把那个八月瓜吃了，连剥下的皮也舍不得扔掉，放进嘴里嚼了嚼，强行咽进了肚子里。

直升机一直没见踪影。我和甘宇走也不是，不走也不是。

甘宇安慰我说："肯定是遇到复杂的气象条件了，直升机才没有飞过来。"

雾气都快涌到我脚下了，看着越来越深的雾海，我和甘宇今天获救的希望看来又没有了。趁着天还没有黑，我得赶紧再找点能吃的东西填一填肚子。

我又找到了一丛水红子，把甘宇叫到跟前，两人把它吃得一颗不剩。想到村里人会采水红子叶来熬茶喝，便想它肯定也能吃，就把叶子都捋下来，在口里嚼了，咽进肚子里。

我和甘宇有了一点体力。接着，我们要面对的，就是怎么度过在荒山里的第一个黑夜。

天擦黑时，我发现了一片箭竹林，便将竹子一根根折过来，准备搭建一个简易的棚子。

箭竹是熊猫爱吃的竹子之一，在泸定和石棉山上有很多，但都长在像猛虎岗这样高的山上。甘宇说，能长箭竹的地方，海拔应该在两千四五百米了。我们折了不少箭竹，搭建了一个简易的棚子，用来过夜。

雾把我们罩在里面了，又潮又湿，气温比平常更低，能见度也就两三米的样子。我们钻进棚子，把雨衣铺在地上，在里面坐着。

虽然待在棚子里，但还是能感觉到气温下降得很快。

这是那种高山上的气温，可能跟贡嘎雪山的气温差不多。我虽然没去过那座有很多传说的神山，但我知道神山脚下，王岗坪乡一个景区里的游客，早上看日出，或在傍晚的时候去看风景，如果不穿军大衣，就会冻得全身像打摆子一样。所以，我们要是不弄个棚子遮风挡雨，那肯定是受不了的。

我们开始是并排坐在棚子里，然后是背靠背坐着。不一会儿，天色就开始由灰黑转为漆黑，像个巨大的黑布口袋一样，先把棚子装进去，然后把甘宇和我装进去，最后把整个天地都给装进去了。

自从地震发生后，每到夜间休息时，我们总是条件反射似的保持着背靠背的姿势。

为什么这样？我想，一个原因是太冷了，我们背靠背，可以互相传递一点热量；还有一个原因是，面对危险时，背靠背能让我们互相壮胆。因此，在这种情况下，我们只要背靠背地坐着，就能感到对方的存在，产生一股力量。

四面的山谷，地震刚发生时，会有石头"哗啦哗啦"地垮塌；余震期间，也有石头"哗啦哗啦"地垮塌；不地震时，由于地层的松动，还是有石头"哗啦哗啦"地垮塌。之后，位于龙门山与横断山接壤地带的贡嘎群山，虽然有"川西脊梁"之称，经历了"9·5"泸定地震现在还是会不断垮塌，不断响起的"哗啦哗啦"声，仿佛是群山的呻吟。

越来越冷。雾是冰凉的。不久又下起了雨。雨不大，但很密。那种棚子是挡不住雨水的，我和甘宇只能把雨衣重新穿在身上。冷雾冷雨让我们不断发抖，像在打摆子，上牙齿碰着下牙齿，"咯咯咯"直响。

地面很快就积水了，我们不能坐着，只能蹲在棚子里。

秋雨的"滴答"声令人感觉更冷，迅速下降的气温冻得我们不能合眼。下雨后，原本震松的山体不时垮塌着，让人感觉这山会一直垮下去，会垮到我们面前来。我们生怕自己一旦睡着了，垮山的时候，被当成石头、土块，"哗啦哗啦"地裹挟而去。

蹲着会腿麻，所以要不时动一动，换个姿势。

也不晓得是夜里什么时候，又发生了一次余震，惊得我们一下弹跳起来。我们条件反射似的四肢并用，从棚子里爬出来，摸索着爬行了两三丈远。在湿漉漉的、黑得伸手不见五指的雨夜中逃命，的确不是甘宇的强项。他自从没了近视眼镜以后，这种又摸又爬的动作，对他来说，简直跟受刑一样。

"永哥，你……你……在哪里？"甘宇在离我不远的地方，声音带着哭腔问道。

我赶忙摇动一根箭竹，弄出一些响动。"兄弟，我在这里，你没事吧？"

"我，没……事。"

"真没事吗？"

甘宇没有回答我，但凭直觉，我感到他刚才肯定受伤了。我爬回他的身边，把他的一只手紧紧攥住。他的手冷得像一块冰。

"我的左手被竹桩扎伤了。"

我握着甘宇的另一只手，"受伤的是这只手吗？"

"是的。"

"痛吗？"

"有一点。"

"你伤口冒出的血是热的。"

"我的手都冻木了。"

这时，我忍不住笑了，"其实我们刚才不用跑。那个棚子就是震塌了，也把我们砸不死，也把我们埋不到里面。"

甘宇笑得更大声："条件反射了，一感觉到地震，就想着往外跑，不晓得棚子被震塌没有？"

"还是得爬回去，里面至少可以遮一遮风雨。"

于是，我拉着甘宇的手，摸索着，又钻进了棚子里。

甘宇：
亟待解压的蝾螈

　　夜里，我的手在躲余震的时候受伤了。为了止血，罗永把我受伤的手紧紧攥着，好久都没有松开。

　　我们一起往天亮的时间熬，又冷，又饿，又困，又动作不便，那种感觉，真不好受。

　　冷，继续熬，熬到明天早上出太阳了，就暖和了；饿，身陷余震不断的荒山野岭，想象9月5日夜里，用"说吃说喝"的办法来画饼充饥，只能使用一次，再用就失灵了；困，却怎么也睡不着。不光是我睡不着，罗永也是。他说他一闭眼，就会想起他妈，想起他哥、侄儿，想起彭荣军、马正军，他们就会到他跟前来。他这么一说，我也会想起罗永那慈祥的、一辈子勤劳的妈妈，会想起昨天中午还在一起吃同一锅饭的四个人，一想起他们，特别是想起马正军的那只手，我就更睡不着了。

下雨有个好处，就是不怕渴。即使是晚上，只要伸出舌头，就能舔到竹叶上的雨水。

雨在天快亮时停了，雾并未散去，看来今天的天气不会太好。我对今天能否获救一下又悲观起来。但我不能让罗永感觉到。

昨天吃的两个八月瓜和一点水红子根本不管用，雨衣可以遮挡雨水，但半截裤管都湿透了。我和罗永饥寒交迫，我捋了几片竹叶，在嘴里咀嚼着。

罗永说："现在能填肚子的，就是水，走，我们去找水喝。"

昨天快离开电站大坝时，我和罗永一人拿了一顶红色的安全帽，扣在脑壳上，想用它来防飞石落在头上，安全帽是红色的，也比较醒目；现在，还可以把它当作装水的工具。

我突然有些后悔：昨天晓得用白T恤求救，怎么没有想到挥舞红色安全帽呢？如果挥动这玩意，说不定直升机上的人就发现我们了。我把这个想法给罗永说了。

罗永也顿时后悔起来，他说："看来，我们的脑子都被地震震蒙了，把我们戴着安全帽的事完全忘掉了。"

"其实也不用后悔了，我们虽然没有挥舞安全帽，但我们戴着啊，但救援人员还是没有发现。主要是当时我们所在的位置雾蒙蒙的，恐怕就是燃一堆火，人家也发现不了。"

"唉，不说了。昨晚下了雨，现在找水应该比较容易。没有吃的，看喝水能不能填一填肚子。"

在找水的路上，我因受视力影响，走路老是跌跌撞撞的。不知道是不是因为饥饿，今天天亮后，我看东西更模糊了。罗永一见我那样，就用一根竹棍把我这个"瞎子兄弟"重新牵在手上。

没想昨晚的水似乎都渗走了。我们找了一圈，一点水源都没找到。罗永是眼睛和耳朵并用，眼睛看着有啥可以塞牙缝的，耳朵竖着听哪里有水流声，哪里有泉水冒出来的"汩汩"声。有时，我们分明听到流水的响声了，走过去看时，却一口水也没有。之所以出现这种情况，是清晨的荒山太安静了，也可能是我们太想喝水，产生幻听了。

等我们站在震后一道泥石堆积的高坎上头，发现坎下有股水向外不断渗出来，形成了一个小小的水塘，罗永高兴得顿时走不动了。我们面面相觑地停了好一阵，像是害怕那是一个幻觉。

罗永像个幼儿园小朋友滑梭梭板那样先滑了下去。

"是一潭水，快下来。"

我一听，也学着他的样子滑了下去。

我们撅着屁股，趴在水边，"咣当咣当"地大口喝着。我喝水时，差点把一只蚂蟥喝到嘴里，但我一点也没有察觉到。

罗永说："兄弟，慢点喝，你看你，快把一只蚂蟥喝进嘴里了！"

"啊！"我惊叫起来，"哪里哪里？"

开始我以为罗永在说笑或者故意吓我。我抹了一把嘴，没有抹下来。

他伸出手，把一条蚂蟥从我嘴边扯下来，让我自己看。我心里哆嗦了一下，没想到这鬼地方还有蚂蟥，于是下意识地抹了抹嘴，继续埋头喝水的时候，就格外小心了些。

用冷水把肚子灌饱，实在喝不下去了，才放松手脚站起来。肚子好受了一点，但浑身却感觉更没得力气，头反而有些发晕，好像刚才喝水已把身上的劲儿用完了，肚子鼓起来，像癞蛤蟆一样。

我没想到，喝水也能把人喝累。

9月7日早上，我们的确是把喝水当作"吃饭"来对待的。喝完水，我和罗永就等于"吃过饭"了。当时，我们不停地打着饱嗝，虽然累，却一下满足得很！

休息了一会儿，我们分别用红色安全帽把水装满，提着，绕过泥石显然还不瓷实的陡坡朝回走。肚子由于装满了水，一走路，就"咣当咣当"响。不再遭受饥饿的折磨，心情好像也快活起来。我往回走时，甚至还五音不全地改唱了一段网上学会的"神曲"：

　　瓦蓝蓝的天上飞老鹰
　　我在高山眺望北京
　　侧耳倾听母亲的声音
　　放眼望去全是崇山峻岭
　　……

就在我手上端着满满的一帽子水，边走边唱时，罗永没看到脚下的一根葛藤，就像被人事先安放的绊马索一样，他竟然绊了一个扑爬，趴在了地上，他那顶红色的安全帽，像个红色西瓜一样，朝山下滚去了。

罗永顿时呆住了，他目光呆滞地望着那顶安全帽，嘴里喃喃地说："太可惜了！太可惜了！"直到它滚到看不见的地方了，他才把目光收回来。

雾气在清晨的山谷间翻涌，但已稀薄了很多。天气好转，我和罗永又对今天获救充满了希望。

水生不出啥力气，就走了那么一小段山路，又脚扒手软的了。撒了一泡尿，肚子又空了。

快返回昨晚过夜的"庇护所"时，罗永发现一处荆棘丛里，长着几根野生猕猴桃的藤蔓。他捡来一根树枝，伸向藤蔓，绕了几圈，用力往后一拉扯，将藤蔓拉到了自己跟前。藤蔓上面结了些拇指大小的猕猴桃，共有十来颗，还是青黄色的，一看就没有成熟。但我们很高兴，全都摘了下来。我们就在雨衣上，蹭去猕猴桃表面的茸毛，将其放进了嘴里。猕猴桃又酸又涩，但它至少是可以吃的。我们连皮把它们吃进了肚子里。

冷水加野果让我的肠胃很快就反酸了，感觉更加饥饿。这时，罗永又在不远处的竹林里，意外发现了几根手指粗细的竹笋。他把它们采来，剥去笋壳，递给我。我们像人们熟悉的熊猫一样，"咔嚓咔嚓"吃起来。

我第一次吃生竹笋。但人在那种环境中，只要有能填进肚子里的东西，不让肚子"挂空挡"，就是上天的恩赐了。

也就是从那一天开始，凡是能嚼能咽的东西，我都可以将它嚼烂,吞进肚子里。这是我和罗永能在野外生存三个昼夜,也是他走以后,我还能独自撑过整整十几天的原因。因此,以我的个人经验来说,三天之内,如果你还嫌弃这水很脏,喝不得,那个野果味道很糟,不能吃,我想,就算你是一个野外生存的全能高手,恐怕也只会死翘翘了。

吃完笋,我已有了"酒足饭饱"之感。

早上看起来像个晴天,现在雾又变浓了,很快就把所有能填满的沟谷填满了,然后从山谷下面涌上来,要填满天地之间的所有空间。能见度变得只有五六米了。看着这样的天气条件,我很是丧气地说:"永哥,看来救援人员今天还是进不来,不知要猴年马月,我们才能走拢猛虎岗!"

"着急也没用!他们不来,我们就慢慢按照定好的方向走。"罗永虽然预感到我们今天的处境不妙,但我的这个兄长,依然在安慰我。

"我是说……永哥……我……"

"兄弟,说话不要吞吞吐吐的!"

"我已拖累你了!我已变成你的累赘了。自从没了眼镜,我行动就吃力了,像一个半瞎的人。再说,总在这雾气烟瘴里转圈圈,我们可能谁也走不出去。"

"莫说这些!我们只要坚持继续走,就是爬,也会爬到猛虎岗的。"

"永哥,我的想法是,你先走,你身体比我好,这些山里的路你也是走惯了的,如果没有我拖累你,你肯定能很快走出去。你走出去了，就可以带救援人员来接应我，这样的话，我们两个不就都得救了吗？"

我已经铁了心要让罗永先走。我不愿拖累他。

罗永的哥哥、侄儿死了，妈妈还躺在门板上，正等他回去下葬，这些事集中发生在一瞬之间，他心里承受着怎样的伤痛啊！就是内心再强大、身体再强壮的人，也是吃不消的。但是我也知道，我这做小兄弟的，越是为他着想，他就越是不肯把我抛下，让我独自留在这深山老林里，他却独自去逃命。要是能这样做，他在地震发生后，就不会一直带着我了。

我让罗永赶紧离开，但他死活不肯。就在我们僵持不下时，9月7日上午，地震发生以来，最大的一次余震突然发生了，感觉整座山都摇晃了起来。地震发生后，余震总像疯子一样说来就来。最大的余震发生时，吓得我和正在争论走留问题的罗永撒开腿就跑。但对我们来说，这个"跑"，只意味着肢体动作的下意识反应，体能已让我们跑不起来。我们只不过在大雾天里，在能见度很差的环境中，不断躲闪，来躲避落石的伤害罢了。我们没能跑多远，更没能跑到一个安全的地方。沮丧、劳累使我们的头发晕，这与不知真假的高原反应搅和在一起，决定了我们躲避余震的行为显得很蠢笨。也就一两分钟的时间，好像专门与我和罗永作对的余震停止了。

我们一屁股坐在坡上，上气不接下气地喘息着，像两个稀泥和成的人，瘫倒在湿漉漉的山坡上。

喘息了好一阵，喘的气匀净一点了，我更觉得我不能拖累罗永了。我吞咽了几口清口水，给他讲了一个故事。这个故事叫《蝘蜒传》，是唐朝的柳宗元写的。

我跟他讲，很久以前，有种叫蝜蝂的虫子，像许多人一样命运悲苦、卑微。但这种虫子心地善良，勤勤恳恳，总想通过不断的努力来实现它的逆天改命。

蝜蝂整天都在寻找食物，一看到能吃的虫虫，就用嘴里吐出的黏液把它粘住，然后脑壳朝后一甩，放在背上积累起来。当虫子在蝜蝂背上越积越多，压得它快走不了时，一个好事者见它可怜，就用一根棍棍，将它背上的虫虫拨弄了下来。

但结果呢？这个蝜蝂发现背上的东西没有了，于是就更疯狂地把地上的虫子粘住，不断甩到背上。由于背上的东西太多，它从墙上摔了下来。蝜蝂四脚朝天，不停扒拉着，却难以翻身，最后把自己活活饿死了。

我之所以讲这个故事，是想到罗永心里拥堵的事情太多，背负的东西太多，如果再把我这个累赘背在他的背上，担心他像蝜蝂一样，把自己压垮了。

我告诉罗永："外边的领导和救援人员为了寻找我们，不知都急成啥样了！你身体素质好，如能先走出去，至少能把里面的情况带给大家，让外界对你我的真实处境有所了解，这对关心我们的每个人来说，也是一种鼓舞。"

但他坚持要带着我一起走。

"今明两天，雾一散去，直升机就能来救我们了。"

"这川西的雾你又不是不晓得，假如今明两天雾散不了呢？假如好几天都不散呢？"

罗永不说话了。

"永哥，现在的情况是，只有你获救了，我才能尽快获救。"

他看着我，眼里泪光闪烁。"兄弟，我晓得你的意思……"

"永哥，还有，你要回去给你妈妈下葬，你哥和彭荣军的遗体要运下去，你侄儿和马正军的遗体终归要找出来，也要运下去。这都是你必须处理的大事，所以，你必须尽快走出去！"

罗永听了我的话，说："你的话是有道理。我也晓得，你是不想连累我。但我不能把你一个人留在这山上。我的想法是，要死我们一起死，要生我们一起生。"

"我只想跟你一起生，我们都要活下去，但要活下去，只有按我刚才说的做，我们才有都活下去的希望。"我加重了说话的语气。这样说话，似乎更费力，但我必须这么做。

"这地震已让不少无辜的人走了，如果因我离开，你再出个啥子事，我这后半辈子咋活啊！"

"我知道你是讲情义的人，我晓得你对我的生存能力表示怀疑，对我放心不下，但你放心，我肯定能坚持到你搬来救兵——你这是去帮我搬救兵啊！假如我像现在这样拖累着你，我们两个便真有可能陷入绝境。"

见我态度坚决，罗永说："你说的也有道理，我再僵持在这里，也不是办法，我尽量在路上跑快点，尽早把救援人员找来。"

他答应了。

罗永让我先歇着。他用我那顶安全帽，去刚才的水潭里装满水，端来放在我面前，然后又在附近找了一些刺梨子。这种满身是刺的野果子，在泸定湾东村和石棉王岗坪乡之间的大山里，随处可见，当地人用它来泡苞谷烧，酸酸甜甜的汁液被土酒吸收后，味道就会变得又纯又甜，不太喝酒的女娃儿，碰上好点的刺梨酒，也会端起杯子喝上两杯。当然，这个刺梨果晒干后，还是中药，据说它的营养丰富，维生素含量更是不低。

罗永把采回的刺梨，蹭掉上面的刺，一分为二。

他带走一堆少的，给我留了一堆多的。

"兄弟，渴了你就喝水，饿了就吃这个！"他指了指放在我面前的水和刺梨说。

我见永哥一副伤感的样子，为了安慰他，便咧嘴笑了，主动和他开起了玩笑："哥啊，你这是给菩萨上供果啊，哈哈哈！"

"嘿嘿嘿，你爱吃不吃，我不会管！但我只能找到这些东西了！"见我故意和他搞气氛，他也有意在我面前，"嘿嘿嘿"地笑出了声。

"我肯定要吃，谢谢永哥！"

说完，我站起来，主动和罗永拥抱了一下。

弟兄之间，因为分别，彼此拥抱和握手的礼节，我在电视上经常看到，一直觉得那种样子很假，一点不像我们农村娃儿表达情感的样子。但实际生活中，当我第一次与罗永也像电视中的人那样拥抱时，我还多少有点不好意思。

我和罗永就这么分开了。

第三章

罗永获救

罗永：
我拿到了我哥的打火机

离开甘宇后，我选择的是从我和甘宇滞留的地方，顺原路往湾东电站的方向走。

原来，我与甘宇是按红军完成猛虎岗战斗后直袭泸定城西的路线逆行，想从石棉县王岗坪乡的猛虎岗走出去。支持这个想法的前提如前面所说，是孙建洪手下那些民工从这条路跑出去后，成功获救了。而没想到的是，我和甘宇两天了，还在前往猛虎岗的半山腰上打转转。

因此我独自上路后，就放弃了原先的想法。之所以这样做，一是天气依然不好，那些民工撤离时虽然刚发生了地震，但是晴天，不像我们离开库区时，到处都是雾腾腾的;二是我家住在湾东村,从大坝到家里的路,我很熟悉,不像走猛虎岗那条路线,因为不熟悉,我和甘宇那两天像是遭到了"鬼打墙",似乎一直在原地转圈圈;还有就是那些地方的路早就荒得看不见了,除非走过多次的人,要不然根本找不到该往哪走,最可怕的是没得人烟,找不到吃的、喝的,连个问路的人也遇不到;三是我即使走到了猛虎岗,经石棉回得妥镇的路也很远,绕得很。如按原路走,会耽误我获救的时间,也就会耽误我向救援指挥部报告情况、回来救甘宇的时间,当然,也就不能把我哥和彭荣军的遗体从大坝赶紧运回,不能尽快把侄儿和马正军的遗体找到;自然,我也没法尽快回家,料理妈的后事——一想起遇难的妈,我的泪水就止不住地往下流。

这样,我下山后,就觉得朝湾东电站那个方向走比较靠谱。

按王华东后来的说法,他说我像个肩负使命的"通风报信人"。有文化的人也说,只要一想到我的事,就会产生那种印象。我获救后,带出来的甘宇被困、亟须救援的消息,引起了亿万国人,甚至包括全球互联网网友的关注。舆论在"泸定地震"发生后的第三天就开始了,"甘宇下落"和"罗永获救"之类的关键词,高居各大门户网站和社交媒体的热搜榜之首。

我们的事迹和个人安危带动的话题效应,此起彼伏,按记者的说法,"闪烁着质朴迷人的人性之光"。网络的"话题流量",已从全球防疫措施的得失与个人际遇的众声喧哗转移到"寻找甘宇"上了。

我获救后就晓得,身处抗震救灾一线的人们,虽然被疫情防控和抗震救灾并行的压力搞得十分疲惫，但依然没有丝毫懈怠。他们从我开始好转的健康状况和甘宇失踪与获救的可行性分析中，倒也感到欣慰。因为我们一致认为，只要大家一起努力，就一定能找到甘宇。

我与甘宇分开后，在中午时分重新回到了库区附近。我的体质比甘宇要好，所以路上的那些坡坡坎坎，基本难不倒我。不过在靠近库区的时候，就在我快看到库区明显下降的吃水线时，一道被余震"撕去"植被表层，露出泥土与石头的陡坎，把我拦住了。为了快些走拢库区，我不想绕路，想直接从坎上滑下去。

我掏出手机，打开，想看看库区一带有没有信号——没有信号，连一条新的短信都没有。我看了一眼时间：14点52分。我随手把它装进裤兜里。

由于陡坡表面的泥土并不瓷实，加之坡太陡，没滑多远，我就朝下翻滚起来。等我滚到坡底下，头有些发晕，差点呕吐。

我吐出了几口酸水，觉得自己饿得爬不起了。我第一次晓得，真能饿得前胸倒贴后背，我在地上躺了很久，才爬起来。

走了几步，我想看看到几点了，摸了摸衣兜，才发现手机不见了。我把衣兜和裤兜都摸了几遍，不得不绝望地确认，我的手机在我往下翻滚时，丢了。

我又往坡上爬，把我经过的地方都找过了，但没找到。我想，手机肯定在我往下滚时，被滑下的泥土埋了。

丢了手机，我心里发慌，这显然跟甘宇丢了眼镜一样糟糕。手机还有一点电量，没有信号时，还能看看时间。现在，时间概念没了，接下来，只要涉及时间的问题，我就只能根据天光变化，凭着直觉去猜测、去估计了；丢了手机，实际也断了我与外界的联系。

假如这个时候通信恢复就好了，就可能有人在这个时候给我打电话，我就可以根据铃声响起的位置，去把电话找回来。我想，就在这个时候，可能真有救援的人把电话打过来，所以，我没有离开，便坐在那道陡坎下面等着。那里离大坝很近，我能闻到湾东河水的气息，它原是甘甜的味道，现在因为里面滚进了山石和泥土，有了明显的土腥味。我充满侥幸，觉得自己只要等一会儿，电话就会响，甚至可能等来救援人员。但我在那里等了至少一个钟头，电话始终也没见响。我不断往阴沉沉的天空望去，还是没有救援直升机的影子。

我情绪低落，人家说活人不能被尿憋死，但我这个活人，饿得头发晕，腿发软，现在又把手机丢了，已有"被尿憋死"的感觉了。

我告诉过甘宇，出来后，一定想法尽快找到救援队去接应他。可救援队没见着，甘宇怎么办呢？再按原路返回，向甘宇说明情况，然后重新往猛虎岗走，这是不现实的。当时我的体力，因为饿了两三天了，已经严重透支。

饥饿、伤痛和失去亲人的打击，已无法让我这个原本体力不错的"壮劳力"再冒险了！

我来到了熟悉的大坝上，不知如何是好地走来走去。我从衣兜里摸出下山之前摘的还剩下的一个刺梨，放在嘴里咀嚼起来。我将那颗带来的野果慢慢嚼完，连难以下咽的果渣和刺梨籽籽都咽下了，然后梭到水边，灌了一些水，终于把肚子灌饱了。然后，我在离休息室不远的地方，找到了一个没有被人啃干净的玉米。玉米粒已变干瘪，有点变味。但我像是找到了世上最罕见的美食，竟激动得眼泪水都流出来了。我一粒一粒地在嘴里嚼着……其实也就二十多粒，咽进肚子里，肚子里仍然只有水。

那些变质的玉米渣渣，估计浮在我肚子里的"水面"，好久都沉不下去。

我想，如果我能找到一个打火机，再弄一堆柴草，点一堆火，冒起的浓烟就能告诉救援人员"我在哪里"。如果能以这种方式获救，再带救援人员去找甘宇，也是可行的。

但到哪里去找打火机呢？我搜索了原来的食堂和休息室，那里坍塌成了一堆废墟，即使有打火机，我也刨不出来。

库区只有风声，和我的呼吸声，还有活动时肚子里的水发出的"咕咚"声。库区因有四个遇难者，即使是大天白日，我独自走在大坝上，也还是难免害怕。因为浑身无力，肚子里灌满水后，我感觉自己也是被水泡着的。我有意不朝哥哥罗开清和彭荣军躺着的地方看，有意不埋着侄儿杨刚和彝族兄弟马正军的位置看。

我怕自己看到他们，惊扰了他们的魂魄！

悲痛与恐惧涌上心头，堵在我的喉咙管里。泪水怎么也止不住，我开始呜咽，然后不由得哇哇大哭起来。悲痛是要费气力的，它让我虚弱的身体再也站立不稳，我只能坐在一块石头上抹泪。

天依然阴沉，不见太阳，没有参照，时间过得很慢。我站起来，擦干泪水，没有刚才那么害怕了。我就找了一根树棍杵着朝前走,经过埋葬马正军的地方时,看到余震震松的土石,把他埋得更深了。我说,你们在这里好好歇着,我一出去就找人来把你们挖出来,但你们一定要保佑我能走出去啊!

之后,我看到了盖着我哥和彭荣军的彩条布,有一角被风不时地掀起来,在死气沉沉的大坝上,格外醒目、晃眼。

我想绕开他们。但我突然想起我哥和彭荣军是抽烟的,他们人虽死了,但身上的打火机应该还在。两个死人中,我当时更害怕彭荣军一点。他毕竟是外人,而我哥,跟我却是同一个妈老汉儿生养的。我决定从我哥这里"想办法"。

他的遗体已经开始腐烂,还有很远一段距离,我就闻到了腐尸的气息。我站定后,不想让风把那种气味吹进我的鼻孔,我便背过身。突然,我听到了哗的一声响,把我吓得魂都丢掉了,不由自主地叫喊一声:"哪个?"我转过头去,原来是风掀动彩条布发出的响声。

我的确想绕过他们,不去惊动两个不幸的人。但打火机是我获救的希望。我犹豫了一阵,想到还要尽快拿到打火机,赶紧离开这里,便捏着鼻子,走到了我哥的遗体面前,转到他脚下的位置,小心地将彩条布揭开,里面的气味更浓,我差点出不了气。害怕使我突然有了一股胆气,我把彩条布一直揭到我哥小肚子的位置,把手快速地伸进了他的裤兜里。

真有一个打火机!还有一个"龙凤呈祥"牌烟盒,里面剩有五支烟。

我拿了打火机,把烟放回他的裤兜,赶紧用彩条布重新将他盖好。

后来，我讲起这个情节时，有记者问我：你去找打火机时，为什么要从哥哥的脚下揭开彩条布呢？我说，这样做让我不会看到我哥的脸。记者还是不理解，看到脸又怎么啦？我说，我害怕，即使是我亲哥我也害怕——这是真话，我即使是从脚下去拿的打火机，但事后想起来，也不时会感到后怕。还有就是，我们这一带的农村有个习俗，人死后，脸就不能再见天光了。

我从与甘宇分手下山到获救的时间，满打满算有一天多点，所以还算幸运。我向媒体介绍获救的经过时，情绪已经平稳，甚至还有一点云淡风轻的感觉了。我向记者说起自己被困和获救的情况时，就像在讲"另一个罗永"的故事。

我听王华东说，他来看我前，还和张涛、崔秀三、代红兵三位领导一起开会，提出是不是找个专业的心理医生对我进行心理干预。这种担心，完全没有必要。王总还担心记者问的"有些过分"，会触及我的伤心之处，好几次插话，帮记者转移话题。领导那么关心我，我很感动。但我没有他们想象的那么不经整。我是在湾东村这个地方长大的，本质上还是一个农民，就像一棵草一样，雨把我淋趴窝了，雨一停，我又会慢慢地站起来；风把我刮得贴在地上了，风一停，我又会努力地站起来。没有这种本事，我这辈子该咋个过呀？他们没想到眼前的我，会比他们想的还要坚强。

拿到打火机后，我想迅速转身离开，但我站在哥哥的遗体前，还是用石块小心地把彩条布的四周压紧了。然后，又把盖着彭荣军的彩条布也用石块压好。离开时，难免还是难过，悲从中来，不争气的泪水又流出来，我哽咽道："哥、彭哥，我这就去找人来把你们送回家去，你们可要保佑我早点获救啊！"我跪在地上，面向他们，分别磕了三个响头。

有了从哥哥身上找到的打火机，我找了一些用于点火的柴草，在大坝上点燃了求救的烟子。烟火升起来，但看了看天色，知道即使把火点着，也不会被搜救人员看到的，于是，我用石头把柴草上的火苗压熄，用手攥着哥哥的打火机，离开了大坝。

从大坝出发，回家的路有两条。一条是我经常走的"村村通"水泥路，沿着它可以直接回家，但这条路的好多路段，都是沿着山壁修的，遇到这场地震，已被震得龇牙咧嘴，不少地方被垮下的山石砸断、掩埋。准备上路前，我往水泥路的方向张望，还看到过因石头滚落而砸起的烟尘。我老婆在短信里也说过，这条路危险，已不能走。另一条是以大坝的中间位置为参照，向贡嘎山的方向徒步，翻过火草坪，再绕几道山弯，也能回家——准确地说，这原是一条曲里拐弯的羊肠小路，现在也已被杂树、荆棘吞没了。但这条路的山势，相对要缓和许多，即使有石头因余震滚落，也有可以躲闪、避开的地方。

我擦干泪水，向火草坪走去。

火草坪的地势，比我和甘宇去猛虎岗的必经之地芹菜坪要低许多，但从电站的大坝出发，它显然又高了不少。

火草坪，是我尽快见到家人的必经之地。

这条路，到处都是滚石留下的痕迹，山坡上"一道道伤痕"

显得触目惊心，很多树也被石头拦腰砸断、砸倒了；刺丛、杂树一不小心就会划伤脸和手脚。因为饿，我的脑壳总是昏浊浊的，眼睛四周还起黑晕。我扯了一些树叶，下意识地放在嘴里嚼着。入秋后的树叶很老，嚼起来有点费力，能吞下的，我都尽力把它吞进肚子里。遇到山沟，如果沟里有水，我也会趴下，不管不顾地一气喝一会儿。

我跟跟跄跄地走着，不晓得还要多久，才能走拢火草坪。

甘宇：
独自度过的第一个夜晚

　　罗永离开了。看到他的背影逐渐模糊，我马上就害怕起来。我虽然在湾东电站工作，但除了大坝工地与库区周边，其他地方我从来没有去过。这里，是完全陌生的深山野岭。罗永离我越来越远，但他仍可能是这方圆几十里内，离我最近的人。

　　我心里没底了，这个地球上，好像就剩我自己了。世界一下子变成了一座孤岛。

　　按罗永对我的反复交代，我只能就地待援。

　　坐在一个箭竹搭建的棚子里，我不想做任何事，当然，也没任何事能让我做。我第一次发现，当一个人什么都做不了、也无事可做时，那是一件很恐怖的事。

如果肚子不饿，可能还好受一点。可是，当时我很饿啊！罗永留给我的刺梨填进肚子后，我不但没饱，反而更饿了。坐在棚子里，我只能去听肚子的咆哮声，听了一阵，脸上就淌出了虚汗，眼前就泛起了黑晕。

但我必须坚持。我总以为，救援人员就要到了，生怕我前脚离开，他们后脚就找不到我了。最后我还是坐不住，就找了一根树枝杵着，想去附近看看。

我想先去折点带叶的树枝，盖在棚子上头，如果下雨，也好遮挡一下。走近一片杂树林时，一阵"窸窸窣窣"的声音突然在我耳边响起。我想：树林里会不会有人？说不定他也是个像我和罗永一样因地震而被困的当地人。如果这样，那就好了，他就可以带我走出去了。于是，我停下脚步，怯声问道："喂，是哪个老乡？"我觉得我的声音很大，但用耳朵一听却又很弱，轻飘飘的。我又攒足力气问道，"嘿，你是哪个？吭个声啊！"

还是无人回应，但那种"窸窸窣窣"的声音却没有停下，离我并不很远。我想：他可能是个哑巴？或是饿得太久，说不出话了？对方不回应，我吓得手脚发软，便又麻起胆子说："嘿，老乡，你是哪个？快点吭个声啊！你不吭声，吓人呢！"

还是没人理我，但"窸窸窣窣"的声音，却不断向我靠拢。这时，我一下觉得不对劲了，我把手上的木棍攥紧了，又随手摸起一坨石头，用力向发出声音的地方甩去。

那块石头甩出去后，我看到树枝剧烈地摇晃起来，我觉得，那肯定不是人，而是其他东西了。正要再捡一块石头继续甩过去时，只见一团黑乎乎的东西从树丛里钻出来,在我模糊的视线中兀的一下"站"了起来。

我吓得连忙弯腰,又捡了一块石头,举在手里。

那不是一头熊吗?跟我在电视里看到的一模一样!

那头熊站起来,差不多和我一样高,但比我壮实多了。它瞪着眼睛看我,傻乎乎的,好像在问:"你是谁?跑到我的地盘来,要搞啥子?"

离我十几米远的黑熊,看到我,好像一时也被吓傻了。这玩意儿,我只在电视里见过,没想到,它竟然站在那里,距我还那么近——我这个近视眼看了一会儿,竟然也能看到它了。我手里的石头,不敢再朝它甩过去了,不过我还是举着,做出一副要打它的样子。黑熊当时没被吓走,还是呆头呆脑地望着我,过了好一会儿,才把两只前爪放下,转过身去,钻进了雾气蒙蒙的树林里。

这几年,随着国家退耕还林政策的推行,植被很快茂密起来。原先林木稀疏的一些山地荒坡,长出了成片的森林。自然条件得到改善后,大家出门碰到黑熊、野猪、猴子的事,就越来越多,并不觉得有多稀奇。

我记得罗永也跟我讲过他遭遇黑熊的事。他对我说过,黑熊一般不伤人,但如果它带着熊崽,那就很麻烦了。

前不久,罗永来上班时,带了一条狗腿到工地来,说狗是被黑熊一掌拍死的。他说,头天,他和他哥罗开清带着一条撵狗,上山去挖药。半路上,狗突然又咬又叫。随着狗叫,冲出来一头带了两只熊崽的黑熊。虽然离得比较远，但他和他哥还是被吓惨了，不停地朝熊挥舞手里的山锄，想把它赶走。带着两个崽崽的老熊一点也不害怕。它吼叫着，露出一嘴的尖牙，直接向两人扑过来。幸好有那条撵狗对着黑熊龇牙咧嘴，一个劲儿地吠叫，使他和他哥能赶紧爬到一块凸起的大石头上。他们居高临下，攥着山锄，如果熊真敢冲上来，他们两个就用山锄挖它脑壳。黑熊跟撵狗对峙着，突然前掌一挥，拍在狗的身上，那条狗一阵惨叫，带着伤，立即滚到山下去了。老熊对着他们吼叫了几声，这才带着两只熊崽离开了。等罗永和他哥找到撵狗时，它已死了，最后只能吃狗肉了。

我当时听得心惊肉跳，没想到现在自己也遇上了。虽然遇到的可能是一头没有带崽的熊，没给我带来什么伤害，但它离开后，我还是双脚一软，一下就瘫坐在地上了。

当时，我穿在雨衣里的短袖衫，湿得都要流出水来。而我并不知道自己怎么一下子流了那么多汗。

我不知道那头熊是不是还在附近树林里。我只想赶紧离开，回到棚子里去，但我却没有力气加快脚步。我感到浑身无力，饥饿让胃和肠子发痛。

我回到那个栖身的地方，更害怕了。我用双手抱着脑袋，晕乎乎地坐在竹棚子里，浑身哆嗦。不知多久，直到天快黑时，我还坐在原地不敢动弹。

天下起雨来，我被冷雨浇得清醒了一些，抹去头上的雨水，我把身上的雨衣脱下来顶在头上，扯下一片嫩黄的竹叶放在嘴里嚼着。

我不敢住在这个地方了，我担心夜里那头黑熊会再找过来，栖身的这个棚子,它一掌就能拍进厚厚的泥土中去。

我想爬到一棵树上,而电视里说过,熊也会上树的。好在我在天快黑透前找到了一处刺笆笼。它长得密密匝匝的,刺条与野藤彼此缠绕,很是繁茂,我一不小心,就被刺扎了好几下。我找个地方钻了进去,感觉这就是个天然的"植物堡垒"。

最里层的刺条都已干枯,地上是落叶和枯枝,厚厚的一层,比较松软,因为雨水不能直接滴落下来,里面竟然没被打湿,显得干爽。我甚至感觉猫在里头,要比外面暖和多了。我看着这个藏身之处,一下觉得安全多了。

我不怕熊了,我想,它即使闻到了我的味儿,也怕这刺,也拿我没办法。我在里面坐下。就是鬼要来找,见了这些密密麻麻的尖刺,估计也只能"打道回府"。

一想到鬼,我又害怕了,后悔自己怎么想到它了。不再想鬼,却怎么也止不住,最后就越想越害怕,竟把自己吓得缩成了一团。人在那个时候,可能都会胡思乱想。我想到大坝上遇难的人,甚至想到了死在猛虎岗的红军;又想黑熊可能会回来攻击我,甚至想到这刺笆笼可能就是黑熊的窝窝。就它那从不吃素的爪子,如果我真是它要捕杀的猎物,这就是个"钢铁堡垒",也会被它一两巴掌就拍烂的。想着想着,就哭了。我发现,哭在那个时候是唯一能减轻恐惧的办法。为战胜心里不断涌起的恐惧,我又只好不停地去想以前的事:小时候的、上高中的、在西昌读书的……而我想得最多的、还是不知身在何处的罗永——我希望他获救了,不然,这雨会让他这个夜晚也不好过!

我想，即使他从小就生活在湾东村，他也没独自一人在晚上的山里待过，这是我们分开后，我和他都要独自面对的头一个黑夜。

我太饿了，我想，要是我能打死那头熊就好了，我就有吃不完的肉了。

我头脑昏沉，侧身躺下。我觉得自己会饿死在这里。如真是那样，谁也不会发现我，我就烂在这刺笆笼里了。我希望自己快点睡着，睡着了，我就不知道饿了，即使死了，也什么都不晓得了。

我真睡了一觉。

醒来时，我发现自己竟然还活着，不禁出了一口长气。

那个又冷又饿的夜晚，就这样被我熬了过来。晚上的雨似乎一直都没停过，雨水渗进来，枯叶都被打湿了。我身上除了被雨衣裹着的部分，其余地方也都湿透了。我浑身冰冷，像刚从冰窖里爬出。天刚一亮开，我不想动。我只能把身子缩得更紧些，心想，要是还能再睡一觉就好了。可我怎么也睡不着。脑子是空的，心是空的，感觉滴落的雨水随时都能穿过我的身体。

不时有鸟叫传开。雨落在树叶上，"沙沙沙"直响，像数不清的蚕在吃桑叶。

"今天罗永肯定能走出去，今天我肯定会得救的。"我对自己说。我振奋起来，听了一阵外面的动静，但没听见直升机的响动。"天都还没大亮，怎么会有直升机呢？何况还正下着雨呢！"但想到今天就能走到猛虎岗，我还是支撑着，努力让自己坐了起来。就坐起来这个简单的动作来说，也让我头脑发晕。身体都冻麻木了，好一会儿都动弹不得。这个刺笆笼，有半人多高的活动空间。过了很久，等我感到手脚、脑壳都开始管用时，才能试着躬身站起。

除了躺了一夜的地方是干的——我的眼里留下了半个蜷曲人形的痕迹，其他的地方，都被雨水淋透了。

人一清醒，饥饿感又开始折磨五脏六腑，随后遍及全身，甚至灵魂。我像个茹毛饮血的野人，连忙裹紧雨衣，钻出刺笆笼。

外面不见黑熊来过的痕迹，看来它只是出来吓我一下，见我可怜，就放过我了。当时，我还有点失落，心情跟一个该来看我的朋友，让我等了半天，却最终没来一样……早晨的鸟儿在叫，它们的叫声，慢慢让荒野显得不太荒凉了。

但外面比刺笆笼里更冷，我哆嗦着，赶紧缩起身子。

我看到一个脸盆大的水坑，蓄满了雨水，赶忙趴下，里面虽然浮着落叶，但水却清亮，我把里面的水喝了快一半，直到把肚子喝饱。最后我站起来时，感到肚子里的水，都快从喉咙冒出来了。

肚子一"饱"，人就会有气力。但冷水灌肚，让我更冷，上下牙齿不停地"咔咔"磕碰着。

我在路边的箭竹丛里找了几根竹笋，剥去笋壳，慢慢嚼着。我甚至还想，这种笋子，如有腊肉、油、盐，再加大蒜炒上，就是一道风味不错的好菜……这个想法，差点让我流出口水，但我没让口水流出，我把口水全部咽了回去。几根筷子一样长短的笋子，我没舍得吃完。为以防万一，我将剩下的四根当成救命粮一样揣进了裤兜。

当我犹豫着，再次回到刺笆笼后，我发现贡嘎山下，只有这里是最安全、最可靠的地方。

罗永：
那堆火让我获救了

9月7日下午,我没走拢火草坪。

从湾东电站大坝到火草坪是有路的,那路我之前虽然好多年都没走过,但修大坝、建电站之前,我却一直晓得有一条路通往那里。这样,我要找到去那里的路,并不容易。

这些年,因为农村好多人都打工去了,不种庄稼,不放牛羊,加之封山育林,不准砍树;保护动物,不让打猎了,很多原来上山下坎的老路,牛羊走过的毛路,为伐木修的机耕路,猎人和撵狗常走的猎道都荒芜了,长了青苔,长了草,长了荆棘,长了树,最后就看不出任何路,啥子道了。因此我只能估摸着朝火草坪走。

在大坝上看着火草坪的方向，好像很容易走到那里，但一旦走进去，就像进了由杂草、杂树、刺笆笼组成的迷魂阵。进去了就出不来，出来了，想再钻进去就很艰难。我的手上和脸上都是被刺扎的、划的伤痕，裤脚也挂烂了。本来顺着山脚走的，却爬到了半山腰；本来要从半山腰绕过去，却发现走在了山脚下。我只能靠打望山势辨别方向。

我在一面大坡上转来转去，天快黑下来了，原本想一个小时左右就能走到的火草坪，结果连个边边都没挨着。我很丧气。我太饿，也太伤心。我没有气力，走不动了。结果看了看天色，就想先找个栖身的地方再说。

终于找到一处"岩壳"（类似小山洞），比较窄，只能勉强容我屈腿躺下，但这已经很不错了。我先铺了一层树枝，再铺了一些枯叶，刚弄好，就落雨了。雨淋不着我，但能飘进来。我又去折了一些树枝，挡在岩壳外面。我把雨衣裹上，然后面壁而卧，就不会遭受雨淋之苦了。

前两晚都没睡好，我想好好睡一觉。但我却睡不着。脑壳明晃晃的，里头像亮着一百瓦的灯泡，照得我一点瞌睡也没有。

我想我妈，她苦了一辈子，现在刚要享点福了，却那样惨死了。我想我哥罗开清，我把他身上的打火机拿了，他到那边，要爨火、要点烟咋办？他这辈子，吃了不少苦，他是因为要在这里来干活，才舍得买五块钱一包的"龙凤呈祥"的。我把盖在他身上的彩条布揭开了，我突然不确定，离开他时，我是否为他整理过衣服？我记得我磕过头，但不能确定，是否把彩条布为他重新盖好了。如没盖好彩条布,想到他活在世上本就不易,人走以后,还要孤零零地躺在坝上淋雨,我的心里就像横着一道比湾东电站的大坝还高的陡坎,无论如何,也过不去。我也想我侄儿杨刚,他多年轻啊!还有彭荣军、马正军,他们不都是为了挣点钱,才到湾东库区干活的吗?谁想会丢了命呢!一想他们,我又哭了。跟甘宇在一起时,我要装作坚强的样子,把伤痛和泪水忍着,现在,我可以哭了。

山野里到处都有我的哭声。我的哭声,把雨声、风声、天快黑时归巢鸟儿的叫声、山石不时滚落的声音都盖过了。

哭完后,我觉得心里舒服一点了。

我又想起了甘宇,不晓得他该怎么熬过这个雨夜,不晓得他会不会哭,不晓得他害不害怕——他第一次一个人待在野外,怎么可能不害怕呢?他一定以为我能尽快出去,早点带人回去救他,但我没法那么快啊!我在心里愧疚死了。他也够倒霉!大学毕业后,班还没上几天,钱也没挣几个,就和我一起碰到地震了。假如我走不出去,不能带人回头去找他……这个近视眼镜落了走路都成问题的家伙,又该怎么办啊!

过夜的岩壳,虽然有树枝遮挡,其实管不了多大的用。下雨时,我还是很冷,蜷成一团也冷得打抖。我想到我有打火机,就想找个地方燃一堆火。那样,不但不用害怕黑夜,还能取暖,并把湿了又干、干了又湿的衣服烤一烤了。

我抓了一把垫在身下的枯叶,钻出岩壳,外面还有一些暮色。我在四周转了一圈,想找一些干枯的树木。但雨把所有能淋湿的东西全淋湿了。我捡来一堆枯枝，然后把手上的枯叶放在下面，用手上的打火机，把枯叶点燃了，但被雨水淋湿的枯枝，却始终燃不起火。我把枯枝抱进回到岩壳，依然无法点燃。

我从我哥身上摸来的是一次性打火机，绿色，上面有"恭喜发财"四个白字。我看里面的燃液，只剩一点点了，便不敢再浪费，只能垂头丧气地又钻进岩壳。把雨衣紧紧裹在身上，躺下。刚才做事，感觉不到饿，现在一躺着，又饿了。

我迷迷糊糊地睡着了。我做了一个梦，梦见给妈过生；家里在待客，哥哥和杨刚都在——家里凡有来往的亲友，一个也不少，人很多；王华东、代红兵、甘宇也去了，一个个脸上喜气得很；酒席摆了六七桌，很是热闹。我把爹妈扶到上席，招呼客人入座。大家都来给爹妈敬酒，每个人喝得都很尽兴，连甘宇都喝酒了，喝了好几杯……正高兴着，突然来了一架直升机，直接落在我家院坝里，大家都朝直升机望，以为是哪个大人物来给我娘祝寿了，但走下来的却是哥哥罗开清、侄儿杨刚和彭荣军、马正军四个。他们走下飞机后，哥哥给每个人都取烟了，是五块一包的"龙凤呈祥"，然后对大家说："爹、妈，公司来的领导，各位亲戚邻里，电站上有点事，我们刚忙完，虽然是坐直升机来的，但还是迟到了，对不起啊！"我走到他面前："你和杨刚刚才不是在这里吗，怎么又跑大坝去了，还坐上直升机了？"他说："刚才大坝要做护坡，用直升机把我们接去，做完又送回来了。"我"哦"了一声，一下明白过来，心底下说："这不是没地震嘛，大家不都是好好的嘛！"这么想着，心里高兴，一下就笑醒了。

即使醒了,也有那么一小会儿,我的心里还是真高兴的。待完全醒来,才晓得这是一个梦,不由得更伤心了。

雨一直没停。这架坡上头,一些原本被地震震松了的石头,被雨淋后,从上面不时滚落下来。其中一块拳头大的石头就砸在我栖身的岩壳跟前,吓得我一个激灵站起,脑壳撞在岩壳的顶上,疼得张嘴"嘶嘶"直吸凉气。

天一亮开,我从栖身的地方走出来,穿过一大片树林,继续往火草坪赶路。

昨晚的梦,使我更想快点回家。在处理我娘的后事前,我还要想办法,把甘宇被困的消息和等待救援的大概方位,及时向政府和单位报告。不然,甘宇人在哪儿,单位不知道,亲人不晓得,指挥部的领导也得不到消息,那么,我答应甘宇的请求,独自下山的意义就没有了。

但心里越急,路就走得越是兜兜转转的,钻了好多刺笆笼、杂树丛,脚上打了不少水泡,右脚还崴了,摔了好几次,左边的小腿还受伤了,所以,直到下午两三点的样子,我才走拢火草坪。

看到火草坪的一棵老得不成样子的弯柏树,我一下记起小时候跟哥哥罗开清学会的一首湾东山歌:

一走走拢火草坪,

碰到两个广东人,

男人戴的尖尖帽,

女的穿的裹裹裙。

一段本来不远的山路，就像这几句有头无尾的山歌一样，被我走得又远又长。虽然我没看到、不晓得来火草坪做啥子的"广东男女"，但跌跌撞撞、绕来绕去终于来到这里，却让我晓得，转过前面的山坳，离家就很近了。

当我终于走到那个山坳前，才发现山坳的U形沟槽，堆满了地震震垮的泥石、树木，形成了一个小山一样的大土石堆子。这种土石堆，自从地震发生后，泸定、石棉境内到处都有，都是虚土，根本就不瓷实，不能贸然翻过去，所以只好绕行。

虽然我知道日光已是下午，但不知道具体的时间。当时我实在走不动了，怕石头滚落，就去找了一个相对开阔的地方，又去找来一些干草和枯枝，用打火机把柴草点燃。有了这堆火，晚上我就不怕冷了。当然，我也把它当作求生的"狼烟"。不想正是这堆火上冒起的白烟，让在震区上空巡查的一支空中救援小组发现我了。

后来我才晓得，这个救援小组一发现升起的白烟，便立即向我飞来。

我看到向我飞来的直升机，就知道我获救了，我的泪水一下涌出。我站起来，拿起一根燃着的火柴头，用力地朝他们挥舞，然后几脚把火踩熄，就朝直升机跌跌撞撞地跑去。

但那时我跑得那么快，也不知道是从哪里来的力气。

飞机不断下降，悬停在一个离地面很低的地方，放下悬梯。一个人站在悬梯边上接应我，他拉住了我的手。直升机的螺旋桨搅起的风，让人站不住，我觉得自己要是没被上头的人拉着，就会像一片枯叶，被风吹跑。

我被拉上直升机时,一点劲儿也没有了,就像一个皮球,漏光了最后一点气,全都瘪下去了。我看到开飞机的是穿着迷彩服、戴着头盔的军人。他们领口上有军衔,胳膊的臂章上,还有"中国人民解放军西部战区"的字样。

我晓得自己获救了,突然抽泣起来。

飞机马上起飞。飞机的轰鸣声,震得我耳朵生痛。

有人问:"老乡,就你一个人吗?"

我哭得鼻龙口水(方言,涕泗横流之意)的,说不出话,只使劲点了点头。

有人给了我一盒牛奶,把吸管放进我的嘴里,大声说:"慢慢吸。"然后又大声问我,"这几天,你吃过东西吗?"

"一点刺梨、几根箭竹笋,另外就是喝水。"我能听出我的声音很虚弱。

我吸完牛奶后,另一个人在我耳边大声问道:"老乡,你叫什么名字?"

"罗永。"

"罗永?湾东电站的?"

"是。"

"我们一直在找你。"

"谢谢了!现在几点?"

"快到下午四点了,你已被困了七十五个小时。"

"都那么久了?还有甘宇,有人在找甘宇吗?"我着急地问。

"我们知道湾东电站还有个甘宇没有找到,你们没有在一起吗?"

"原来在一起,昨天早上分开了。他在猛虎岗的方向,我们这就去接他吧!"

"我们快到县城了,不能返回接他了。不过你放心,救援队不止我们这个小组,还有别的搜救小组。"

"他没有打火机,点不起报信的烟子。"

"现在的气象条件和道路情况复杂,天已不早,解放军和其他救援队,虽然已无法展开大规模搜救,但肯定会去你说的地方,把甘宇解救出来。"

飞机已飞到泸定县城上空,可以看到楼房和大渡河了。我说:"要是甘宇今天也能获救,该多好啊!"

"相信我们,泸定、石棉两地的救援人员,地下、水上和天空已经形成'陆海空'的立体搜救局面,两边的指挥部,随时都会把甘宇的位置发到每个救援人员的手机上,到时,大家根据收到的信息,就能把他找到。"

直升机把我送到泸定人民医院后,医生立刻给我做了全面检查,除了脚上的水泡、腿杆上的擦伤和脚崴了以外,其他都没啥子问题,输两天液,休养观察两天,就能出院了。

接着,医生就让我躺下输液,休息。

护士给我拿来了食物,刚开始还不能多吃,也就一个面包和一盒烫热的牛奶。我的胃很难受,一会儿胀得恼火,一会儿酸得要命。总是反酸、胀气、打嗝——刚开始我还不时"哇哇"地呕吐,像个怀喜的女人。

躺在病床上,我就瘫软得像摊稀泥,但我还是借一位护士的手机,给代红兵打了电话。他听到我的声音很惊喜。

"你是罗永?现在在哪里?我们一直在联系你和甘宇,但库区那一片没有信号。听说你获救了,打你电话,关机了。"

"我被救下了,在泸定县医院。我的手机丢了。"

"那太好了!你没事吧?"

"没事。"

"甘宇呢?他也跟你一起救下来了?"

"甘宇还在山上。"

"他没有跟你在一起?"

我把我和甘宇的情况对他讲了,告诉了我和甘宇分手时甘宇所在的位置,然后跟他说:"你们赶紧去找他吧!"

"你放心,我们会马上跟指挥部联系。"

挂了电话,液还没有输完,我就睡着了。我睡得很死,像昏迷过去了一样。医护人员说,根本把我叫不醒,说我睡着了还在说胡话,喊妈,喊哥,喊杨刚,喊甘宇。

第二天醒来,已是午后,我再打电话给代红兵,问甘宇找到没有。他说还没有。明天王总会亲自跟着搜救队上山去找。

我一下担心起甘宇来。

代红兵问:"你接下来怎么打算?"

我说:"我想尽快出院,让妈、哥哥、侄儿早点入土为安。然后,待我稍微喘口气,就和大家去找甘宇,不找到这个兄弟,我这一辈子都不好过。"

"我们今天下来看你。你再把甘宇的情况和位置说得确切一些。"

"来吧,我很想见到你们。"

代红兵：
他生怕人们把甘宇忽略了

  那天四点多，得知罗永获救的消息后，我当即给罗永打了电话，显示他的手机关机了——后来晓得，他的手机丢了。这让我感觉罗永获救的消息并不真实。没过多久，我就接到一个陌生来电，一听，竟然是罗永的声音。他的声音虽然很虚弱，但的确是真的，是他的声音。他说他已躺在医院里。我知道那个时候医护人员肯定要对他进行体检、诊断，不宜说太多的话。我让他好好配合医生治疗，我们明天就去看他。

  然后，我和王（华东）总去了甘孜州泸定县抗震救灾前线指挥部。

  指挥部里依然是一片繁忙，跟打仗一样。

网上的报道出来了。大意是被困七十五个小时的泸定县电力开发有限公司职工罗永已成功获救，被转移至安全地带，并移交给了医护人员。

罗永的获救，让指挥部里一时间充满了令人振奋的气氛。但甘宇的失踪，却让人依然揪心不已。这也加强了我们尽快找到甘宇的紧迫感。我们得到的消息是，指挥部确定明天，也就是9月9日一早，会再到猛虎岗一带寻找甘宇。王总希望我们项目部也派人随行，但指挥部的意见是，他们从罗永那里已经知道了甘宇的所在位置，明天多去一些专业的搜救人员，让我们静等消息即可。

晚上，我睡不踏实，早上五点刚过就醒了。吃过早饭，我和王总再次来到指挥部，救援队员正在等待天气好转——只有那样，陆航旅的直升机才能从成都那边起飞。但天上阴云密布，山河被浓雾笼罩，真的让人心急如焚。我们不断往天上看，不断向四周望。直到午后，天气才开始好转，我们看着直升机朝猛虎岗飞去，才放心地从得妥赶到泸定人民医院去看望罗永。

后天是中秋节，也是甘宇在野外生存的第五天。在地震中，72小时为被埋人员的"黄金救援期"，到第六天，除非出现奇迹，否则几乎没有生还的可能。但令人欣慰的是，甘宇没有被埋，而是在野外逃生。但他一个人在荒山野岭里，又能坚持几天？我们自然希望今天就能把他找到，这样，我们就能一起过中秋，看月亮了。

我们赶到医院，罗永躺在床上，正在一边输液，一边接受记者采访。与他同村的罗立军，也在一边坐着——他是从得妥赶来看望罗永的。还有一位昨天参加救援、今天又陪记者过来采访的"新闻发言人"。

我见罗永已能接受采访，就知道他的身体没有大的问题，放心了不少。

挂了吊针后，罗永的状态看来不错，气色也恢复了不少。医生说，他的身体已无大碍。

见我们进屋，罗永就要坐起来，王总让他躺着，继续接受采访。

他对记者说，地震发生后的第三天，他的体力已经所剩不多，精神都快崩溃了。整个人无论走路、站立都是摇摇晃晃的，失去了重心感，看上去就像是个"阿飘"（鬼魂）似的！不过，想到母亲还没下葬，想到哥哥和彭荣军的遗体还在电站大坝上，想起侄儿和马正军还被埋着，想起甘宇正在等他带人去救……他无论如何也不能倒下。

罗永告诉眼含泪水的记者，他遇事虽然总朝好的方面想，但在9月7日到8日的夜间，经历的那些事，却是排山倒海般，差点就把他逼到了崩溃的边缘。

罗永特别强调了9月7日，甘宇由于体力不支，视力不好，又不想拖累他，选择留在原地，让他独自前行求救和寻找食物的细节。

与甘宇分开后，他回了一趟大坝。房屋进不去了，找到打火机的当天下午，他曾点燃柴火，希望一股白烟可以引来救援队伍。但当时天气太差，没能成功。他一直无法与外界联系，在雨中熬了一夜。

8日上午，罗永继续尝试寻找出路。走到下午，体力不支的他又一次点燃一堆柴火，最终被救援队发现。

罗永认为，他的获救，与甘宇让他独自前行有关。甘宇那样做，是一种舍己为人的行为。

听到罗永说起他对甘宇的牵挂，作为电站施工方的项目经理和甘宇的学长，我的自责与悔恨，自不待言。我想，要是前几日不把还在休假、还在给奶奶过寿诞的甘宇叫回来……那么，他就不会遭受这种的劫难了！

记者接着又采访了参与搜救的"发言人"，他讲了罗永被救的过程——

9月7日下午，从湾东村转移出来的一名群众，对外提供了一个线索，他看见从湾东村4组那个方向，有白色的"狼烟"升起。详细询问后又说，当时那个方向雾气很重，视线比较模糊，究竟是人烧的烟子还是一团雾气，他也不能确定。但指挥部通过研判，还是迅速得出了结论：可能是被困群众在通过这种方式求救，明天要派人去那个方向搜救。

昨天一大早，指挥部就发出指令：湾东村4组发现有人员被困，成都和德阳两支消防救援队四十四名队员与解放军第77集团军某陆航旅组成联合救援队，由成都市消防救援支队作战训练处副处长苟家全带队，前往救援。

因为道路受损严重，陆上不能到达，救援队伍只能搭乘直升机前往。但8日早上到中午，泸定周边的天气很差，并不具备起飞条件。14时25分，机组人员抓住天气稍有好转的机会，从泸定县城起飞。

直升机掠过大渡河，掠过县城，沿湾东河谷爬升，大约二十五分钟后，到达了湾东村4组上空。

"再低一点！"苟家全睁大双眼，一边仔细寻找，一边和机组人员沟通。

救援队伍在低空搜索了一圈，并未发现被困人员。

"能不能让我去地面看看？"苟家全提议道。

直升机不断盘旋、下降，但没有找到具备降落条件的地点。

机组决定再飞一圈！

这时，有人发现，在距火草坪不远的地方升起了一股白烟。

那的确是一股白烟。直升机降低高度后，直飞过去。

飞近后，大家看到，在那堆烟火的旁边，的确站着一个人！

直升机降到距离地面不到十米的高度。那个人一边挥舞着一根还在冒烟的柴头，向救援人员喊叫，一边朝直升机跑来。

"不能降落，只能采用悬停方式救援。"机组将直升机悬停到距离地面两米左右的高度后，打开机舱，放下悬梯。机械师段锋赶紧跳了下来，协助罗永寻找有利的登机位置。

"慢点，慢点，往这边走！"苟家全指挥罗永，慢慢地向直升机靠近，等距离合适后，他就探出身体，将罗永和段锋先后拉了上去。

罗永当时蓬头垢面、衣衫褴褛，浑身散发着刺鼻的酸臭味，奔跑让他气喘不止。被救后，他第一句话就说："我还有个同事在芹菜坪，你们要去救他！"

苟家全说："你放心，我们会去救他。"

苟家全给他递了一块面包和一盒牛奶,告诉他:"你饿得太久,要慢些吃。"

但他很快就吃喝光了。他咽了一口唾沫之后,还想要。

苟家全说:"我知道你没吃饱,但你一下不能吃那么多的东西。等到了医院再说。"然后,便问了他的名字。

他总是在说甘宇的事,生怕救援人员把甘宇忽略了。

"你放心,根据习近平总书记的指示,我们决不懈怠,一定全力搜救每一个同胞。"苟家全向他保证。

"谢谢你们!真的太感谢了!"直升机上,罗永流下热泪,激动地说。过了一会儿,他又小心翼翼地问:"湾东村咋样了?"

苟家全说:"地震发生后,湾东成了震区的'孤岛'之一,从9月6日到8日,多支救援力量从陆路、水面、空中三线发力,进入村里转移群众。绝大多数被困人员都转移出来了。"

"我家就是湾东村的,我妈被埋,永远出不来了……"罗永又哭了。

下午4点5分,罗永被直升机送到安全地带,随后移交给了医疗救治组。

救援队随后再次紧急出动,按照罗永说的位置去搜救甘宇,但没有找到。

听到罗永被救的情景,我的鼻子发酸,两眼湿润。但在那么多人面前,我又只能努力控制自己的情绪。

我装着去上厕所,离开了病房。在护士站对面的锅炉房里,眼泪还是涌出来了。我拧开水龙头,洗了几把冷水脸,等心情平复下来以后，才重新出现在了大家面前。

记者和"新闻发言人"走后，我们坐到罗永床前，围着他像自家人一样说话。他把他和甘宇这几天的经历，又给我们讲了一次。他经历的是生死考验，但讲述时，却非常简略。之后，基本上都是我们在说，他只安静地听着。

我们其实一直在等当天寻找甘宇的消息。王华东到病房外面给指挥部打了几次电话，每次进房间，从他的表情看，我就知道还是没有消息。快下午五点钟时，他对大家说，救援队当天没有找到甘宇，并说了指挥部明天会继续派人去找。

罗永觉得很难过。他说，快过中秋节了，如果能把他找回来就好了。

人们好像已把快过中秋的事情忘掉了。对于在地震中失去亲人的家庭来说，这个万家团圆的日子，的确令人伤感。罗永说他一家失去了三位亲人，已经残破了。但他和很多人一样，却更担心甘宇，更迫切地希望甘宇能尽早获救。

他对甘宇所在的位置说得很清楚，很详细，可救援人员就是找不到，令人百思不解。他说，即使甘宇离开了那个简易的棚子，也会在芹菜坪出现。

但罗永没说明天是否会与搜救队一起去芹菜坪。我知道，他的心里在想什么，就告诉他，自从他被救出来后，根据国家能源局和省国资局领导的要求，张涛代表公司已经去过他家，帮他料理了母亲的后事。

这时，王总接了一个电话，是指挥部打来的。他接完后，跟我们讲了电话内容：明天已经安排了两支消防救援队，除了一支由他带队去寻找甘宇外；另一支由崔秀三带队，乘直升机去电站大坝处理罗开清、彭荣军的遗体，并想办法把杨刚和马正军的遗体挖出，然后妥善处理。

听了这些，罗永感到特别意外。他没想到，指挥部把这一切都替他想到了，并将替他做到。他一时不知该说什么，才能表达自己的心情。

"罗永，地震把一切都搞得面目全非了，政府和我们每个深陷其中的遇难者、当事人和救援人员，都不容易。这种安排，应该是政府预案早就有的。"王华东说。

"感谢政府！感谢王总！谢谢，谢谢！"罗永连声道谢，然后问王总，"我想知道，明天我能和你一起去找甘宇吗？"

听他这么一说，站在一旁的我不由得心头一热。罗永的纯良大义，依然如故。但考虑到他的身体毕竟还没有恢复，王总和我担心他去，肯定吃不消，加之他家里还有三位亡人需要掩埋，一时不知该如何回答。

后来我想，让他下床走几步再说，如果腿脚利索，就让他去；不行，就让他在医院继续休养。但我心里又很矛盾，担心我这样做，会让这个刚从噩梦里挣扎出来的兄弟感到不安，认为我不信任他。我便想了一个办法，以我个人名义，请大家出去坐一会儿。罗永只要能下床，跟我们一起上街，他的腿脚是不是利索，一看就晓得了。我于是说："为了罗永的平安归来，为了明天顺利找到甘宇，我们出去喝一杯如何？"

听我一说出去喝一杯，大家马上就来劲了，罗永的眼睛，也不易察觉地随之一亮。

我们来到泸定繁华的商业中心——泸定桥头的街边一看，平时游客云集，热气腾腾的人间烟火，都被地震撵跑了。到处都是穿防护服的抗震、防疫人员和搭得密密麻麻的救灾帐篷。以前，街上富有川西民居与康藏建筑混搭风格的临街商铺，一律店门紧闭。

看到这种景象，大家既难过，又失望，但我心里却是高兴的。因为大家在找小酒馆时，我一直跟在罗永后边，看到他走路的样子，除了腿有点瘸，步幅比王总和罗立军稍微小点，其余并没有太大问题。后来，走到县政府上坡路段的一家超市门口，我买了几罐啤酒和一些火腿肠、花生米之类的零食，用塑料袋提着。

我们又走了一阵，便一起坐在一个公共汽车站的站牌下，望着依稀可见的月亮，喝着啤酒。

"兄弟，行吗？"王总举起一罐啤酒，和罗永碰了一下。

罗永举起一罐啤酒，也和他碰了一下："我没啥问题了。王总，你帮我申请一下，明天我也要去寻找甘宇！"

这时，罗立军也说："我每年都会去山上挖药，对芹菜坪、猛虎岗那一带比较熟悉，如果需要，我也想去。"

罗永说："他是我们湾东村最熟悉那一带地形的人，一定要让他去。"

月亮把罗永不悲不喜的面容，照得亮亮堂堂的。这时的罗永，在我眼里有种与他年龄不符的神秘感，也有一种隐约可见的款款深情，但我当着大家的面，并没多说什么。我只在心里对不知身在何处的甘宇说："甘宇，你看罗永对你多好，这辈子，你有罗永这样的老哥，值了！"

我们接上罗永、罗立军，直奔得妥而去。

第四章

寻 找

王华东：
前往猛虎岗

　　中秋节的那天早上，得妥连续几天阴霾不散的天空，终于被阳光撕开了一道缝隙，光亮从乌云和大雾之间投射下来。项目部外，救灾帐篷随处可见，其中的红十字字样显得尤其醒目。

　　这次的救援规模，虽然无法与前几次相比，但这次行动，除了有西部战区某陆航旅、成都消防和德阳消防的继续参与，还有罗永、罗立军和邓荣的加入，我心里感到了前所未有的踏实。

　　直升机从镇上警察教导队的操场上起飞时，我们都希望，今天是中秋节，一定要找到甘宇。中秋是个花好月圆的日子，今天如能找到他，那该是多么圆满啊！

我想，要是我们今天找到甘宇了，把他送到他父母跟前，让他们团聚，那么这个中秋就太令人振奋了。

成都消防的何健处长带了十名救援人员，德阳消防的杨志均支队长带了六个人，还有一名央视的记者同行，加上我们和机组人员，共有二十三人。

出发前，我在手机上建了一个搜救甘宇的微信群——"9·10搜救群"。——时间过去这么久了，这个群我一直舍不得解散，也舍不得把每个队员当时发在群里的图片、视频和语音信息删除。我想，就当它是纪念"9·5"泸定地震的一种永久记忆吧！

我能与十几名官兵一起搜救甘宇，主要有三个方面的原因。其一，甘宇和罗永在库区的表现非常勇敢。两人被困的当天，国家能源局和四川国资局就很重视。罗永获救的当天，有关领导通过媒体了解到他们的事迹后，非常感动，认为甘宇、罗永是了不起的英雄！他们希望作为"水发安和"工程板块负责人的我能到场，不但分别给我打过电话、加了微信，还再三嘱托，务必要把搜救情况及时向他们汇报。其二，我在"水发安和"抗震救灾"九人组"里，虽已没有年龄优势，但我一直在坚持锻炼。平时工作无论多忙，每天我都要长跑。这种锻炼在现在，正好派上了用场。其三，我是内蒙古人，从小在一个农牧交会的地方上学、种地、放牧，特别能吃苦，明显比一般人"扛造"一些。作为配合何健、杨志均行动的地方人员，国家能源局和省国资局的领导认为，由我代表企业参加搜救甘宇的行动，是再合适不过的了。

当时，我们"九人组"的领导崔秀三也主动请缨，要求参加行动,但考虑到他腿上有伤,何健和杨志均怕他吃不消,就把崔总劝退了。这样,崔总和张涛就去电站大坝代表公司参加遇难职工遗体的挖掘和掩埋,并到湾东村去对罗永的家人进行安抚。

罗立军和罗永都是湾东村人,他们的关系显然属于农村人所说的"竹根亲"。如果再往民国、晚清追溯,还可能是从一口锅里舀饭吃的一家人。

罗立军最初没有答应去参加搜救甘宇的行动。因为根据安排,他要和罗永一起到库区去处理罗开清和杨刚的遗体,然后和罗永一起回家,处理罗永母亲的后事。他要做的这些事也是大事,如不能去,我也理解。但昨天在医院碰面后,得知公司已出面去处理罗永家的事情,感动之余,就答应和我们一起去。有他做向导,罗永到现场指认完他与甘宇分手的位置后,就不用继续参加搜救,可以马上返回湾东村去处理母亲的后事。

何健、杨志均的队伍,原属中国人民武装警察部队消防部队、森林部队序列,2018年10月,全部转为行政编制,成建制划归应急管理部,承担灭火救援及其他应急救援任务。虽然如此,他们依然保持了牺牲奉献的军人本色和闻令而动、赴汤蹈火的军人作风。

我们计划前往石棉县王岗坪乡境内,决定从那里开始搜寻甘宇。根据分工,崔秀三和代红兵则带着一帮人,乘另一架陆航旅的直升机前往库区,承担了三项任务:一是配合政府专业人员,处理四名遇难职工的遗体;二是看甘宇是否返回库区,如果他在库区,就把他从库区接回得妥镇;三是查看湾东河的蓄水经过罗永和甘宇在关键时刻开闸放水后的水情如何，是否形成堰塞湖，从而危及下游沿河两岸群众的生命财产安全，以提前排除隐患。

前两天大家在芹菜坪搜寻，并没有找到甘宇。指挥部通过分析，认为他有可能沿之前与罗永预设的线路，往猛虎岗的方向跋涉而去了，所以决定，今天的搜寻线路从猛虎岗开始，向芹菜坪逆向进行。

直升机在猛虎岗降落后，大家带着各自的装备，从舱门依次跳下。罗永指着山腰处芹菜坪的方向，给大家介绍了他和甘宇分手的位置。

接着，直升机在返回时要顺路把罗永送回湾东村。

我握着他的手说："罗永，家里还有很多事等着你去处理，根据指挥部的安排，你今天的任务完成了，现在就乘直升机一起返回吧。"

他非常吃惊地望着我："不需要我了？"

"你和甘宇分手的位置确认后，寻找甘宇的事就交给我们了。按说，你家里的事我都应该去帮忙的。"

"我家里是有事要处理，但是……王总，这是……什么意思啊？你和代总来医院看我，是不是希望我能与你们同行？"

"当然是！"

"那为什么……我才到这里，你就让我回去？"罗永有些生气地质问道。

"是这样的，我知道你为什么还没有出院，就急着要参加这次行动，就是为了遵守你对甘宇的约定和承诺，想把他尽快找到。但是，你的身体毕竟还没恢复，再说你家还有母亲、哥哥和侄儿的后事，在等着你回去……"

"但你得给我一点时间，我既然到了这里，就希望找到甘宇再说。"

我只能对他讲了昨晚把他接回得妥后，我和崔秀三、张涛碰头之后的决定——既然罗立军已答应来担任搜救甘宇行动的向导，就没必要让罗永全程参加救援行动。这主要是考虑到他的身体原因和痛失三位亲人后，马上要处理母亲的安葬事宜，他不能缺席。所以，我们与抗震救灾前线指挥部的值班领导沟通，请指挥部和陆航旅联系，等罗永为我们指认了他与甘宇分开的位置后，返程将他直接送回家。

经过我的耐心解释，原本有些委屈的罗永这才流着眼泪，十分不舍地上了直升机。

罗永走后，何健、杨志均和我碰头，形成了一个决定。为轻装上阵，搜救队除了带一副担架与消防队员随身物品，其余的东西一律暂放猛虎岗。

把猛虎岗作为大本营，是因为这里地势比较平坦，适合存放物资。最重要的是，这里有适合直升机降落的一块平地。如果找到甘宇了，直升机来接我们，就可以在猛虎岗直接起降。

根据向导罗立军的直觉，我们从猛虎岗到罗永指认的位置，大概需要走四个小时。出发前，大家都认为，我们这次一定能找到甘宇。

每个人的背囊中，都只装了几瓶水和一些户外食品。消防队员们带的是压缩饼干类的"野战干粮"；考虑到当天是中秋节，我特意带了几个月饼。

何健虽然已不是军人，但他下达任务、提出要求的做派，在我眼里依然像一名战场的指挥员。他留下两名刚加入消防队员行列的"新兵"在猛虎岗看守物资，接着伸出右手，依次用拳头捶过每个人的胸口后，大家就出发了。

之前的判断是，甘宇有可能在这两天时间里，已从芹菜坪往猛虎岗移动了。所以大家是搜索前进的，每个人都怕错过任何蛛丝马迹。如果说点事后诸葛亮的话，我认为直升机应该直接降落在芹菜坪，那样大家可以以那里为中心，向四面搜寻。另外，大家一下直升机就能去寻找甘宇，也能节约更多时间。

从猛虎岗往芹菜坪根本没有路，藤蔓、荆棘、杂树、沟壑、悬崖，以及因地震形成的垮岩、滑坡、塌方，构成了重重险阻，让人每走一步，都很艰难，也都很耗费时间。

随行的央视记者扛着摄像机，一会儿跟在队伍后面，一会儿又冲到前面，无疑更为辛苦。由于他的脚磨破了，一瘸一拐的，很难跟上队伍。好不容易走到芹菜坪，他的两个脚后跟都又红又肿。坚持跟了几组镜头，就无法和大家一起行动了。

我们在芹菜坪稍事休整，继续寻找。

根据罗永对得妥项目驻地和猛虎岗的介绍，行动前，何处长、杨支队长和我一起画了路线图，还标出了坐标，但进入现场后，这个图的用处不大，具体该朝哪个方向走，怎么走，还是要听罗立军的。

　　罗立军是当地人，以种地、采药为生，没有禁猎之前，偶尔也会在山上打猎，带着撵山狗，在这一带撵山，所以对这里的地形地貌很熟悉。除此之外，由于长期在大山里讨生活，禁猎前的打猎经历使他尤其擅长辨认动物痕迹和行人脚印。

　　这总让我想起老家一个名叫马玉林的老羊倌。这个羊倌从小在草原上放羊，他根据狼踪找羊，没有一次不成功，人称"马脚印"。正是因为他有这个特长，被公安部门特招从警，迅速成为我国通过"步伐追踪"技术寻找目标、实现破案目的的鼻祖。我不知道罗立军是否有"马脚印"的本事，但在坡陡林密的贡嘎山下，我们要想找到甘宇，没有罗立军，显然是无法想象的。

　　罗立军让我们顺着山脊上的一条"毛路"走。这是一条已辨认不出痕迹的小道，有零星的牲畜粪便，还有几个行人的脚印。他用一把锋利的弯刀，边走边砍掉拦住我们去路的荆棘与藤蔓，还不时用当地的方言，诅咒老天爷没事干，放出"地震的瘟神"来祸害人间。我们顺着山脊往下走，但走了很久，感觉却并没有走多远。

　　大家来到一片沼泽地前，经验丰富的罗立军捡起一块石子，投进泥塘里，说这就是当地人说的"烂泥潭"了。他让我们原地休息，自己却在"烂泥潭"四周转悠，转了三四圈后，他像发现了什么，兴奋地叫起我们，让我们跟他一起继续往前寻找。"罗永在泸定县人民医院告诉过我，他和甘宇分手时，用安全帽打过水。"他兴奋地说，"各位领导，跟我走吧，从这里向有水源的地方走，就可能会发现甘宇的踪迹。"

何健听他这么说，便把救援队分为三个小组。

我和一个姓赵的消防战士一组，他手上拿了一台对讲机。何健要求，无论能否找到目标，行动中随时都要保持联络，最后在山脊的起始点会合。在哪里开始，就在哪里会合，这也是一条专业的搜救经验。

顺着水流的方向走，杂树遍野，荆棘丛生。尤其是，我们没有罗立军的那种弯刀，所以遇到灌木、荆棘和藤蔓挡路时，只能不停地绕来绕去、钻进钻出。我和小赵的衣服都被挂烂了，我们的手臂和脚踝也被挂出了好几道血印子。我们一边找，一边呼喊着甘宇的名字，喊得口干舌燥、嗓子冒烟，也没有听到甘宇的应答。找到下午四点多，还是没有找到甘宇的踪迹。按计划，我们必须原路返回，到指定地点集合了。

下午五点多钟，三组队友陆续到达了指定集合位置。无一组发现甘宇。

我坐在一块石头上，给崔秀三打电话，讲了我们的搜救情况。他也告诉我说，马正军和杨刚的遗体已经被挖出来，与罗开清、彭荣军的一起，用直升机运走了。他们把电站及其周边都仔细搜寻了，也没有找到甘宇的任何踪迹。

每个人都有些沮丧，对甘宇的安危更是担忧。这么多人呼喊而无回应，这么多人搜寻却没有发现踪影，大家认为，他可能远离了这一带，还可能就是数日饥渴，昏迷过去，听不到大家的声音了。而最让人担心的是，他可能遭到了不测——摔到悬崖下，受了重伤,不能动弹了;最严重的是,他可能在余震时被垮塌的山体掩埋了。在地震时,一个村子被埋都是有可能的,一群羊和放牧的人随山体滑下,然后被埋掉,也是发生过的事。大家不愿去设想这样的结局。最后决定,今晚不返回得妥,就在搜救现场露宿一夜,以便明早继续展开搜救。

大家开始商量,是留在原地还是返回芹菜坪宿营。芹菜坪的地势相对平顺,是理想的宿营地。但返回芹菜坪,回去要个把钟头,明早搜救时,从上往下,还要走冤枉路。经过商量,决定就在"烂泥潭"露营。那里有两块三四十平方米的小平地。

罗立军用手里的弯刀砍来柴草,很快燃起了一堆篝火。这堆篝火也是给甘宇发的信号,他如果在这附近,这么明显的烟火,他老远也能看见。

在我老家有个古老的风俗,牧人晚上在草原上过夜,也要烧一堆篝火。因为火不仅可以取暖御寒,还是上天对人类的恩赐,有洗涤污秽、驱妖降魔、卜问休咎的作用。当篝火在营地被罗立军点燃后,大家因担心甘宇的安危而显得分外沉重的心情,稍微好了一点,一天的劳累也好像减轻了些。

何健：
甘宇，你在哪里

地震后的这个中秋节，我们只能在"烂泥潭"过了。为了寻找甘宇，在这个花好月圆的夜晚，我们无法回家与妻儿老小团聚，只能在"烂泥潭"用手机向亲人发了短信，问候节日，报了平安。

由于携带的单兵帐篷都留在猛虎岗，晚上的宿营，成了真正的集体露营。大家围着火堆，席地而卧。

王华东的短袖外面只套了一件薄薄的夹衣，无法抵抗夜间的寒冷。我看了一眼他放在脚边的双肩包，估计也没带多余的衣服，就给他匀了一套"大白服"。

"大白服"，不到特殊场合，不执行特殊的任务，都不会穿。但接到上级下达的搜救甘宇的任务之后，从成都出发前，我还是要求每个队员的背囊里必须都装一套。

有人问：我们到震区是为了抗震救灾，又不是执行防疫任务，带"大白服"干什么？我没回答，只让他们抓紧准备，执行命令。

确实，虽然我们穿着"大白服"去寻找甘宇，路上的树枝、荆棘、藤蔓几下会把它划烂，破成一张"渔网"，但穿上它，却可以防潮、防水，还能御寒。

王华东穿好"大白服"的样子很显眼，有点"万花丛中一朵白"的意思。刚开始，他站在我们面前还有点不自在，但穿了一会儿，走了几步，就习惯了。这个精干的北方人在我身边坐下，压低声音，忧心忡忡地跟我说："何处，没想到山里一到晚上会这么冷，甘宇身上的衣服那么少，他在山里逃命，怎么熬得下去！"

我不知如何回答他，想到"岂曰无衣？与子同袍"的古老战歌，对他苦涩地笑了一下，然后给他递了一支烟。

在地震后的第一个中秋夜，我们坐在"烂泥潭"边，一边聊天，一边望着天上的月亮，心里想得最多的不是自己的亲人，而是甘宇。空气有点凝重、压抑。

王华东带了六个月饼，还有五根火腿肠，我们带的是罐头、压缩饼干之类的"野战口粮"。多亏他想得周到，几个特意带来的月饼正好应景，不然，我们在"烂泥潭"的这个中秋之夜，就没有一点中秋的味道了。

月光下，王华东穿着防护服，就像个"月光使者"。他用一把小刀把月饼分成多份，给每人分了一小块。这样，就等于我们在过中秋节了。

月亮很圆，很亮，篝火烧得很旺，火焰毕毕剥剥地蹿起半人多高，烤得大家满面红光。但到了后半夜，柴火烧尽，火就没了，当我们睡着后，火已经完全熄灭。大家在梦里被冻醒，有人接二连三地打起了喷嚏。我一看这样不行，就把大家一一叫醒，让他们穿上"大白服"后，接着再睡。

寻找甘宇的队伍，在月光下，白晃晃地躺了一地。

面对这样的风餐露宿，也许有人会说，"哎呀，你们太艰苦了！"其实，这对我们来说，是再平常不过的事。"特别能吃苦，特别能战斗"是我军的优良传统，虽然我们已脱离了武警部队的编制序列，集体转业到了地方，但部队的好传统，我们是永远不会丢的。

早上六点左右，天亮后不久，我们就醒来了。队员们吃了干粮，处理掉生活垃圾，整装待发。

当天的搜救，我们分成了两个行动小组。大家背向雾气腾腾、若隐若现的贡嘎山，面朝山下的大渡河，从"烂泥潭"下的一处山脊继续搜寻。

这次我们发现了一副手套和一根扭钢丝的撬棍，那应该是库区民工在逃生时丢掉的；还找到了一根三米左右长的竹竿，上面挑着一件白色T恤。问了罗永，他说那是他和甘宇还没分开前，朝救援直升机挥舞时留下的。后来，又找到了罗永那个滚落到悬崖下的红色安全帽。

搜寻过程中，罗立军发挥的作用令人佩服，他总能找到不少容易被人忽略的蛛丝马迹，协助我们一起分析、确认，并根据这些物证与地面的痕迹，找到它们和甘宇之间的逻辑关系。

库区民工都是汉源、石棉这两个地方的人。他们的逃生之路，应该是朝回家的方向的。甘宇、罗永跟在他们身后逃命，如果平时这样做，应该没有什么问题，但在余震不断、惊魂未定的情况下就难说了，加之对山区环境不熟悉，两人无疑如同进入一个走不出来的迷宫。

在一片林地里，有人发现了八九个人连在一起的足迹。大家很振奋，但罗立军却认为，这些脚印还是民工留下的，跟甘宇无关。他建议两个小组一起掉头，并选一个斜面，保持相应距离，先向上搜索，如果还是无法找到甘宇，再往坡下，即甘宇、罗永在箭竹林附近，用竹竿挑着T恤、不断向直升机呼救的方向寻找。

当时的搜寻过程并不顺利。我带的小组穿过一片原始森林，与杨支队长带的那组人会合后，还是一无所获。

很多人已不抱希望了，一副垂头丧气的样子。罗立军一见，想让大家开开心，便讲了一个湾东村的故事。

他说，民国时，湾东村有个无儿无女的老人，一天到猛虎岗这一带砍柴，当时，这一带是深山老林，树木比现在还要粗大，密不透风。老人中途累了，就坐在一根有水桶那么粗的树上歇气，有一口没一口地抽烟。老人抽烟不打紧，问题是他抽完烟，将烟锅里还燃着的烟锅巴磕在了屁股下的那棵树上，树上干枯的苔藓因此被点燃了。那根树被火烧"疼"以后，兀的一下腾空飞起。老头被摔在地上，吓坏了。因为他看到，飞到天上的不是树，而是一条被火惊醒的蟒蛇，它在森林中像传说中许仙的妻子白娘子一样修炼，不知好多年了。"火蟒"把身上熊熊燃起的火看成"渡劫"，它之所以一飞冲天，就是为了避免伤及无辜。它一边飞翔，一边睁着比灯泡还亮的两只眼睛，却没找到水潭或者大渡河的位置，结果在天上飞着飞着，就把自己烧没了。

罗立军的这个故事并没达到预期的效果，大家的情绪还是那样。杨支队长说，这个故事稍微改编一下，可作为注意森林防火安全的故事。我也觉得，用这个故事来给群众宣传防火安全常识，肯定会达到入耳、入脑、入心的效果。

森林中横七竖八生长、倒下，且长满苔藓的形状奇怪的树木让我们吃尽了苦头，每个队员都摔过跟头，有几个还差点儿滚到了悬崖下面。

我们没想到，搜救甘宇会有这么困难。

就地理环境而言，有的地方是原始森林，有的地方是当地人抛荒的山地，还有的地方则是荆棘、杂草繁茂的山坡……因此，在对周边环境缺少足够认知时，我们只能根据罗立军的经验来作判断。就是说，哪些地方应该仔细搜索，哪些地方可以简单一些，都由他来决定。

上午十一点前后，罗立军爬上一棵很高的树，放眼打望了一阵，兴奋地告诉我们，他发现甘宇活动的痕迹了。一听到他在树上的吆喝，我们一下就兴奋起来。

但罗立军从树上小心梭下来后，又告诉大家，出于他对甘宇可能遭遇不测的考虑，大家没必要一窝蜂地拥过去。但几乎所有人还是跟在了他的屁股后面。他把我们引到两百米外的一个棚子跟前，一脸严肃地说："这里，就是甘宇曾经过夜的地方！"他说的那个位置，每个参与搜救的人员，无论是当时政府派出的，还是后来民间自发的，都认为是最重要的目标——可以这样说，谁能找到这个棚子，谁就等于找到了"接近甘宇"的可能。

但是，那个箭竹搭建的棚子里只有罗永和甘宇曾经待过的痕迹。我们以那个棚子为中心，又向四周搜索，找到了他曾经过夜的刺笆笼，找到了黑熊留下的踪迹，还有它剥食箭竹笋留下的笋壳，被人吃过的火棘、捋过的树叶……这应该是甘宇留下的。每个人的嗓子因为大声呼喊他，都沙哑了，但依然没有听到他的应答。

王华东站在那个竹棚子跟前，用手机按不同的角度，拍了照片，发给罗永，让他确认——当时，罗永正在料理母亲的后事，按说我们不该打扰他。但他马上就回复了——看来他也是一直在留意我们的搜救情况。他看了照片后，在王华东事先设置了语音免提功能的电话中，他对还没能找到甘宇很难过。他语气肯定地对王华东说："王总，那就是我和甘宇住了一个晚上的棚子，第二天分开时，我让他哪里也不要去，就在那个竹棚棚里等待救援！"

王华东听罗永回答得如此肯定，挂断电话，又改成视频与罗永通话。"你再好好看看，确定是这里吗？"他将手机摄像头对准那个竹棚子，请他再次进行确认，"罗永，你再看一下，千万莫搞错了！"

"是的，就是那里！"罗永头顶一块白晃晃的孝帕，站在母亲即将下葬的墓坑前说。

"可是，周围团转我们都找遍了，根本没有他！"

"怎么会呢？下山前，我与他明明约定，就是让他在那里等待的。王总，拜托你们耐心点，再找找看，比如，他会不会躺在附近的哪个地方睡着了，或者饿晕过去了，毕竟六天了，他啥也没有吃……"罗永说不下去了，母亲的丧事已让他非常悲伤。听到甘宇踪迹杳无，他更加难过了。

"你放心，我们会把这四周再篦一遍。"

听了罗永的话，大家都很难受。我让大家以箭竹棚为中心，扩大范围，再次仔细搜寻，但周围两三公里的范围内，我们把每一个草丛、刺笼、树林都寻找了，还是不见甘宇的影子。

活不见人，所有搜救的人其实在心里都认为，甘宇可能遇难了，只是谁也不愿说出来。但死要见尸啊，尸体也没见着！难道他真的被余震埋掉了？

无论如何，我们都要再搜寻一遍。

两组队员重新集合，按照东南西北四个方向，一边寻找，一边呼喊。但结果呢？只有我们的呼喊声在山谷里回荡。

"都莫喊了！都莫喊了！"罗立军大声打断我们。

他发现竹棚下边的箭竹林的竹梢明显倒向两边，于是根据这处痕迹判断，甘宇在芹菜坪的半山腰逗留了一些时间后，大概又走回头路了。也就是说，他可能想返回电站大坝，只是不知道为何没有走拢。

王华东：
无功而返

罗立军的痕迹追踪能力，得到了我们的认可。他的确像我给大家摆龙门阵时说过的那个"马脚印"，关键时刻，总能把我们从山穷水尽之处，带到一个柳暗花明之地。我们紧跟在他身后，向着湾东库区的大坝方向寻找，的确发现了不少疑似"甘宇留下的痕迹"。

寻找了快两个小时，罗立军用对讲机招呼我们收缩队形，向他靠拢。

我看到罗立军站在一处因山体垮塌形成的悬崖上，指着悬崖下的一道绝壁，难过地说："甘宇可能从……从这里滚下去，然后被石头土块埋掉了！"

听他这么一说，我的脑子嗡的一声，心想，"这下完了！大家费了这么大劲儿，难道得到的就是这个结果吗？"这个结果，不仅我不接受，每个救援人员，包括网上一直关注"搜救甘宇"最新动向，并一直在为寻找甘宇建言献策的网友，也是接受不了的。

我的心像被人割了一刀，何健和杨支队长的脚步也变得无比沉重起来。其余的搜救人员，都无声地跟在我们身后。

我伸出脑袋，看到那一壁悬崖有三四十米高，在悬崖底下堆积的浮土上，果然有一个人字形的痕迹。如果这个痕迹是甘宇留下的，那他真有可能受伤，或出现生命危险，但这只是猜测。这使我们刚才被提到嗓子眼上的心，又重新落回到了肚子里。

我们要下去看个究竟，便将救援绳系在一棵大树上，从悬崖顶向下滑去。发现那个"人字形的痕迹"，只是有些疑似而已，因为覆盖了新的沙土，甘宇的踪迹似乎又中断了。

但那道悬崖下面还有一道陡坎，罗立军冒着危险，用救援绳滑下去，站在坡下一个水塘旁边，大声告诉我们，他在下边发现了甘宇的脚印。

他把这个"发现"用手机拍照，发到了"9·10搜救群"里，从他发的照片来看，的确不是说起耍的。所以，我们很快就得出一个结论：甘宇还活着！也就是说，他从高坡掉到悬崖下后，又接着跌到了陡坎下面，爬到水塘边喝完水后，因湾东河水位上涨，没法过河，便放弃了重返库区的想法，而是顺着地震废墟，又掉头朝山上爬去了。但他究竟爬到哪里去了，是不是躲过了余震的袭击，就没法判断了。

因为凡是与甘宇有关的消息，都与回应社会关切的前提有关，所以，我们谁也不好擅自做主，把他"可能活着"或"可能遇难"的消息，利用社交媒体发布出去。

这也是本次行动开始前，我们请示上级，允许央视记者同行的一个主要原因——当然，我们昨天对甘宇获救很是乐观，让央视来报道这一喜讯，当然也是适合的。现在，关于这两天搜寻的结果，也都得以央视的报道为准。

但当时，由于随行的央视记者脚上受伤，留在猛虎岗大本营，何健就把发现"甘宇足迹"的情况，向他的上级和前线指挥部进行了汇报；我也通过微信，把同样的内容，向主管部门作了报告。

我们正在等待上级下达具体指令时，却得到了猛虎岗一个留守人员报告的消息。他说，从跃进村通往王岗坪的公路上，一个当地老乡告诉他和央视记者，有个戴眼镜的男子，挂着一根木棍，曾一瘸一拐地在那条路上出现过。得到这个消息，我和何健的意思是，大家先不要声张。

为什么这样做？因为各个级别的领导、整个互联网以及成千上万的国人，都在关心我们寻找甘宇的最新消息。"寻找甘宇"已是一个热度持续高涨的公共事件。这种情况下，我们身处搜救甘宇的现场，在消息发布上，是绝对不能有任何差池的。甘宇的眼镜在地震发生的那个瞬间就丢掉了，在这荒山野岭里，他从哪里能再找副眼镜戴上呢？所以，在猛虎岗营地发现的那个"戴眼镜的男子"的真实身份没有得到正式确认前，我们不能对外发布任何消息。不然，一旦舆情反转，陷入被动，那就得不偿失了。

除了这个原因，我、何处长和杨支队长还有一个担心，就是在寻找甘宇时，罗立军在另外一个地方又发现了动物的脚印。这个脚印，四周土质松软，有点像黑熊脚印。如果真是黑熊脚印，那么甘宇在逃生途中，会不会再遭到黑熊的袭击呢？假如甘宇遇上的是"带着幼崽的黑熊"，那就麻烦了。带着幼崽的黑熊伤人，泸定、石棉山区的当地人都有这种说法。2020年5月，绵阳江油山区的一个母亲送儿子上学，就因遭遇带崽的母熊而被袭击。

罗立军屏住呼吸，像个老资格的侦探一样趴在地上，经过观察分析，认为那的确是黑熊脚印，但周边没有人的踪迹，没法证明人和熊发生了什么。

在搜救人员掉头向猛虎岗方向寻找甘宇时，又发生了不少事。路上，我们经过的山体垮塌路段很多，那些地方无一例外地充满了危险。在一道兀然横陈，从左至右长两百多米的刀劈斧削般山体面前，罗立军口气严厉地要求大家集中精力，快速通过。他的理由是，他看到我们经过的地方，左侧山上一棵脸盆那么粗的柏树在晃动。他认为那是余震即将发生，山体又要垮塌的征兆。

与我们一起行动的水工邓荣说："罗哥，你的神经又过敏了？一只山雀飞过，一阵风刮过，都会有动静的！"

罗立军与邓荣都是湾东人。看到邓荣不信他的提醒，也没有生气，只是随口甩了一句"你娃晓得啥子"，就挥舞弯刀，为我们开路去了。

紧跟罗立军一起经过山脊下的危险路段时，我特别留意了几眼那棵"消息树",没想到,不看不打紧,一看真的吓了一跳。原来,我不仅看到柏树在晃动,柏树周围的灌木也在晃动。于是,我便举着对讲机,大声附和罗立军的提议,要求大家不要稀里马虎的,集中精力,全速通过。

刚通过那截危险路段,余震就发生了。山上几个地方开始塌方,泥石裹挟着灌木和荒草,向山下垮塌。回头去看那棵枝繁叶茂的柏树,已经不见了,好像突然飞走了。

到处都是"轰隆轰隆"的垮塌声,好多地方都在垮岩、滑坡,烟尘从四面的山体间再次升起。

我们都很感激罗立军的提醒。如果他不叫我们抓紧时间快速通过,我们很可能就会随着那面山体的垮塌,被泥石流卷走、掩埋、洗白。

这无疑是个险象环生、随时都有可能遭遇不测的索命之地。连罗立军这种经验丰富的"山河老几"(山里人)和专业的消防救援人员都不敢有半点儿马虎……甘宇如果活着,他一个深度近视的年轻娃儿,是如何战胜内心的恐惧的?又是如何战胜一次次生死考验的?

后来,我和杨志均在"9·10搜救群"里聊天。当着所有搜救人员,公开谈论这个问题时,我认为,人在求生欲望的直接驱使下,会发挥出常人无法想象的、令人惊叹的潜能。

别的不说,甘宇在没有别人帮助、在眼睛严重近视的情况下,通过了长达二百多米宽的陡峭的垮岩,就创造了奇迹。

余震过去后,何健带着一个老消防队员替换了我和小赵的位置。他们在前,我俩殿后,无论有用与否,何健都认为,这会让缺少经验的我们感到安全一点。

在向猛虎岗搜寻时,因受余震影响,不时有飞石滚落。通过这个路段时,杨志均既是观察员又是指挥员,不断提醒他带的救援小组,保持警惕,快速通过。七八个搜救队员安全通过后,他飞跑着通过时,突然从山上滚落下一块拳头大小的飞石,他哪里躲闪得及,飞石擦着他的胸口飞了过去。幸亏他反应快,条件反射地往边上躲闪,却不想脚下一滑,掉到了三十多米高的悬崖下。我们问他有没有事。为了避免动摇军心、影响士气,他身上虽然好几处受伤,但却说啥事没有,自己绕过那道悬崖,攀着杂树,从一侧艰难地爬了上来。

到下午四点多钟,我们搜寻到距猛虎岗还有七八百米远的地方时,到处都是垮塌的山石,山坡又很陡,连羊肠小路的痕迹也都没有。罗立军一看路况这么差,就让大家在原地休息,他一个人先去探路。他看到塌方路段的尽头,有一道山脊,只有一两米宽。这时,如果掉头绕行,赶到猛虎岗,天黑了也不一定能赶到。大家的体力差不多都已耗尽,天一旦黑下来,在这样的山野里行走,就更加困难了。况且大家的水已喝光,身上的食物也所剩无几,我身上只剩三个苹果和一块巧克力了。

罗立军跷起拇指,目测塌方端头的垂直高度后,告诉大家:"我们必须从这里过去,才能走到猛虎岗。"他接着说,"我先想办法攀爬过去,把救援绳拴在另一端,大家再拉着绳子走过去。"

说完，他也不管我们是否同意，就马上行动起来。他的体力的确好，对于那样危险的悬崖，他却像猿猴一般，快速爬到了陡崖的对面，把救援绳在一棵大树上系牢。大家攀着救援绳，过了这道险途。

我的腿脚实在是已经无力了，罗立军拉了我一把，说："我们走过的路，甘宇可能也走过。我刚才攀过陡崖，上山绑绳子时，发现了一双旅游鞋的脚印。"为了搞清罗立军看到的究竟是谁的脚印，我用微信问罗永，甘宇到底穿的什么鞋子。罗永说，甘宇当天穿的是什么鞋子他记不清了，但他平时喜欢穿旅游鞋。

罗永的回复说明，甘宇有可能真的在这一带活动过。而综合这两天寻找的情况，我隐约感觉到，对这一带完全陌生，又因眼睛深度近视看不清东西的甘宇，可能失去了方向感，从而只能在这一带的荒山野岭里没有目的地乱走。

傍晚六点左右，我们终于陆续返回了猛虎岗。到了那里，我们又发现了地上留下的有人烤火的痕迹，但罗立军否认了这个痕迹与甘宇有关。他说："这应该是最先逃离库区的那批民工留下的，甘宇不抽烟，身上没得打火机，怎么可能烤火？他如果有个打火机，像罗永那样点一堆火，不早就得救了？"

暮色四合，我的心情异常难过。

让我难过的是，我们用两天时间，把甘宇可能走到的地方都找遍了，吃了不少苦，却没有找到甘宇，只能返回。

临近猛虎岗时，何健已与救灾指挥部联系，请求协调陆航旅的直升机来接大家。趁等待直升机的间隙，我们检查装备，清理行李。

我想起我的背囊里还有三个苹果。为了祈愿甘宇遇难呈祥，我把三个苹果切成了二十多个小块，给每人都分了一小块。

待一切都准备好，何健却接到电话，说直升机因为气候原因，得再等一等。如果不能起飞，让我们就地宿营，明天再说。

大家一听，顿时傻眼。何健望着在暮色中飞来飞去的归巢的鸟儿，也不知如何是好。

我给妻子李娜打电话，说没找到甘宇，心里难受得很。一想到救援队回到得妥后，甘宇还生死不明地留在这里，心里就不是滋味。妻子听我这么说，让我注意安全，不要担心家里，如能与部分人员一起留在山上，就不要急着下山，等天亮以后再继续寻找，这样也节省时间。

无功而返，我本就不甘心，听了妻子的话，觉得这是个很好的建议，就想留下。我把自己的想法对罗立军说了。

罗立军说："现在没有吃的，水也所剩不多了。"

我说："何处和杨支队那里还有一些。"

"那我随你留下来。"罗立军当即支持道。

于是，我找到何健，对他说："政府的抗震救灾工作千头万绪，牵涉面很多，现在救援人员进入这里很不方便。除了直升机，没有别的办法。但如果天气不好，直升机就不能起飞。那我们从这里下去了，天气要是一直不好，多久又能再上来？所以，我既然来了，还是想找到甘宇再说。如果就这样返回，我不甘心！"

何健听了我的想法，并不支持。他认为，他作为这次搜救行动的领导，参加搜救任务的人员名单，是向上级报备过的。他带多少人上山，就得带多少人回家。所以，如果直升机来，他得把大家带回得妥，不能把任何一个人留在山上。

听他这么说，我就没再坚持。

等待了四十多分钟，直升机降落在了猛虎岗，我与大家一起上了直升机，向得妥飞去。

第五章

第七日

陈为淑：
除了哭，我没别的办法

  今天是甘宇在野外失联的第七天。严格地说，已经进入第七天零七个多小时了。

  甘宇刚被困的时候，我并没有跟任何亲戚邻里说。但过了几天，他们都晓得了，不时有人上门来打听情况，表示关心。他们说的话都差不多，无非甘宇不会有事的，要我们不要担忧，多顾惜自己的身体。

  甘宇的领导代红兵，那天还真会做思想工作。我和他打了一个视频电话后，原先堵得又闷又疼的心，好像一下舒展了不少。

  首先，他明确告诉我，我儿还活着，对此，我也是这么认为的，没找到，就证明我儿活着的可能性至少有百分之五十；其次，代领导不仅是甘宇单位的项目经理，而且还是甘宇的师兄，从他那里我晓得了，不仅是他在想办法找甘宇，他们项目部、公司、抗震救灾指挥部，乃至泸定、石棉两地的政府都还会继续千方百计地去找甘宇，使我这本来又冷又灰的心，又多了希望；还有就是，甘立权是我儿的堂兄，他不但为寻找甘宇劳心费力，还为减轻我和甘国明的思想负担，从不告诉我们关于甘宇的坏消息，总说甘宇肯定好好地活着。

我心里其实也明白，那么大的地震，山崩地裂的，甘宇又是一个人待在那荒山野岭里，没吃没喝七八天了——按古已有之的说法，人是饿不过七天的……何况他眼睛近视，又看不清东西，穿得又少——听说在川西的高山上，晚上冷得很。但他是活着与罗永分手的，在那山上，有可能遇到余震，但毕竟是在野外，所以，他如果真没有挺过去——我虽然从不愿那么想，但随着第七天过去，我已做好了面对一切可能的准备。

虽然甘国明从来不说，但我晓得，他心里也是有那个准备的。他很少说话，表面上啥也看不出来，他心里一直在翻江倒海。他不停地抽烟，越抽越多。我们都很在乎对方的感受，只是不说罢了。我无法面对任何一个人，我像一块在太阳下的冰凌，在不断地融化，碰到一个人就会碎掉。所以，我和代领导通完电话，就回楼上躺下了。也不晓得我是如何睡着的，更不知道我睡了好久，只晓得我睡着后，梦到了我儿甘宇。

他和一个女娃娃手牵手地出现在一个很大的超市里。然后，他和那个女娃娃在坐电梯。两个人一会儿从电梯上头坐下来，一会儿又从电梯下头坐上去。商场里有电视中看到的古人,哪个朝代的都有,还有我在广东打工时,在广州街上看到的外国人。

但是这些人,谁都没有说话,只有平时不爱说话的甘宇,一个人在商场里有说有笑。那个女娃娃的手,被甘宇牵着,又白又嫩,她很漂亮。但让我想不明白的是,她对我儿的笑声没啥反应,她和商场里其他人一样,从头到尾地沉默着,没有说话。但看样子,她还是很高兴的,嘴角一直带着笑意。

然后,那个超市变成了很大的一片树林,树太密了,把天光都遮挡没了,树林里黑黢黢的,其他人都没有了,只有甘宇一个人在里面走着。但他好像在逛公园一样,一点儿也不害怕。

我出现在他面前。"你怎么从超市跑到这黑林子里来了?"

他一见是我,很是惊喜:"妈,您怎么在这里?您不是在广东打工吗?"

"我一直在你身边呢。那个女娃娃,是你女朋友?"

"是的。"他有些不好意思。

"这山里风景还不错呢,你怎么不带着她?"

"她在城里有工作。"

"你还要在这里逛多久啊?走啊,跟我回去吧,你爸和你爷爷婆婆还等着你呢。"

"我得去湾东电站,那里的活路还没有做完。"

"那你要多久才能回去啊?"

"说不定,走这山路都要走好多天,等我休假了就回去。"他高高兴兴的,还转身走到我跟前说,"妈,您先回家去,您不要去服装厂了，让爸不要去扛包了，太损耗你们的身体，爷爷婆婆那么大岁数，也不要再去种谷子了。"

"我和你爸不出去挣钱，你爷爷婆婆不种地，你养我们啊？"

"我养你们。"他说着，给我掏出一大摞钱来，"先拿去花。"

我接过钱，觉得沉甸甸的。

儿子多懂事、多孝顺啊！我就想：儿子不是好好的吗？并没有在地震里失踪啊！一高兴，就醒了。

梦里的情景那么真切，跟现实中的一样，所以刚醒的时候，我还觉得，甘宇在地震中失踪，只是个不好的梦而已。但当我晓得我把梦和现实搞颠倒后，才又失望起来。

这是地震发生后，我头一回梦到甘宇。以前，我和甘国明在广州打工，晚上睡在出租屋里，我也梦到过他。但他出现在我梦里的样儿，还总是一个戴着一根红领巾的小娃娃。那时的梦，一般都是甘宇跟在爷爷婆婆的屁股后面，蹦蹦跳跳地走在田埂上和后山里，或者是在小学里上学。

我晓得今天已经是12日了。我其实不想醒来，睡着了能做梦，能梦见我儿甘宇，也没有醒着那么焦心，那多好啊！但我没有办法一直睡着。人总得醒来。我看到外面已经很白亮了，鸡叫声、狗叫声、鸟叫声不断传来。

这时，手机铃声响了。从昨天开始，我一听到电话，就变得神经兮兮的。既希望有电话打来，又害怕接到电话。之所以希望，是想那电话接通后，对方告诉我，甘宇找到了！害怕接电话，是怕对方给我带来不好的消息。

电话是侄儿甘立权打来的。

他问了家里的情况，东拉西扯的，无非怕触及我的伤心处。我也不好问他甘宇的情况。他一直在关注甘宇的消息，跟寻找甘宇的不少人都保持着联系。但他了解到的情况跟我了解到的差不多。他一再安慰我，告诉我甘宇肯定活着。他这么说，我心里自然好受了一些。

甘立权和甘宇是堂兄弟，感情一直都很好，从小到大，他们连红脸话都没说过。

逢年过节，甘家的大家庭，有时坐在一起吃饭，甘立权总是谦虚地对大家说，他和甘宇的最大区别就是，自己文化水平太低了。他这么说，是由于他小时候一读书就觉得脑壳疼，所以初中没读完就辍学了，十几岁离开爹妈，开始出去闯社会，在全国各地跑，寻找挣钱的机会。他进过厂，搞过销售，跑过买卖，还在山里跟人搭伙，搞过养殖，也在成都那样的大城市摆过地摊，开过酒吧，当过几年老板。甘立权结婚早，有两个娃儿后，肩上的担子一下就不轻松了。他做的一些活路，有时赚钱，有时赔本，但他也得做。他要是挑三拣四的，一家人的吃饭穿衣就难有保障。

甘宇虽然幸运地读了大学，但他在学校里上学，出来工作的时间短，没他这个堂哥接地气，对社会的认识，自然就浅一些，没少让我操心。

甘立权也是90后，只比甘宇大四岁，但看上去，却比甘宇成熟多了。他跑社会跑得早，见识广，为人处世，总比甘宇老到。

为了寻找甘宇，他一直都是尽心尽力，没少操心。

关键时刻，他就成了甘家寻找甘宇最关键的人。他像一根链条，前面连着王华东、何健等领导，后头连着神晓兵乡长和倪太高大哥——他们都是帮助我们寻找甘宇的紧要人物，跟亲人一样。

他在电话里说："大妈，我准备亲自到灾区去一趟。"

我一听就很激动，问道："现在能去吗？"

"应该可以去。"

"要能去的话，那就太好了！你要去泸定吗？"

"我去石棉，想从石棉方向去寻找甘宇。我分析了，既然甘宇没有返回湾东电站，搜救队在芹菜坪和猛虎岗也没有找到他，那他往石棉方向走的可能性会比较大。"

"是啊，今天12日了，地震已过去这么多天了，你去石棉，我们能去泸定不？"我在电话里问道。

"应该能去……我觉得，您和大爹也应该去。"

"我和你大爹也是这么想的……甘宇现在都没找到，万一……"我忍不住哽咽起来。我其实也晓得他让我去的意思——那就是如果甘宇真出了意外，也要把他找到，然后带回来。我也这么想过，虽然我这么一想就心如刀割。

"大妈，你不要这么想……"

"是啊，我相信他应该没事。我昨晚梦见他也是好好的，有女朋友了，还挣了好多钱给我花。"

我跟甘立权说了我做的梦。

"就是嘛，这个梦就是在告诉我们，他好好的呢！"

"你这娃儿就是会安慰人。"虽然我晓得他说那样的话是为了安慰我，但我听了，心里却好受多了。

"我之所以下决心去石棉，就是觉得我弟不会有啥事，我能找到他。"

"但是，咋去啊？主要是疫情啊，说快结束了，但又没准信，恐怕走不拢呢！"我从床上撑起身子。早上的太阳从窗户射进来，里面有好多飞灰和扬尘。

"我一直关注疫情，现在只有部分地方严重一点。达州，包括成都的大部分区县、雅安和甘孜疫情都没多大的问题了，只要做了核酸、有绿码，到省内哪个地方去，应该都没问题。你们能从广州回达州，回来后又一直待在老家，更没问题。"

"你说得有道理。我和你大爹这就去做核酸、买车票，看能不能坐达州到成都的火车……"

"你们如果真要来，就收拾好东西。我给你们打电话前，其实已联系过一个朋友，他叫蒲勇，家在成都，但老家也是大竹的。他是个志愿者，很热心的，我叫他把你们带过来。"

"你娃娃真有心呢！能这样，就太好了。"

"我叫朋友开车来接你们，一会儿就到，你和大爹收拾一下。"

我仍然担心疫情防控，怕走不通。他说蒲勇会先带我们到镇上做核酸检测，只要是绿码就没问题。

我把要去泸定的事跟甘国明说了，他说他早就在想这个事，恨不得马上出发。我又跟甘宇的爷爷婆婆说了，他们也很支持。两个老人泪水涟涟的，甘宇的爷爷说，无论是啥子结果，都要把我孙儿带回来；无论怎么样，你们自己都不能出啥事。

我明白老人说这话的意思。背过身，忍不住又抹起泪来。

9月5日和6日，我接到过甘宇的电话和短信，他说没事，在等着救援。我们当时想他也不会有啥事，但我和他爸其实哪放心得下啊！连工钱都没来得及和老板结算，就买了从广州飞达州的机票，急急忙忙地往回赶。那是我和甘宇他爸平生第一次坐飞机。没想到回来后，却困在家里，啥也做不成，只能守着电视机，整天开着，在中央电视台和四川电视台的新闻频道之间切换，只要是跟泸定地震有关的消息，一条也不放过……我还学会了在手机上看相关的新闻。罗永被救的消息我和甘宇他爸第一时间就刷到了。我以为，罗永获救后，甘宇马上也能获救，没想会是这样。

我到灶房去煮了一把挂面，捞到碗里，端上桌子，叫两位老人和甘国明一起来吃。吃完面，甘国明用个包包，刚把几件换洗衣服装好，一辆白色的车子就从院坝坎下的公路上，一颠一簸地开到我家门口了。

一个穿着一身"大白服"的年轻人，从车上跳下来，猛地一看，我还以为是防疫人员。他说，他是甘立权的朋友蒲勇，是来接我们的。

甘国明给他取了一支烟。我忙着要去给他煮面吃。他说不用了，他吃了早饭的，车上也有干粮。他去向两位老人问了好。两位老人每人握住他一只手，连说感谢。我和甘国明，赶紧提起包包就上了车。

即使在乡村公路上，蒲勇也把车子开得很快，路有些颠簸，有些地方弯拐得很大，路况也不好，我的脑壳"砰砰"地接连撞到了车篷上。小伙子听到响声，让我们系好安全带，然后就把车子开得更快了。他拉我们到街上去做完核酸检测，立马又出发了。

车子不断在油罐车和大卡车的夹缝中穿行，然后上了高速。在高速路入口，防疫人员对我们进行了检查。测了体温，查看了行程码。一位穿着"大白服"的工作人员问甘宇他爸："同志，你们去哪里？"

"去泸定。"

"去泸定？那里在地震哟，你们这时去那里做啥子？"

"通知我们去处理我儿甘宇的事。"甘国明说。

"甘宇？我们晓得啊，为了开闸放水，自己没有逃出来，网上有好多关于他的消息。"

甘国明很难流泪的，一听到那个人的话，眼泪一下就流出来了。

那人一见，可能也晓得甘宇没有找着，以为我们是去处理后事了，就安慰说："甘叔，你们不要难过啊！"然后对开车的蒲勇说，"路上慢些，一路平安！"

我给甘宇他爸递了一张纸擦眼泪，我的眼睛也潮湿了。

快到成都时，我给甘立权打了电话，想听他接下来怎么安排。

他说现在不能进城，怕进了城后，一旦疫情加重，可能就很难出去。

我们就没有进成都，而是绕过成都直接朝泸定方向开去。

自从上高速后，车就很少，一路很顺利，但毕竟有几百公里路程，还是走了七八个小时，才到了泸定附近。

　　到泸定高速公路收费站，我们老远就看见了值守在那里的防疫人员和警察同志。车还没有停下，一位警察就示意蒲勇把车停到他指定的位置。我不晓得他要做什么——我和甘国明活了大半辈子，还从没这么近距离地接触过警察。但他态度温和，很有礼貌地微笑着给我们敬礼，待我们的车子停好，要我们下车，到两个"大白"那里接受检查。蒲勇一脸疑惑地小声说："扯啥子拐哦！立权哥不是说，我们的车牌号已向泸定前线指挥部报告过吗？"他声音很小，车外的警察自然听不到。我不知道我侄儿之前是咋个对他说的，一时也不晓得怎么回答。蒲勇掏出手机，要和甘立权通话，问他怎么回事，但被警察弓着食指，"笃笃"地敲着车窗，制止了。

　　警察同志又瘦又高，肤色黢黑，口音与我熟悉的四川话有点区别。他可能是甘孜本地的藏族人或者彝族人。我跟他说了我们到泸定是来做啥子的。他再次向我们敬礼，说他晓得甘宇，一有空就关注他的消息。但他是个很讲原则的警察。他说话很温和，总是轻言细语的，但有一股力道。他说，按规定，我们应该原路返回。因为甘宇虽然失联了，但政府和志愿者一直都没放弃，一直还在想方设法地寻找。他最后说，要我们相信政府和救援组织，甘宇迟早会好手好脚地被找回来！

　　我不得不说，那位警察很会说话，很会做工作！

　　他说的"好手好脚"，让我这个当妈的，听着顺耳，但一想到我们既然大老远地跑来,他又要求我们原路返回,我就想不通了。我越想越难过,最后就蹲在地上哭起来。当时,到了泸定地界,我发现自己变得特别脆弱,总是想哭!在那种揪心扯肝的日子里,想到我儿遭了这么大的劫难,我这当妈的却无能为力,除了哭,我还能做什么呢?所以,我跟那位警察说,我儿现在都还没有找到,我这个当妈的,怎么着也得到这里来看看。如果领导允许,我和甘国明都想到山上搭个草棚子,吃住在山上,天天去找他!

甘国明：
大渡河上的孔明灯

我见陈为淑蹲在地上哭得不成样子，就去拉她。我想把她拉起来，但她却软得像稀泥一样。我把她拉起来时，她还能勉强站立，可我刚松手，她又软塌塌地滑到了地上。警察同志一看她哭成那个样子，有点手足无措，转过身去，打电话向他的上级作了汇报。然后挂了电话，告诉我，他跟领导汇报了，领导会联系抗震救灾前线指挥部。

一会儿，甘宇的领导代红兵就把电话打了过来，警察同志接听后，把免提打开，将手机递给了我。

"喂，是陈孃吗？"电话里的声音有点着急。

"我是甘宇的爸爸甘国明。"

"哦，是甘叔啊，甘叔好！我是甘宇的同事代红兵。"

"代领导好！这次甘宇的事，让您操心了！"

"甘叔，操心是应该的。您叫我小代吧。我刚晓得您和陈孃来泸定了。在高速公路入口执勤的警察打电话到指挥部，我刚好在这里。"

"哎呀，甘宇这事真是太麻烦领导了！"

"甘叔，您莫客气，请您把电话给陈孃，我跟她也说两句。"

本来，我刚才就想问一下代领导，你们公司为什么现在还没有找到甘宇，但我晓得代红兵和甘宇是校友，甘宇从江苏回四川上班，也多亏他的引荐，他平时对甘宇没少关心，何况，这边一有什么情况，也大多是他和我们在沟通，所以，我就忍住没有开腔。我把电话交给陈为淑时，她一伤心，就不管不顾了，带着哭腔大声问道："代领导啊，地震过了这么久，我儿还是没找到，你让我和他爸怎么活啊？现在，他活不见人、死不见尸，总不会凭空消失了吧？于是，我就想自己来找，但到了这里又不让我们进。您说，我们怎么办啊？"

"陈孃，您先莫着急！刚才我们也商议了，指挥部领导的意思是，他们理解你们的心情，但现在这里是灾区，抗震救灾还在继续，余震也还时常发生，加上现在疫情比较严重，因此，目前不建议非抗震救灾人员进入灾区……"

陈为淑一听，更急了。"这些情况我们之前也不晓得。我和甘宇他爸只是想，甘宇这么多天都没有找到，我们应该过来一趟。假如孩子真有不测……"她又大声哭了，"是不是……我们……连他的面都……见不上了？"

"陈嬢，我理解，您莫难过。等一会儿，我再请示一下领导，我们再想办法。您把电话还给警察同志，我有您的联系方式，我等会儿直接打给您。"

"好的，您可一定要打过来。我既然来了，找不到甘宇，我是不会回去的，不让我进去，我就守在这里。"

"陈嬢，您先莫急。"

她背过身，把脸上的眼泪抹了，将手机还给了警察同志。

我们重新坐回车上，等着代领导的电话。但半个钟头过去了，代红兵的电话却没有打过来。我和甘宇他妈都着急起来。蒲勇让我给甘立权打电话，问他怎么办。我把甘立权的电话拨通后，他想了好一阵子，说他在泸定有个朋友，他先问一下该怎么办。过了一会儿，他回电话了，说："大爹，你让蒲勇先开车按原路返回，开上十来分钟，过两个隧道后，再往前走一里路的样子就停车，从那里翻过高速公路护栏，下面有一条乡村路，你们到路边等着，我那个朋友想办法找泸定的人到那里去接你们。"

听了甘立权的安排，我觉得有些不靠谱，但也没有别的办法，因此还是把甘立权的安排给蒲勇说了。蒲勇说目前也只能这样，他马上掉过车头，就往回走。

成雅高速好多路段都修在山区，路上隧道很多。蒲勇可能是精力不集中，车子穿过第二条隧道后，他一加速，就跑出了好几里路。蒲勇赶紧减速，把车停在应急道上，打着"双闪"，往路边一看，好在那条乡村公路延伸到了下面，才舒了一口气。

蒲勇放下我们后，就准备返回成都了。他这一路送我们，没喝我们一口水，没吃我们一口饭，还把电话留给了我们，说有事随时找他，并把他带的干粮和几瓶矿泉水都留给了我们。多好的人啊！下车前，我就悄悄在他座位上放了五百元钱，算是对他的酬谢。没想到他回成都发现后，又硬是把这笔钱用手机转给了甘立权，让他退给我们了。想想，真是亏欠这个像雷锋一样的小伙子了！

我们并没有在我们下车的地方下高速，而是往回走，想走到甘立权事先说的离第二个隧洞出口一里路的那个地方再说。

我背着从家里带的包，提着蒲勇给的干粮和水，走在前头，陈为淑跟在身后，紧赶慢赶地走着。不断有车飞驰而过。好几辆车见到我们，都会摁一下喇叭。喇叭声拖得很长。我觉得，高速公路是为车修的，我们却在上面走着，让人感到紧张、害羞，我埋头走着，不好意思东张西望。

走了十来分钟，陈为淑的电话响了，是代红兵打来的。她把手机递给我。

"陈孃，我是代红兵，你们在哪里啊？"

"代领导，您好！我是甘宇的爸爸。"

"哦，甘叔好！指挥部经过请示，同意你们到泸定来。"

"那太好了！感谢政府，感谢指挥部！"

"您和陈孃在高速入口等我，我现在就开车去接你们。"

"刚才，我们已经往回走了一段路了，过了两个隧道，现在在高速公路边上。"

代红兵一听，有些着急，说："您让送您和陈孃的人先回去，你们就在那里等着，不要动了。我来找你们。"

"好的，代领导，给您添麻烦了。"

挂了代领导的电话，我赶紧跟甘立权讲了。他听后也很高兴。

我们便停下来，站在路边等着。等了四十多分钟，一辆皮卡车停在了我和陈为淑前面的应急车道上。从车上走下来一个人，向我们招手。走近了，他说："甘叔、陈孃，辛苦了，我是小代，代红兵。"

"您才辛苦啊，代领导！"

"走，我们上车。"代领导说着，提起我的行李就往车停的地方走。我们也离开背靠的护栏，跟着他上了车。

我们绕了好长一段路，才再次回到高速出口的收费站，很顺利地出了高速。

出了高速不久，就看到大渡河了，看到了地震之后惨不忍睹的山河。一些乡村公路，已在地震中严重变形，一些地方裂开了一两尺宽的口子，活像地下的野物，龇牙咧嘴的，露出了凶相。靠近县城的开阔之处，还能看到新闻联播里那种有着红十字会标志的救灾帐篷，垮塌之处不时可见。那些地震以前修得一家比一家漂亮、气派的房子，地震一"摇"，活像被一个大怪物的魔爪捏碎了。也有一些要垮不垮的房子，杵在路边，这些境况，跟我在电视里看到的一模一样。

我们快走到县城时，车子停住了。代领导的一位同事迎上来。这个地方有一家客栈，周围的房子在地震中都有损坏，但它还是完好的。

"甘叔、陈孃，泸定现在能够住人的宾馆大多被各地来的救援人员住满了，这个地方虽然偏一点，但安全、干净，有餐厅，饭也做得不错。门外就是大渡河，你们心情烦闷时，可以去河边散散心。"

我看门前的水池里养着鱼，菜地里种着菜，晓得代领导根据他的领导的安排，把我们安排到这里，既是想了办法，也是很用心的。我连忙道了谢。

"你们住就是了，包括吃饭啊啥的，费用都由单位出。"

"那哪能成啊！"我连忙说。

"你们有什么要求啥的，都跟我讲，千万不要客气！"代领导把我们带到服务台前登了记。

进入房间，刚放下包包，代红兵就上来又是烧水又是泡茶的。请我们坐下后，开始介绍甘宇和罗永分开前后的情况，并告诉我们："你们的儿子和罗永都是英雄！现在罗永得救了，虽然甘宇暂时还没找到，但我们公司和政府以及社会救援力量，是不会让英雄流血又流泪的！"

我们当然想去离甘宇失踪地最近的得妥，代领导解释了没有让我们去那里的原因。那就是，今天恰好碰上了"9·5"泸定地震的"遇难者哀悼日"。根据有关安排，方方面面的领导、救援人员和媒体都参加了，去那里的路况不好，场地狭窄，吃住什么的都不好解决。

经过他解释，我们就不能怪他了。但是，"遇难者哀悼日"结束以后，泸定、石棉这两个县的抗震救灾工作，会将重点转入灾后重建。我比较担心这会影响到对甘宇的搜救，因而提到这个问题。代红兵让我们不要考虑这个问题，政府不会放弃任何一个人。他也根据王华东的安排，和甘立权一起商量过继续寻找甘宇的计划，但一时还不知道该从哪儿入手。

晚上，我和甘宇的妈妈去河边散心，月亮没有那么圆，天上飘了几盏橘黄色的孔明灯。老百姓对燃放孔明灯有自己的说法，说诸葛亮死了很多年后，四川百姓为了纪念他，就会放孔明灯，后来，在亲人遭劫难时，也会用放孔明灯的方式，乞求诸葛亮保佑亲人逢凶化吉，遇难呈祥。想到这些，看到大渡河上飘来飘去的孔明灯，我就嘀咕着，不停地责怪自己："泸定人在为被困的亲人祈福，我和陈为淑从大竹来到这里，咋没想过给儿子放个孔明灯呢！"

当时，大渡河的沿河两岸，除了有人给没回家的亲人放孔明灯，还有一些人蹲在地上烧纸，祭奠遇难的家人。见到这种情境，我的脑子一下就意识到，对那些在地震中遇难的人，当天已是"头七"。我不晓得甘宇今晚在山里头的哪个地方，陈为淑可能也想到甘宇有不好的结果，流起泪来。我心里顿时也起了不好的念头，赶紧伸手"啪啪"打了自己两个嘴巴，然后在心里骂自己胡思乱想。

"甘国明，你疯了？"见我自己打自己，陈为淑从我身后上来，一把扯住了我的袖子。

"我……没啥……事嘞！"我不晓得该说啥子，见她满眼是泪的样子，我安慰她说，"儿子虽然遭此劫难，但他肯定没事，就像那个警察同志说的，早晚都会好手好脚地回到我们身边来。"

甘立权：
在"头七"这天

大爹大妈来到泸定时，正赶上"遇难者哀悼日"。

当时，人们心里最纠结的，主要是甘宇"是死""是活"的问题。这种纠结，从甘宇与罗永分手到9月22日被发现之前，一直伴随着搜救甘宇的全过程。只是"遇难者哀悼日"这天，这种纠结比以往的任何一天，更突出、更揪心罢了。

由于我在大爹、大妈来泸定的问题上，在"遇难者哀悼日"和防疫问题的复杂性方面想得不周全，二老从大竹到泸定后，碰到了一些也许能够避免的周折。

如果事先想得周全一点，我会让他们过了"遇难者哀悼日"这天再来。

咋说呢？警方开始不让二老下高速，除了考虑救灾和防疫问题，也是考虑到他们这个时候来泸定，在时间节点上，不得不面临一些实际问题。比如，甘宇的父母如从泸定直接到得妥的话，看到布置的悼念活动现场，未免触景生情，受到刺激；还有，他们如果到了得妥镇上，代红兵的安抚工作没做到位，一旦情绪失控，就容易做出不理智的行为，那该怎么办？……如果这样，我和"水发安和"这些下一步想要继续寻找甘宇的人，也将面临随之而来的更大压力。

因此，我当时也知道了自己考虑不周，觉得至少应该缓两天再让他们来泸定。

找到甘宇后，有一次大爹和我闲谈，说代红兵安排他们住下后，当天下午天快黑时，他和大妈看到一些人在大渡河边烧纸，祭奠地震中死去的亲人，而当时的甘宇，又在余震不断的山上受难；他们当时不晓得甘宇到底是不是还活着，因此，"要不要也给甘宇烧点纸"的想法，让他和陈孃有一种生不如死的感觉。

烧纸吧，要是甘宇没事，当父母的，给活着的儿子烧纸，这是什么意思啊？老百姓有个讲究，谁给活人烧纸，就是对这个人非常恶毒的诅咒。不烧纸吧，"遇难者哀悼日"这天，正好是民间纪念死者的"头七"。"头七"是我国一种丧殡习俗。古人认为，人死后要过七七四十九日才能够转世投胎，四十九日分为七个七日，人死后的头七天称为"头七"，"头七"的最后一天就是传说中的"回魂夜"。亲人得给死去的亲人摆放祭品，烧纸化钱，如果生者在"头七"期间怠慢死者，亡魂还会不断纠缠，令生者不得安宁。

总之,"烧不烧纸",显然是个让二老很难回避的"两难"问题!

而被这个"两难"问题折磨的人,除了住在大渡河边的二老,和我们这些甘家的哥儿弟兄,还包括社交媒体上一直关注甘宇搜救动态的网友。

好在代红兵想得周到,把他们安排在了县城附近,而不是得妥镇。

带二老到泸定这件事,无论如何都要感谢蒲勇。蒲勇当过兵,以前是我养鸡时的合伙人,后来他不养鸡了,就在成都一个物业公司当保安。

我给大妈打电话之前,找到刚好在达州的蒲勇商量,问能不能帮忙送二老去泸定。我原以为,疫情防控期间,由于众所周知的难处,蒲勇没准儿会推脱,没想他二话没说,非常爽快地答应了我。

我的这位老哥,当即就开车从自己家里到了甘宇老家,有惊无险地把二老送到泸定了。他从泸定返回成都的路上,给我打了电话。

"兄弟,我在泸定返回成都的路上了。"

我说:"老哥啊,辛苦你了!"

"说那些客气话做啥子哟!我要跟你说的是,我到泸定才意识到,甘宇的事牵涉面不小,他父母都会跟着难受,我担心他们承受不了。"

我当即明白了他的意思。首先,"头七"是个特殊的日子,终归要牵涉"生死"问题,我大爹大妈,得知儿子搜救的"黄金期"已过,他们怎么看待"甘宇是否活着"的问题呢?那么多人去找甘宇,都没找到,排除骨肉亲情间的情感,他们只要理智地想一想,就知道"甘宇还活着"也有可能只是一厢情愿的事。而这个问题,其实一直像野物(方言,野生动物之意)的利爪一样撕扯着我的心,自然也会折磨他们。其次,即使他们相信甘宇还活着,但在"遇难者哀悼日"这天,赶巧碰上民间的祭奠习俗,这对二老意味着什么?第三,甘宇的"生死"既然充满未知,又在二老的一念之间徘徊,那么,这种"不确定"因素,在他们来到泸定后,是否会像一颗随时可能引爆的炸弹,让他们做出过激反应呢?

我把自己的担心给代红兵讲了,让他也和泸定抗震救灾一线指挥部报告一下。

我原想,等我和堂弟甘伟赶到泸定,与二老见面后,由甘伟陪着他们,来找"水发"和当地政府,就我们家属还希望继续寻找甘宇的问题表达诉求,看能否得到帮助,但甘伟在办理出城手续的时候不顺,差点没能成行,耽误了时间,最后只好让代红兵以甘宇单位的名义,来协调办理。

我去泸定之所以受阻,有疫情防控的原因,也有自己遇事浮皮潦草、考虑不周的因素。

当时,我住的小区还没有解封,不能随意出入。

得到代红兵已把大爹、大妈在泸定安排好的准信后,我和甘伟就去找物业的保安和社区的志愿者,告诉他们甘宇遇到的情况,可能要做最坏的打算。作为甘宇的亲属,经过多次沟通,泸定与石棉方面同意我过去处理。我再恳请物业和社区他们能帮我们通融一下,开个绿灯!

我把网上与甘宇有关的视频都找出来，一条一条地给他们看，还把甘宇、罗永救助、掩埋遇难工友，开闸放水，避免湾东村百姓遭受生命财产损失，才错过了最佳逃生机会的事迹，向他们作了介绍。我这么做，本来是不抱希望的，没想他们看了视频后很感动，经与社区领导沟通，社区又向上级报告，他们同意我在核酸检测没有问题的前提下出行。

把车开出小区不久，我老远就看到二猫背着一把吉他，站在路边一棵树叶泛黄的银杏树下等我。二猫是来给我送对讲机的。他是个"蓉漂"，属于活得有点跌跌撞撞的文艺青年。三年前，我开酒吧时，他在我的场子当过驻唱歌手。但他没有原创歌曲，只能翻唱一些流行民谣，像宋东野的《郭源潮》、张玮玮的《米店》、马条的《塔吉汗》这些歌，他都会唱，很受客人欢迎。后来，因受疫情影响，酒吧关门了。那天夜里，等客人全部走了后，他还神色忧郁地坐在台上，唱了一首洪启的《阿里木江你在哪里》，有几句歌词我一直没忘：

阿里木江你在哪里？
阿里木江你在哪里？
他的母亲只剩下悲伤，
泪水在梦中汇成了海洋。

二猫给我留下的记忆，除了喜欢翻唱洪启的歌，我们之间还有一个约定。那天晚上，他唱了一个新疆男人寻找儿子阿里木江的民谣后，已是夜里一点多钟了。关门时，我把平时安排客人进出包间和提醒吧台结账用的两部对讲机，分了一部给他。我们约定，只要疫情结束，酒吧还要开门，到时就要一起合作。

那部对讲机，是我和二猫"继续合作"的凭证。

但我们谁都没有想到，这次我让他送对讲机来，却不是履行"酒吧开门，你还来唱歌"的承诺，而是为了带上它，去找生死难料的甘宇。看到二猫穿着一条腿上全是洞洞的牛仔裤，一件干净的白色带帽衫，站在树下"如约"等我，我就感到心里很不是滋味，觉得对不起他。其实，酒吧关门的第二年，由于无力支付昂贵的房租，我和房东就终止合同了。现在，我整天开着一辆二手面包车，一是捯饬旧衣服；二是到处找雇主做点屋顶、地面的防水活路。他背着吉他，送来对讲机，以为我们三年前的约定，马上就要实现了。

听我说是去寻找甘宇，要用对讲机后，二猫开始一脸惊讶，但很快又一脸平静地把对讲机递给了我。二猫这个已在网上拥有一千多个粉丝的兄弟，并没怪我，甚至还主动提出与我一起去找甘宇的请求。

"权哥，这几年，我都宅在家里，和你去找甘宇，正好也能透口气儿！"

他这么说，我很感动。找甘宇，如果只靠我自己，真是希望渺茫；多一个人参与，就多了一分希望。但想到到达现场后，即将开始的搜救工作不但头绪繁多，让我感到无从下手，而且搜救中将要产生的费用，以我和甘宇父母的条件，是承担不起的。这让我无法答应二猫的请求。我把对讲机交给坐在副驾上的甘伟，对二猫说："兄弟，心意哥先领了，灾区你不用去。你就留在家里，等我们需要时，你再给我们做后盾吧！"

二猫可能看出我的难处，也许觉得他留在成都，没准也能帮我做点什么，就没再说什么，犹豫了一下，转身走了。

我把车子开到高速路口，执勤人员拦住不让通行，一个人过来查看通行证明，我说太忙，没顾上去开；他说无论我去干什么，都应该开个证明，不能连规定都不遵守。

我知道解释没用，只好返城去开证明。这样，我就不能按约定，今天与大爹大妈会合后，去找代红兵、孙建洪，然后在明天和他们一起从石棉王岗坪方向去寻找甘宇了。

代红兵是甘宇的上司，能代表甘宇单位，帮我协调当地政府，在牵线搭桥上，做些具体的事情；孙建洪是湾东电站护坡加固的包工头，地震发生后，第一时间从库区逃生的十六个民工，就在他的手下干活挣钱。寻找甘宇，肯定困难重重，我原想，多少可找他们想点办法。但现在，由于我和甘伟行程不顺，这些想法能否落实，就只能走一步看一步了。

根据情况变化，我按蒲勇的提醒，又和代红兵联系，请他先不去石棉，帮忙安慰甘宇的父母即可。我又给孙建洪打电话，希望他和他的工人准备一下，等我到了石棉，看能否带着我一起上山去寻找甘宇。

两通电话打完，我舒了一口长气，然后驱车返回城区做核酸检测，开通行证明。等我们拿着手续，重新回到高速路口时，值守人员还是不准我们上路。经过询问，我才晓得，原来证明材料上只有我的名字，甘伟的名字被漏掉了。

真是越忙越乱！

但我冷静一想，当时成都的疫情比大竹老家要严重，防控措施也比大竹严格，所以，我和甘伟无论有多沮丧，也要把心稳住，然后再说其他事。回到社区的办事窗口，那里等待开证明、办出行手续的人仍然很多，已经排起了很长的队。为了早点拿到证明，我就说了要去救人，并和靠近办事窗口的人商量，请他顾念我们耽搁不起，让我插个队。没想到，人家一听我和甘伟要去灾区，寻找上了热搜的甘宇，就主动把我让到前头，后面排队的，谁也没有意见。但不巧的是，工作人员开证明时，他们的那台打印机，早不坏晚不坏，刚好那时坏掉了。工作人员急得满头大汗，等换好墨盒，将打印机鼓捣好，我才拿到了重新开好的证明。

我们从早上天没亮就准备出发，到开车驶过成雅高速入口，已快中午一点多钟了。

甘伟看我累得够呛，眼睛发直，昏头昏脑的样子，担心我在开车的时候出事，就把一个车载U盘取出，让我一边开车，一边听二猫翻唱的最新歌曲提神。二猫事先拷贝的U盘，是为向我证明他演唱水平比原来提高了很多，让我在酒吧重新开张时，能与他继续合作，现在却被甘伟派上了用场。他的歌声，有种西北地区又土又燥的"高原味"，就像风吹黄土一样"哧哧"着响的嗓音，伴着手指敲击琴箱的"砰砰"声，一般人不爱听，也享受不了。可我爱听，甚至觉得二猫唱出了与原唱洪启不同的别样味道。

听着二猫翻唱的民谣，原来头脑迟钝、昏昏欲睡的我，一下就清醒了。快到蒲江服务区时，当听到他把《阿里木江你在哪里》快唱完时，我情不自禁地哭了。

阿里木江是个孩子，
他迷失在了街上。
他的父亲从此脸上再没了欢畅，
阿里木江在那一天他迷失了方向，
他的母亲的心永远和他一起流浪。

用现在一个流行的说法，就是这首充满朴素同情心与底层关怀意识的民谣，三年后，再次在我耳边响起时，我"破防"了。这首歌，唱的是个名叫阿里木江的新疆娃儿，由于在城里迷路或者误入歧途，莫名其妙地找不到了。他的父母急得满嘴起泡，天天在城里到处找他，把印着他照片的寻人启事，贴在电线杆上。这种持续固执的寻找和希望渺茫的等待，不一定能引起多少情感共鸣，但那一张张贴在电杆上，被风吹得"哗哗"直响的寻人启事，对他的父母来说，却是个天大的事情。

音乐人洪启发现这个事情后，出于对普通人的关怀，创作了这首小众范围内普遍叫好的作品；"蓉漂"二猫翻唱老洪的这首老歌，有他良善之心无从依附，一唱这首歌，好像就能得到安放的满足感。他对"阿里木江的消失"与"阿里木江"妈老汉儿面临的遭遇,应该也是有体会的。

在去寻找甘宇的路上,听到二猫翻唱的这首歌,我的确也很有感触。我发现这首歌,特别适合我当时的心境。我就边听边想,甘宇和阿里木江的境况看似一样,实则又有所区别。一样的地方是,两个娃儿的消失,都给他们父母造成了常人很难体会的心灵重创;而不同之处是,甘宇、罗永抢救遇难工友,开闸放水,保护百姓生命财产的事迹,经过各级媒体的报道,形成了要大很多的、感动人心的"甘宇效应"。

我擦去脸上的泪水,心想既然我们的领导人已对"9·5"泸定地震作了"要把抢救生命作为首要任务"的指示,那么找到甘宇,不但意味着对大爹大妈有所交代,而且对全社会,也算有所交代!

我把车开进蒲江服务区后,到盥洗室用水洗去脸上的泪痕,等心情平复下来,才又回到车上。我让甘伟替我开车,继续向泸定赶去。让甘伟开车,本来是想让自己休息一下,没想到越靠近灾区,心情越难以平静。我一直在想该如何去找甘宇。觉没睡成不说,还弄得头也痛起来。

大爹大妈被代红兵安排到一家客栈住下,我不用再像之前那样,担心他们在甘宇公司和地方领导面前,又哭又闹,乱提要求,做出啥子过激的事。不过,从我跟他们通话的情况来看,他们的状态越来越不好。我晓得,在没有找到甘宇之前,每分每秒,对他们来说都是煎熬。只有找到甘宇,才能把他们从煎熬中解救出来。

经过考虑,我必须放弃去泸定得妥镇、经湾东电站到猛虎岗的寻找路线，改为依然到石棉的王岗坪乡，会同孙建洪去新的区域搜寻。

"遇难者哀悼日"以前，政府与甘宇单位组织的联合搜救，王华东与消防人员是搭乘直升机，从空中直降目的地。那些搜救，主要围绕泸定和石棉之间的山地丛林展开，已把芹菜坪和大坝的"泸定范围"找得"底朝天"了。因此我和孙建洪的搜救重点，就该放在甘宇可能出现的芹菜坪至猛虎岗的"石棉范围"内。

孙建洪是石棉人，我们取得联系前，他看到搜救甘宇的行动快过最佳搜救期，就及时地站出来，表示愿意配合接下来的搜救。我想，他这样做的原因，是他与甘宇的工作关系处得不错。甘宇性格非常温和，平时与孙建洪带领的工人打交道时，有一说一，就事论事，所以，当搜救甘宇无果，让人越来越揪心时，他及时伸出了援手。

我和甘伟紧赶慢赶，走拢泸定，和代红兵匆匆见了一面。我再次请他帮我照顾大爹大妈，还就搜救活动的后勤保障，与他做了一些沟通，希望能再尽力地帮下我们。他请示领导之后答应了，还让人给我们送来了矿泉水、面包、榨菜和方便面。

我们去看望了大爹大妈，客栈比较清静。大妈一见我，就流泪。大爹说他也想跟我们一起去寻找甘宇。我没同意。我说他去的话，大妈怎么办，我让他照顾好大妈就行。其实我更担心的是，大爹随我们去寻找甘宇的话，大妈也要去，在被地震震得千疮百孔的山上找人，危险不说，让他们见到震后现场，无疑会更为甘宇担心，无疑是往他们伤口上撒盐。如果出现什么问题，还得安排人手照顾他们。所以，我接着说，不但不能让他们上山去，我还要留下甘伟来照顾他们。大爹不同意,他说他们不需要照顾,多一个人去找甘宇,就多一分早日找到甘宇的可能。听他这么说,我就同意让甘伟跟我一起走。

告别大爹大妈,我们接着往石棉赶。没走多久,天下起雨来。我在心里说,甘宇今晚又要遭罪了。

天快黑的时候,我们赶到了位于大渡河畔的石棉县城,嗖嗖的冷雨笼罩着夜幕将近的一切。这时,如果继续前行,赶到王岗坪乡政府所在地挖角去与孙建洪会合,从行车安全的角度来看,已不现实。我们便决定在县城住一晚,次日一早再赶往挖角。

孙建洪得到我和甘伟无法连夜上山,将待在石棉的消息时,等了我们一天的他,并没抱怨。他担心第二天会继续下雨,我们还是到不了王岗坪,就告诉我,他决定明天不等我了,因为他和他的大哥、二哥,还有从湾东大坝逃出来后,被他全部叫来的民工,已备好干粮、雨衣和手电,做好了进山寻找甘宇的准备。

孙建洪的态度很明确,寻找甘宇的时间不能再耽搁了,每分每秒都很重要,能往前赶就尽量往前赶。他们十几个人的队伍,决定一大早,在挖角集合后,先上山去寻找甘宇。

第六章

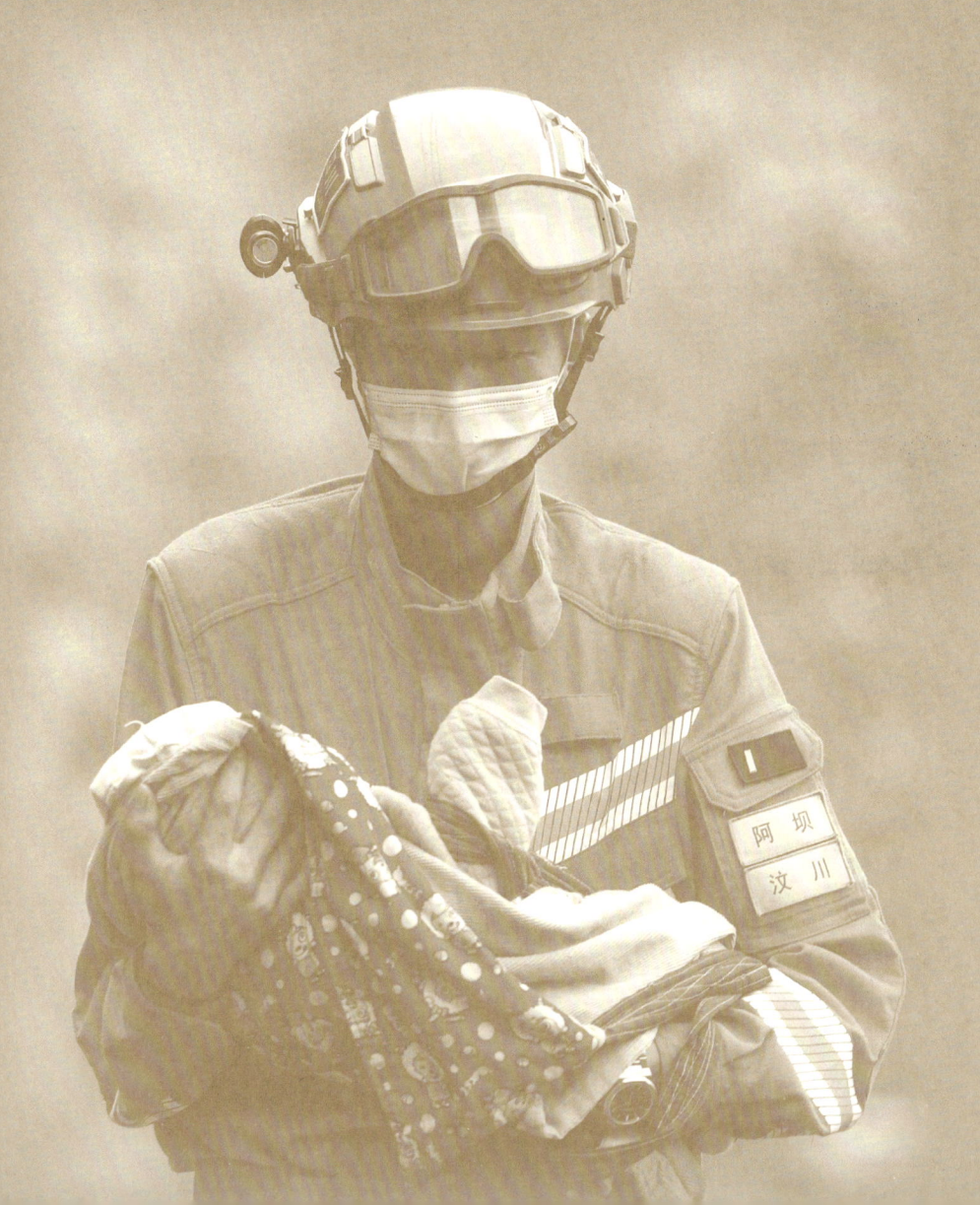

永不放弃

刘彩萍：
到挖角去

我和甘立权、甘伟两兄弟的认识，多少有一点巧合。我们是"遇难者哀悼日"结束后第二天，在石棉街上认识的。当时，我和吉茂湖老师在一个临时核酸检测点排队。我们天不亮就起床了，吃完一桶泡面，就到一顶白色帐篷下的两张桌子前站着，与不少来石棉参加抗震救灾的外地人，一起等当地防疫部门开证明。拿到相关手续后，我们就准备动身回江油了。

我在登记册上写下"江油蓝天救援队刘彩萍"的个人信息后，拿着一根棉签，便到另一个队列后边排队接受核酸检测。这时，一胖一瘦两个小伙子，急急忙忙地跑了过来。

胖的那个背着一个包包，瘦的那个手里提着两个鼓鼓囊囊的塑料袋。

"美女，不好意思，能商量一下吗？"胖小伙戴着蓝色口罩，瓮声瓮气的，一副很着急的样子。

"你要哪样？"我也从一个蓝色的口罩背后，瓮声瓮气地问他。

"我们要去王岗坪，就是从挖角那个地方上山去找人，去找甘宇，他现在还没有被找到，你晓得吗？"

"晓得啊，根据判断，他可能已经遇难了。你们是他什么人呢？"

"我是他的堂哥甘立权，这个是他的堂弟甘伟。没有找到他遇难的证据前，我们可不能下结论。"

他说话很快。跟所有遇难者的亲人一样，他也不愿接受任何有关亲人遭遇不测的说法。"我能帮你们做啥子呢？"

"我们和人约好，要从挖角一起上山去寻找甘宇，所以想和你商量下，能让我们占个先不？"听他这么说，我就晓得了，甘立权要赶时间，想到我和吉老师前面，插个队。

甘立权说的甘宇，我和吉老师从江油赶到震区，在泸定的磨西、得妥两镇参加救援时就听说了，也知道他迄今为止还未被找到。不过，在政府组织的遇难者搜救阶段，他的情况和所在位置，甘孜、雅安的指挥部，都用短信发给了每个搜救人员。遗憾的是，这个指示由于泸定、石棉两县的救援行动，不同程度地受到余震的影响，执行起来并不顺利。加上甘宇、罗永分开后，他又没在自己期望的时间内等来救援人员，于是，他可能就独自行动了。甘宇没有被找到，可能是他的活动范围，已经超出了人们的预想。

所以，搜救甘宇的"大致方向"，只能一直被救援人员猜想着。他单位的领导与消防部门组织的救援队，围绕这个"大致方向"到处找，但直到"遇难者哀悼日"的那一天，还是不见他的踪影。

"甘宇在哪儿，是活着还是死了"这个问题，悬在每个搜救人员的心上。但这个问题，除了甘宇晓得，他的父母、兄弟和到处寻找他的人，都是没有答案的。

寻找甘宇，就像大海捞针一样！

"遇难者哀悼日"活动结束之后的当天，我和吉茂湖参加了当地政府组织召开的欢送会。我之前做江油蓝天救援队队员时，就参加过"5·12"汶川特大地震的救灾。当了队长以后，2023年2月6日，土耳其南部靠近叙利亚边境地区发生强烈地震，我也带队去参加了救援。从我的真实经历来看，不管是国内还是国外，只要"哀悼日"和"欢送会"这两个活动结束，救援人员的任务就结束了，原则上就不再滞留灾区。

这么做，是抗震救灾工作的惯例，因为七天后，遇难者存活的希望几乎为零了。因此，政府将把工作重点放在灾后秩序恢复和灾后重建上。所以，地震过去七八天后，我一听甘家兄弟从成都赶来，还要继续寻找甘宇，就感到他们即将遇到的困难和失望可能是常人难以想象的。

甘立权想让我和吉老师行个方便，我们二话没说，后退了两步，把甘家兄弟让到了我们前面。我们身后的人，听到他们是甘宇的亲人，专门从成都赶来找甘宇，也主动后退两步，好让他们站到最前面。

这种礼让，甘立权后来告诉过我，他和甘伟从成都出发，在郫都区开证明时，也曾经"享受"过。我想，这可能是甘宇的事迹，特别打动人心的一种社会反应吧！人心向好，都被甘宇的事迹感动了，为他的失踪焦虑着，所以，无论是在成都还是在石棉，人们都愿意用这种方式，表示支持。

甘家兄弟做完检测，开到证明，回头向大家表示了感谢，就急匆匆地离开了。我和吉老师做完检测后，也开到了证明。看到兄弟俩正准备上车，我和吉老师就追了上去。我们决定不回江油，而是继续留在石棉，参加接下来的搜救行动。

我们之所以选择留下，一是因为"蓝天救援队"的宗旨所决定的——在灾难面前，竭尽所能地挽救生命，所以，哪里有需要，不管面临啥子困难，我们都会不讲条件、不计报酬地出现在哪里；二是因为"遇难者哀悼日"结束后，民间志愿者和公益救援人员都将陆续离开，这时要寻找甘宇，先不说是否能找到，就是在人手的缺口上，也是非常大的，而我和吉老师是"蓝天救援队"的一员，当然义不容辞了。

面对我和吉老师的决定，甘立权因为不知道我们是干啥的，一脸迷惑，多少有一点警惕地望着我们。为了赢得他的信任，我让他看我们队服上的国旗，告诉他，我们是江油蓝天救援队的搜救人员，愿意参加接下来的搜救行动，一起去寻找甘宇。

甘立权明白我们的意图后，非常高兴，激动地连着说了几个

"太好了",又连着说了几声"太谢谢你们了"。

他急匆匆地给我们讲了他的寻找计划和想法,并告诉我们,孙建洪已经带人从挖角出发,上山去寻找甘宇了。

离开人来人往的县城,我和吉老师跟在甘立权的车子后面,一起出城。迎着河水湍急、奔流不息的大渡河,朝着王岗坪方向走。不一会儿,在地震中已变得扭曲、坑洼不平的一段乡村公路,就出现了严重的堵车问题。当时,各种各样的车辆,在泥泞里鸣着喇叭,伴着人们的抱怨声和叫骂声,不停地向前挣扎、蠕动。甘立权一见车子受阻,一时半会儿无法赶到挖角,就站在路边,大声武气地给孙建洪打电话。

"孙哥,你们到山上了吗?"甘立权见我下车,跟在他身后,打开了电话的免提键。他这么做,是想让我对孙建洪等人的搜救情况有所了解,算是分享甘宇的信息,以便我们在即将开始的行动中参考。

"我们到山上了。"

"发现甘宇的活动痕迹没得?"

"由于昨晚下雨,不少地方出现泥石流,这种情况下,要发现甘宇的踪迹的确太困难了!"从孙建洪的语气可以听出来,他有些沮丧。

"孙哥,注意安全,不管结果如何,都要谢谢你!"

"说啥呢,是兄弟,就不用谢!哦,对了,你出县城了吗?"

"出来了,路上堵得太凶了!"

"你开的啥子车?"

"轿车。"

"你开玩笑哦！"

"轿车不行吗？"

"不是不行，我是说，你的车子爬坡上坎，要有一个心理准备！"

"只能走一步……看一步了。"

"有通行证吗？"

"有核酸证明。"

"不是那个！"

"那是啥子嘛？"

"指挥部的特别通行证，有了这个才行。"

"没得这个！"

"那你……麻烦了！"

"没特别通行证，王岗坪的人不让上，对吗？"

"你先别急，我帮你先问一下，过一会儿，回你电话。"

孙建洪挂了电话后，甘立权的脸上当即露出了失望的表情。当时，我们面临的问题，主要有四个：一是甘立权的车子是轿车，要走完从石棉县城到挖角的43公里山路，困难不小；就是到了挖角，要上山，想都别想。二是甘立权的车子挂的是成都"川A"，而不是雅安的"川T"牌照，加上又没指挥部的特别通行证，仅凭他开的核酸证明，如果遇到盘查，就有可能受阻。三是我和吉老师开的是SUV，也有指挥部给的特别通行证，但他要在这前不着村后不着店的堵车路段，找个地方停车，再与我们拼车同行，也不现实。四是我和吉老师已经参加完欢送会了，是否还能以蓝天救援队的名义进入挖角，也是未知；再说，通行证是否已经作废，我心里也还没底。

十几分钟过去了，甘立权接到了孙建洪的电话。孙建洪让他先别着急，等道路疏通后，再往前开，如遇有人拦阻，就说去王岗坪乡派出所，找李浩洋所长办事。他给甘立权回电话前，已将甘立权代表甘宇家属来挖角上山找人的情况，向李所长报告了。

甘立权一听，心里的一块石头终于落了地。他没想到这个在湾东电站承揽活路的包工头，这么有办法。

为验证孙建洪所说是否属实，甘立权按他给的号码打过去求证，结果对方真是挖角派出所所长。好心的李所长表示，甘立权如遇到困难，他可在职权允许的范围内，尽可能提供帮助。

我们一听，都非常高兴。

道路拥堵的原因，我们徒步朝前走了大约一公里才搞明白。原来，王岗坪乡一个彝族老乡开着一辆火三轮，拉了七八只羊，给石棉一家烧烤店的老板送货，由于道路受损，加之雨后路滑，车子翻了，羊跑了，他为了去追羊，丢下车子不管，从而导致了道路堵塞。

几个穿着迷彩服、胳膊上套着"大渡河卫士"红袖标的小伙子，看着翻在路上的火三轮，用力扶起，把跑掉的几只羊和压死的一只羊，帮老乡弄到车上，又把车子发动，让开了道路。堵塞的道路终于疏通。我们和甘立权返回各自车上，继续赶路。

"大渡河卫士"是一支介于政府部门和民间公益组织之间的救援力量！最初由石棉县安顺场镇的复员军人组成，以弘扬中央红军强渡大渡河的红色文化为宗旨。平时，他们定期在安顺场的范围内活动，协助警方，负责维持治安；遇到灾情、险情时，直接听从安顺场镇政府的号令，按照应急预案开展抢险救灾。后来，"大渡河卫士"的管理模式在石棉全县推广，每个乡镇都成立了相应的"卫士"组织。

所以，只要踏入石棉地界，就不难发现这个组织活动的身影。"9·5"泸定地震发生后，他们根据县委、县政府的指令，积极参加抗震救灾，做了大量工作。

原来我想，由于昨晚下过一场大雨，我们到挖角去，可能与受阻路段的情况一样，甚至比这还要糟糕。没想到在行进途中，凡有山体滑坡和道路断裂、扭曲的地方，都有政府安排的挖掘机和"大渡河卫士"在疏通、值守，所以，我们走得比预想的还要顺利。没有"特别通行证"的甘立权，忐忑不安地开车，跑在前面，但他一路顺利；我和吉老师紧随其后，路上也没碰到啥子麻烦。

甘立权：
令人感动的"小单间"

把车停在挖角街头，已是中午一点过。我们到达时，这个位于大渡河右岸，站在街上面向王岗坪乡政府，一眼就能看到贡嘎山的村子，虽然遭到了"9·5"泸定地震的蹂躏，但它的整体布局和农房建筑，基本还是完好的。要不是时有穿着"大白服"的防疫人员，背着喷雾器，在街上喷洒消毒水；要不是那几座救灾帐篷跟前，堆了一些灾民从山上背下来的坛坛罐罐，有几个或蹲或站，在那里一边抽烟一边摆龙门阵的老人，无论如何，我都无法把挖角与地震联系起来。我甚至不敢相信，刘彩萍队长、吉茂湖老师和他们的"蓝天队友"，几天前还从泸定得妥镇坐船，从水路来这里转运过物资,护送过伤员。

我们使用手机的定位功能帮助确定方向,沿着街边一段很长的河堤走了一阵,然后来到乡政府门前,进入王岗坪乡抗震救灾指挥部,我问谁是这里的负责人。一个个头高高的,在该乡实习、戴着眼镜的小伙子说,值班领导姓神,叫神晓兵,他是乡长,有事可以找他。然后,小伙子把我们带到了神乡长的办公室门口。

我刚要敲门,没想到他端着一碗米饭,就在我们身后出现了。他让我们坐下,把冒着热气的饭碗放在桌子上,开始询问来意。神乡长是彝族人,他的本地口音开始我们听不太懂,后来在我的提议下,他才把本地话改成了我们熟悉的"川普"。

"乡长,给您添麻烦了!"从不抽烟的我,从身上掏出一盒烟,取了一支双手递上。

他把烟下意识地挡回,依次看了几眼刘队长、吉老师和甘伟后,接着说:"不抽,多谢!你说的甘宇,谁都晓得!他在泸定湾东电站到猛虎岗之间失联了,至今还没有被找到。"

"是的,根据政府组织的搜救队作出的判断,他从湾东大坝出发,可能朝王岗坪这边来了。"

"这些,我知道,雅安的联合指挥部,也向我们这个基层指挥部作过通报。今天早上,我们这里的包工头孙建洪不听人劝,还带着十几个人上山找去了,估计他们现在还在山上。"

"孙哥和我联系过,来挖角的路上,我们通电话了。"

"我能做什么呢?"

"想请乡长帮忙,在人员安排或其他方面,行个方便。"

"这个要等老孙他们回来再说。昨晚,这里下了半夜的雨,上山下山都很危险,无论他们还是你们出事,我都无法交代。"

但他可能是觉得自己口气有点硬了,向我们介绍了带我们来的小伙子,说他是在这里实习的大学生孙辉,我们有什么事可以和他联系。

我道了谢,加了孙辉的微信,留了他的电话号码。

离开乡长办公室,我们都沉默了。

我和甘伟作为甘宇的兄弟,心情比刘队长、吉老师更加沮丧。我是多么迫切地想找到甘宇啊!但通过神乡长的态度,感到他能提供的帮助,没有我预想的那么多,很是泄气!

刘队长见多识广,特别理解神乡长的难处。她说,人家作为王岗坪乡的基层干部,抗震救灾时事情多,灾后重建的事情更多。而像孙建洪临时召集的那个"救援队",没受过任何专业训练,雨后上山,一有闪失,作为这里的一乡之长,他也是有责任的。所以,刘队长比较平静地接受了神乡长的安排,并劝我不要着急。

回到街上,挖角雨后天晴的午后,太阳将我们几个人的影子拉得很长很长。看到街上的政府工作人员、解放军官兵和乡亲们手里都端着饭碗,我有点不好意思地说:"刘队长,辛苦你和吉老师了。我找个地方,请你们一起吃个饭吧!"

但他们却谢绝了。

甘宇、罗永的事迹,经过媒体的报道,他们二人已成为万众瞩目的英雄。但刘队长也知道,他们都是普通人,亲人的日子都还过得紧巴巴的。在这种情况下,她不忍心花我的钱,这无疑是对我的体谅。

她和吉老师回到车上，匆匆拿了几个面包，反而要给我们吃。

我们接过面包，和他们在河堤上坐下来，就着矿泉水，凑合着填饱了肚子。

大家一边吃着面包，一边商量如何搜救甘宇的细节。根据政府抗震救灾工作已经发生变化的实际，继续搜救甘宇，要获得以前那种政府支持的力度，显然很不现实。但问题是，仅靠还没下山的孙建洪和我们四个人，力量又太单薄了。

大约百米之外的大堤上，走来两个年轻的女孩。她们举着架了一部相机的云台，正拍摄着大渡河对岸。她们移动得很慢，把被地震撕裂的大山，以不同景别，一一摄入镜头。吉老师上去打听，一个是石棉融媒体的宣传人员，另一个年龄稍大点的、戴着眼镜的女孩，是成都一家新闻媒体来王岗坪采访的记者。

听说是记者，我就抱着试试看的想法，向她们打听能否得到媒体的帮助，帮我们发一条寻找甘宇，急需志愿者的求助消息。年轻的女孩说，她只是县融媒体的工作人员，能力有限，对政府媒体能否发布求助消息，还得请示领导。成都来的记者表示，她们媒体有规定，不能报道还没有发生的事，但此前她曾报道过甘宇的事迹，也发过搜救甘宇的消息，因此她表示愿意试一下，看能否找政府和仍在灾区执行任务的陆航旅，联系直升机参加我们的行动。

我向后面的那位记者道了谢，加了她的微信。

她们走后，我们认为，记者肯定会帮助我们，但结果如何，还很难说；我们也可以去找部队首长反映情况，相信解放军在道路损毁严重、不少路段车辆仍然无法通行的情况下，会提供帮忙。

但专业搜救人员短缺是最主要的问题。

为此，我们想到了一个办法，就是以"甘宇亲人"的名义，通过社交媒体发布求助信息，恳请可能还在震区，或即将离开石棉、泸定的专业志愿者暂缓返程，留下来一起继续寻找甘宇。

考虑到大爹大妈来到震区后，一直面临着很大的压力，如以甘国明、陈为淑的名义发布信息，他们不熟悉社交媒体，与网络接触不多，本就老实巴交的他们，肯定无法应对，一旦在言语沟通上出了问题，可能就会引起麻烦。

我也想过以自己的名义发布信息，但我在王岗坪，如在网上召集搜救人员，容易给当地政府形成舆情压力，引起误会，致使搜救陷入混乱。

经过各种利弊分析，刘彩萍认为，还是让我朋友二猫用甘宇堂弟甘伟这个实名发布信息最好。

我打电话给二猫讲了我们的想法，他马上行动，在成都用甘伟的名字注册账号，发了我编写的求助信息。他还套用洪启的歌曲内容、旋律，即兴唱了一首《甘宇你在哪里》来作背景音乐。二猫说，在"流量为王"的社交媒体，这个效果应该不错。但长期与互联网打交道的刘彩萍认为，未经洪启许可，套改人家的作品，可能引起版权纠纷，无效占用网络资源不说，还容易把搜救甘宇的行动复杂化，无端制造混乱。所以，二猫刚把信息发布，我又让他删掉重发。根据网络音乐作品使用原则，直接从平台引用洪启的《阿里木江你在哪里》，再加几张甘宇的照片，放上我们的求助信息就可以了。

　　经过修改的小视频发布后，开始看的人并不多，二猫一急又自掏腰包，花钱买了一些流量。除了我和甘伟，在亲友群分享二猫重新制作的视频，让大家都发朋友圈，刘队长、吉老师不但在朋友圈转发，还在省内和全国各地的"蓝天救援群"分享。半个多小时过去后，这个视频，已有八十多万的浏览量了。但就在这条视频眼看就要火爆出圈时，不知什么原因，平台方就接到所谓的"网友投诉"，说这个视频给灾区添乱，被别有用心之人炒作，所以被删除了。

　　令人高兴的是，求助视频虽然遭到删除，但我们的目的还是达到了。没过多久，我就接到了不少陌生电话，许多民间救援组织的专业和半专业人士表示，希望参加正在筹划的搜救行动。这些民间组织和个人，省内主要有甘孜、德阳的搜救队，省外有重庆和北京方面的专家。这些愿意帮忙的志愿者，有的是地震发生后，第一时间赶到震区参加救援，完成任务后，已参加了"欢送会"正准备回家的人；有的是从网上看到二猫发出的消息后，愿意千里迢迢赶来，与我们一起去寻找甘宇的普通志愿者……

　　他们的响应，令人感动，但最让我难忘、感动的还是北京来的都海郎老师。

　　都老师在"蓝天救援"人士的心目中，是个"拼命三郎"。虽然他人在北京工作，但不管哪儿出现灾难和险情，都老师都会以很有声望的专业服务，为公益救援事业，留下他富有传奇色彩的美名。像四川汶川特大地震现场、甘肃舟曲泥石流险情、海南持续普降暴雨抢险一线和青海玉树地震，包括泸定地震——这些抢险救灾前线，都能看到都海郎在第一时间赶往现场的身影。

都老师成为一名职业公益救援人士前，在铁路系统工作，是个从事沉降监测工作的技术人员。在他的公益救援生涯中，曾多次与部队官兵一起行动，救过不少被困群众，也独自抢救过不少重伤员。这次，他从北京来到"9·5"泸定地震灾区时，身份是北京志愿者联合会综合应急志愿服务总队的突击队队长。

当时，都老师已从灾区赶到成都，买了从成都回北京的机票，但他看到"继续寻找甘宇"的请求后，当即退掉机票，表示他会抓紧筹备这次行动所需的常备医护用品，并及时赶到挖角与我们会合。

除了北京的都老师，还有一个来自重庆的自主择业军官，也给我们留下了深刻的印象。这位大哥的年龄已有六十多了。他第一时间就打来电话。令我们没有想到的是，他打完电话才五六分钟，我们还没反应过来，他就开着一辆越野车，令人惊叹地来到了我们面前。

"大哥，您贵姓？"我从裤兜里，掏出"公关烟"，取出一支递上，举着打火机，给他点燃。

"姓解，哈哈！"大哥吸了一口烟说，"叫我解放军吧，哈哈！"这种自我介绍，容易让人产生一种熟悉的记忆。就像刘彩萍摆谈她父亲那代军人学雷锋做好事一样，面对人们询问他们的名字时，他们一般都会这样回答，而且也是乐呵呵的，很自然。

那时，全国人民都在学雷锋、学解放军！

可是，除了年代记忆的差别，明明一身户外装束，像个资深

"驴友"的这位大哥,乍一看,也无法让我们把他与军人的身份联系起来!

见大家一脸疑惑,我赶忙说:"大哥,莫开玩笑了!以前,虽然我在报纸、电视上,看过做好事不留名的故事,但现实生活中,像您这么风趣幽默的解放军,我还没见过嘞!"

"是吗?"重庆大哥反问我后,开心地笑了两声才说,"年轻人,名字只是个符号,你就别在乎我是哪个了。自主择业军人仍是军人嘛!在网上,知道你们还要寻找甘宇的消息后,我就想,虽然帮不上大忙,但像接送搜救人员,在震后的山区公路上爬坡上坎,这种小事,你们让我来做,肯定没问题的!"

见重庆大哥实在不愿透露身份,我们也不好刨根问底了。我说:"那我们就叫您军哥吧。"

他高兴地答应了。

吉老师也当过三年兵,是一名复员军人。他和军哥交流时,还把自己的"退役军人优待证"给他看了,两个当兵的一见,格外亲热地摆起了龙门阵。

神乡长后来告诉我,头发花白的军哥,自从来到王岗坪的那天起,他的车子就在挖角待命,不管是从挖角到县城接送救援人员,还是从挖角到震得不成样子的乡村去转运受伤群众,他一直没有停歇。他的付出与坚持,的确无愧于"解放军"这个称呼!

随着都海郎和军哥的加入,我们这个救援队已有六人,心里感到踏实多了。

因为挖角村没有旅馆，孙辉给我们找了一个住处，说有个单间，里面有个床位，我们当即就决定把这个地方安排给刘彩萍。

她也没有推辞。此前，自来到震区，她就一直风餐露宿，忙于抢险救灾，还没和她的宝贝女儿视频通话过。她觉得现在可以把自己稍微收拾一下，和女儿"见一面"了。刘队长的女儿很懂事，小小年纪，就为妈妈的安全担心，无论是参加汶川、芦山的国内地震救援，还是参加远赴土耳其的地震灾区救援，每次都要和妈妈打视频电话。视频时，小姑娘总会像个大人一样提醒刘彩萍："妈妈，您要注意安全，千万不要人没救到，还把自己搭进去了！"此前，她和女儿通过几次电话，但女儿担心她，总嚷着要和她打视频电话，她准备今天就满足女儿的愿望。

孙辉带着我们，一起送刘队长往她的住处走。但她背上背囊，来到的却是一间教室。在日光灯下，课桌拼成的通铺上，不少灾后重建人员躺在上面休息。地面墙角四周，还有不少枕着迷彩背囊的解放军官兵在睡觉。她这才知道，所谓的"小单间"，就是在一间教室里隔出来的一个小空间。她晓得，她和女儿"见面"的愿望，还要等一等再说了。

参加灾后重建人员主要是石棉各乡镇的基层干部，来自甘孜、雅安的四邻八乡的农民工以及西部战区的解放军官兵。这些呼呼大睡的人，几乎人人都是一身尘灰，蓬头垢面。他们实在太辛苦了！

孙辉在"小单间"门口低声说："刘姐姐，条件有限，希望理解啊！"

"挺好……挺好……的！"刘彩萍嘴上虽然这么说，但看到那个由竹胶板搭建的临时"小单间",有点进退两难。

"希望您莫嫌弃,这个小隔间,还是神乡长想到您是女同胞,专门让我找人为您搭建的。"

见孙辉这么说,本来她还想解释,既然援建人员和解放军官兵都是睡在教室里的,她也不能搞特殊。在满屋都是男同胞的教室中,住进这个不高级但令人感动的"小单间"里,她有一种怪怪的感觉。

可当着孙辉的面,她又不好再说什么,只能客随主便,提着背包,走进"小单间",将自己暂时安顿了下来。

刘彩萍：
我和甘伟都梦见了甘宇

  我坐在"小单间"那张简易床上，在四周此起彼伏的呼噜声中，大气都不敢出。

  这些年，我做"蓝天救援"的专职公益人，到过不少的灾难现场，风餐露宿的日子，没少经历。在这样一个"小单间"里和女儿视频通话，让她看到妈妈住在这样一个地方，肯定会引起她的不安，她会为我担心，所以，我就放弃了与女儿视频通话的想法。我从背囊里取出睡袋，在那张简易折叠床上铺上防潮垫，准备休息。

  我希望在外面此起彼伏的鼾声里，能有一个好的睡眠，以便明天早点起来，上山去寻找甘宇。我用几张湿纸巾，简单地擦过脸和手脚，就等于"洗漱"过了。但我身处那个"小单间",在床上躺下,听着外面那些已经酣睡的男人们的呼噜声,却无法入睡,呵欠连天地熬到深夜三四点钟,才勉强睡眯了一下。

"梦乡"这个词语,难免让人想到一些虚无缥缈的事,但昨天夜里,这个词语却是具体而又有些神秘的。因为我做梦了,我梦见的人,不是身在江油的家人和女儿,而是我们要找的甘宇。也许这就叫"日有所思,夜有所梦"吧!

当时,天空是阴晦的,四周雾气沉沉,甘宇出现的地方像一个山谷,又像城市的一个废弃楼盘。我无法判断那梦的时间和地点,也不知究竟是白天还是黑夜,也没发现我和甘宇在梦里具体有什么交集。我看到的情境就像一个电影片段,或有头无尾的一段网络视频……

我看到甘宇出现在时明时暗的光影里。光线簇拥的深处,他的身体又瘦又长,不停地摇晃,甚至还有点弯弯曲曲的样子。

我不知他从哪里来,要到哪里去,却清晰地意识到"这个人"就是甘宇。后来,随着光线逐渐增强,越来越亮,周围的大雾已经散去不少。甘宇笼罩在光线中,还是看不清楚。

天上下着雨。雨像冰粒子一样,打在身上,好冷。地上是很深的泥泞。甘宇在泥泞里不断摔倒,又努力站起,他浑身都是泥的样子很清晰。他一边在泥泞里艰难地行走,一边重复着一句就像话剧台词一样的话:"妈,我要去那里躲雨;妈,我要去那里躲雨……"

他不断重复的这句话,显然是在告诉自己的母亲,他要去一个地方——"那里",但那里是哪里呢?我无法作出判断。

我想,甘宇还活着啊!你在哪里啊?我们正在找你呢!一阵惊喜,竟从梦里醒来。

天已擦亮,教室里已经空了,好像昨晚睡在外面的人,都是梦境。他们一大早,就已经出发去忙了。这个将人魇了不知多久的梦,我虽然无法弄清它的意思,但突然想,今天我们会不会找到甘宇呢?

我三下五除二把东西收拾好,就去与大家会合。背着背囊一出教室,就看到学校的操场上,到处都是明晃晃的积水。

积水由一个接一个的小水洼组成,像碎了一地的玻璃。

就是说,挖角昨晚真下雨了,山上的芹菜坪与猛虎岗之间,肯定也下了。自从地震以后,这雨下得的确有些多。贡嘎夜雨涨秋池啊!这些雨,对常人来说,可能就是增加一点愁绪而已,但对甘宇来说,却是要命的。

凭我参加过的搜救行动经验,我感觉,地震过去这么多天,甘宇活着的希望,其实是越来越渺茫了。如果他还活着,那一定是奇迹;如果他还活着,昨晚后半夜的这场冷雨,只会让他的处境更为艰难。没有食物,没有火,眼睛深度近视,单衣薄衫,他该怎么度过啊?这场不大的夜雨,可能会是压倒他的最后一根稻草。

我跟大家会合后,讲了昨晚梦见甘宇的事,也把我的担心对大家说了。

"刘姐姐,好奇怪啊,昨晚,我和堂哥在车上过夜,也梦到他了！"甘伟听了我的讲述，接着说。

这个染着一头黄发，一看有点像个朋克的年轻小伙子，在成都的一家电子元件厂打工。他像生怕我不相信似的，拍着胸脯，向我们讲了他昨晚梦到甘宇的情景："我梦见的甘宇也是独自一个人，但他没有刘姐姐说的那么大，长得也没有失踪之前那么高，我梦到的他，十三四岁，身高只有一米五几的样子……就是说，还是我记忆中他读初中时的样子。他穿着一身打满补丁的白衣服，脖子上戴着红领巾；他一个人，在一条没有人烟的山路上滚铁环。对，他在前面滚铁环，跑得飞快……"甘伟说着，在河堤上做了一个太空漫步式的奔跑动作，扭了几下身子，随后停下，接着说，"他在前面白衣晃晃地滚铁环，我在后面追，可我追了很久很久，好多次只差那么一点点就能抓住他，却没有抓住。追着追着，他就消失了，看不见了。我很着急，来到了一个刚垮塌的岩坎前——那道岩坎很高，我看着都腿发软、脚抽筋，我看到他在下面向我招手。我正着急怎么下去，脚下的山岩再次往下垮塌，把甘宇埋住了，我被吓醒了！"

他讲完，好像还心有余悸。我安慰他说："我常听老人说，梦是反的，所以，你做的其实是个好梦，这就是说，我们要找的甘宇，他还活着！"

神晓兵：
不得不承认天灾的残酷

甘立权、刘彩萍头天中午来到挖角，曾向我提出他们还要继续寻找甘宇，希望得到乡里的帮助。当时，听他们那么说，我的心情十分复杂，与他们沟通的言语之间，也许让他们感到失望了，或者产生误会了。因此，第二天早上天亮不久，趁着上班时间没到，我就到挖角街上去找他们。

找了十多分钟，我看到他们，围坐在河堤上的一棵枇杷树下。那棵枇杷树不是很大，相对石棉境内至今仍然存活挂果的、宋代的一棵枇杷树来说，它连枇杷树的"孙孙"都算不上。

我听到他们在枇杷树下讲梦见甘宇的事，便不近不远地站着，听他们讲完。

我姓神，是石棉这个地方的彝族人。

我们彝族人，如在彝族姓氏之外选择汉族人的姓氏，无论你喜欢哪个姓氏，都能自由选择。以我为例，彝族的姓氏叫阿束，由于这个姓氏的发音与神的发音近似，所以我就姓神了。在凉山彝族自治州其他叫"阿束"的同胞们，其实大多数选的是姓沈。姓沈的人多，姓神的人很少，所以，每次我说我姓神，人家都很惊讶。但是，我神晓兵虽然姓神，却不信那些神神秘秘的东西，他们说的那些梦有啥子预兆，我是不信的。

当然，站在大家寻找甘宇心切，才会产生连周公恐怕也搞不明白、解不了的梦的角度，我倒是理解他们。

找到甘宇，对我来说，何尝不是一个迫切的愿望呢！

他是西昌学院毕业的，那也是我读过的大学，我算是高他几个年级的学长。学弟有难，我不救他，我就不配"学长"这个称呼了。即使我们不是校友，就是任何一个人，在王岗坪乡失踪了，找不到，我也无脸来当这个乡长。何况甘宇、罗永的事迹经过媒体报道，特别是甘宇失踪的消息上了热搜后，我要不尽心尽责，也没法给关心他的全国亿万网友一个交代！

但在搜救甘宇的具体进展前，实事求是地说，我的确又面临不少的困难和压力。

王岗坪彝族藏族乡是经四川省人民政府批复同意，于2019年12月11日设立的。撤销了挖角彝族藏族乡和田湾彝族乡，合并而成现在的乡，行政区域扩大了，人口也多了，有六千五百多人。没想成立还不到三年，就发生了这次地震。看到那些受灾的人，震垮的房子、山、公路，我心里难过得很。因为那每一户人，每一块山地，每一条溪沟河流，我都熟悉得很！而地处我们乡的王岗坪景区，距离贡嘎雪山的直线距离只有约三十公里，景区在挖角乡以北、大渡河以东，是距离大都市成都最近的可观海拔五千米以上两百多座雪山群峰的观景地，可以观看雪山、云海、星空等自然奇观，是距离贡嘎山最近的天然观景点之一。幸好因为疫情，当时到王岗坪景区游玩的游客比较少，所以道路等基础设施虽受损严重，但无游客伤亡。

这次地震，甘孜州泸定县和雅安市石棉县受灾最为严重。王岗坪乡地处大渡河峡谷，电力、通信、道路交通中断，一下成了"孤岛"，我这个乡长，自然每天都要忙。有时候，我一天只能睡两三个小时。到6日那天，雅安市34人遇难、89人受伤、12人失联。遇难的人都在石棉县，其中王岗坪乡就有21人；12个失联的人中，王岗坪乡就有10个。你说，我咋睡得着啊！地震的当天下午，救援人员是乘坐橡皮艇渡过大渡河，连夜到达王岗坪的。每一拨救援队伍的到来，我这个神乡长都在场。11日，在爱国村一处安置房内，我们乡第二小学106名学生在临时教室里正式复课。"遇难者哀悼日"过后，马上就要启动幸福村、跃进村整村，以及挖角村8组、9组，爱国村2组，新桥村3组、6组的整体搬迁重建。全乡选择重建的，有736户2707人。事情千头万绪，时时刻刻都得人操心才行。

我该如何处理之前本乡救援和之后正开展的灾后重建工作与搜救甘宇的关系呢？

这个问题，不管谁来回答，答案都不止一个。

可是，站在甘宇单位、亲友和蓝天救援人员的角度，情况就不一样了！他们希望我尽可能多地为他们提供一些帮助。这个愿望无关对错，我都非常理解，但我毕竟也要把自己的本职工作做好，立足王岗坪的实际条件，才能帮到他们。

其实，他们来挖角见我前，乡上就收到甘宇失联仍未找到的通报了。甘宇单位、亲友和石棉县委、县政府沟通后，石棉县罗刚书记，还组织我们专门传达过上头的通报，并对如何搜救甘宇的工作，作了部署。

"遇难者哀悼日"之前，对失踪人员搜救，还处于一个"黄金救援"时段。我们和在王岗坪开展搜救的部队官兵、消防部门联系，把搜救甘宇的情况，与他们作过沟通，请他们在搜救遇难者和被困群众时，注意王岗坪的跃进村和得妥湾东村的接合部，设法把甘宇找到。在网络时代的今天，很多人都知道，甘宇是个了不起的平凡英雄，他们自然都会特别留心；我们还让派出所的公安干警，在深入各村、组开展救援，搜集信息与维持治安时，将搜救甘宇当成一个特殊任务，能专门搜救的，就出警搜救，无法专门搜救的，也要及时搜集、更新甘宇的最新信息，并通过乡党委的渠道，及时向石棉县的有关领导汇报。

除了这些，我们还做了两件事。一是把任务压给王岗坪的"大渡河卫士"。这个组织，当时有三十多人，是由乡武装部领导的基干民兵组成的。平时，他们的训练与演练都很扎实。地震发生后，这支队伍负责道路疏通、遇难者遗体掩埋和被困群众的转移，别人到不了的地方，他们能到；别人发现不了的问题，他们能发现。让"大渡河卫士"参加甘宇搜救的任务，等于就将这项工作专门化了。二是包工头孙建洪，在甘宇单位、亲友还没找到甘宇时，就带着手下工人来找我和派出所所长李浩洋，表示他们也要参加搜救甘宇的行动。我怕他们人手不够，还让一些入党积极分子、村民组长和他们一起进山，在芹菜坪与猛虎岗之间，对甘宇进行搜救。

但由于贡嘎山余脉和龙门山断裂带的地理位置非常复杂，泸定县湾东村至石棉县跃进村之间，山高林密、沟壑交错，加上余震不断，甘宇又处于寻求自救的活动状态，因此，我们找了这么久，却没有找到他的踪影，他好像凭空消失了一样。

对于失联的甘宇，大家不断地搜寻，不断地遭遇失败；虽然如此，却仍然要不断地继续寻找。

为了寻找甘宇，我们每个人，都有不怕失败的勇气，这是不用怀疑的。但我们如何判断"甘宇本身"的问题，就是说，他到底活着，还是遇难了？在这个残酷的问题面前，我们应该心里有数。王岗坪也有不少的失踪人员，有人被找到时，已经死了——有的和甘宇一样，活不见人，死不见尸，不见踪影，好像从来就没来过这个世界一样！他们其实只能算失踪——幸存的可能性其实很小，但几乎所有失踪者的亲属都认为那个人还活着。有的人和自己放的羊一起，顺着滑坡带滑下去，然后被埋了。但只要没有见到死者的遗体，他们都会认为那个人还活着，还在山上放羊，哪天一定会回来。

对遇难者的亲人来说，这当然是可以理解的。但我作为一个旁观者，就不得不承认天灾的残酷。

所以，甘立权和刘队长来找我，希望得到乡上的帮助，我想，面对如何搜救甘宇的问题，我们应该开诚布公地探讨一下。

是像之前那样埋头搜救，还是把这种搜救方式调整一下？这些，我都想听听他们的意见。

我看着坐在挖角河堤上的他们，尤其听他们摆完梦见甘宇的龙门阵之后，决定和他们好好谈一谈。

其实，经过昨天晚上的思考，我对如何搜救甘宇，已有自己的想法。

结合之前的搜救，我认为：搜救甘宇，一是避免重复行动，就是把握重点，哪些地方，可以仔细寻找，哪些地方，干脆不管。不然，王岗坪跃进村至得妥镇湾东村这么大的区域，这次重复一遍，下次又重复一遍，不仅浪费人力资源，就搜救效果来说，搜到猴年马月，也不会有结果。二是之前大家关注的跃进村和湾东村接合部，经过多轮搜寻，都没见到甘宇的影子。假如他是万里挑一的幸运儿，仍然活着，据他和罗永规划的逃生路线看，需要注意的就是芹菜坪和猛虎岗，或过了猛虎岗的大坪至跃进村之间的居民点了。三是根据上级指令，乡里已将灾区群众集中安置到各村委会所在地和乡政府所在地挖角，甘宇活动的地方，一般都是无人区了；但七天过去后，经过安全评估，有村民经过批准，可以回家收拾财物，照看鸡鸭、猪狗和牛羊，所以白天有些人家会有人。当然，也有悄悄跑回家的，所以在晚上，偶尔也会有当地人在那些区域生活，他们或许有见到甘宇的可能。但这么多天过去了，还从没有人报告过，谁见到过哪个陌生人。在农村，谁要是真见到了，一会儿就会传得所有人都晓得。

面对这种情况，我认为，如果再找湾东村的向导，作用已经不大，因为他不熟悉王岗坪这边的情况；还有，与其仅靠甘宇的亲友和蓝天救援队来进行接下来的搜救，还不如把跃进村的群众发动起来，让大家回家清理财物、放牛放羊时，自觉加入搜救甘宇的行动中。

但一说发动群众，我又感到办法虽然可行，不过落实下去，却仍有不小的难度。因为由乡里发动群众，明显与余震期间政府禁止群众回家的要求存在冲突。你总不能前脚刚把群众集中到临时安置点，后脚又让大家回去寻找甘宇吧？这个矛盾，如何化解，真的很考验人。再有，动员群众做事，难免涉及需要支付费用和报酬之类的情况。而甘宇父母这边，以他们的经济条件来说，也没有能力承受。

何况甘宇家人，就算砸锅卖铁地凑够找人的费用，成功了还好说，可万一找不到呢？或者最终找到的甘宇不是好手好脚了，甚至遇难了呢？因此，我也坐到枇杷树下，想和大家就上面的问题做一些交流。

孙 辉：
只能迎难而上

在协助消防人员和蓝天救援队对甘宇继续搜救一事上，神乡长由于千头万绪的工作原因，难免显得心有余而力不足，可能给他们或多或少留下了一点"官僚主义"的印象。他分身乏术，但他又对我说过，无论如何，这都不是他不协助大家寻找甘宇的理由！

刚才，县上有领导打电话找他，我赶紧到街上去找他。

他在河堤上与大家席地而坐，讨论着接下来寻找甘宇的细节。正在说"如何发动群众"的问题，我就跑过来，把他们的交流打断了。

"神乡长，县里来电话了。说有邻县的领导，上午要来这里。"

"他们来有什么事呢?"神乡长见我打断了他们的交流,有些恼火地看了我一眼,又满是歉意地看了看甘立权、刘彩萍、吉老师、甘伟和重庆军哥。

等大家把目光转移到我身上时,我有些尴尬地说:"他们要来王岗坪考察。"

他问我:"姜磊书记知道吧?"

"就是姜书记让我来通知您的。"

"晓得了。"

地震发生后,石棉县很快就在王岗坪成立了联合工作组。得到某集团军医护人员对乡里五个村防疫工作的支持,县上还派了临时抽调的医护人员,进入各村组,开展灾区疫情防控工作。

王岗坪的五个村委会,设立了为受灾群众和外来人员提供生活服务的站点,柴米油盐酱醋都不缺。但由于震区条件有限,这些站点,一天只能做一次大锅饭。为弥补人手紧缺,一日三餐的其中两餐,只有把冷饭加热了再吃。食品安全和用餐环境,由医护人员和志愿者管理。吃饭时,根据领导指示,有两个环节,他们掌握得非常严格:掩埋遇难者遗体的人员,就餐前,必须严格经过多次消毒;所有的就餐者,必须有当天的核酸证明。

这么做,让有的群众和个别外来人员一时无法理解。领导们担心的是,处置遇难者遗体的人员,如果消毒措施不落实,吃饭时,可能会带有死人身上的病毒,感染其他就餐人员。这个节骨眼上，王岗坪如因工作不力，出了纰漏，是对群众生命安全不负责任的表现。

由于防控措施严格，地震发生后，来往王岗坪的各类人员，都没发生一起阳性病例，或其他的病毒感染。

这是一个了不起的成果。

它是通过大家的共同努力，一起付出，最后才获得的。

这次地震，王岗坪面临的形势除了疫情防控，其他方面，也比之前在汶川地震和芦山地震期间，还要严峻。

虽然前两次地震的震级，比这次高，但王岗坪这次的受灾程度，却是超过前两次的。汶川、芦山地震发生时，田湾和挖角两个乡还没合并。那时，神乡长在田湾乡工作。受汶川、芦山地震的影响，田湾也出现了局部垮岩和群众房屋倒塌的灾情，但道路交通与水电设施，基本没受太大影响；但这次，王岗坪因距震中仅二十公里，不仅水电、交通瘫痪，不少人相继遇难，一些失联者，就像立权哥、刘姐姐要找的甘宇一样生死未卜。

跃进村的一个居民点，就是放羊人倪太高他们"倪家老屋"附近——最后找到甘宇的那个山湾，不少群众都受伤、遇难了。在地震后的黄金搜救阶段，有人经过多方搜救被找到、获救了；有几个人被搜救人员找了好几天，发现时已是面目全非、惨不忍睹的遗体；失踪人员中，有一个外出挖药的中年人，虽然经过多次搜寻，但至今还没消息。

前几天，挖角街上有个年岁很高的藏族婆婆还说，她梦到失踪的挖药人了。那人顺着猛虎岗的坡坡坎坎，爬到贡嘎山的顶上避难，已在上边的庙子出家当喇嘛了！

神晓兵不信婆婆的传言，因为从"9·5"泸定地震损失高于前两次地震的实际来说，他认为，这个可怜的挖药人，可能已被山上垮塌的石头、土块活生生地埋了！

不然，找了那么久，为啥连个尸影都没有？

不然，熟悉王岗坪地理环境的一个壮年男子，为什么不自己走下来呢？

地震发生后，王岗坪面临的最复杂的局面，恐怕要算震前所做的预案都失灵了。预案的主案、子案，防汛、防火和防疫等方面的内容都有，无所不包，但这些条条款款，平时经过专职人员反复推演的东西，地震后，却很难直接被采用。

比如说，通信让王岗坪与外界失去联系。外界和这里的联系中断时，我们的内部联系也失灵了。当手机不好用时，每个人都在自己的小角落里，谁也不知道谁在哪儿。王岗坪仿佛成了一座孤岛，从现代文明社会，好像回到刀耕火种的时代了。那时，上级为基层配备的卫星电话也用不上。乡上与县里和各村组的联系，全靠两条腿来解决。

好在我实习的这个乡的党员干部，关键时刻，都挺身而出了。在无人机还没将灾区的信号完全恢复之前，各村组的同志，为能及时上报或主动掌握灾情，多次冒着生命危险，在余震不断、乡村公路扭曲变形、山间小路这断那堵的路上来回奔走，这才让人们战胜灾难的决心，在大渡河畔被迅速凝聚起来。

在省委、省政府的关怀下，王岗坪的通信、电力、道路，很快得到恢复，下边五个行政村，安排了五名省里来的厅级干部坐镇指挥。其中，王岗坪最大的挖角村，即乡政府所在地，不但来了雅安市委、市政府下派的两位县处级干部，协助省上的干部开展工作，还有一名厅级干部蹲点，负责全村抗震救灾和灾后重建工作统筹。他们吃住都在抗震救灾第一线，还以所在单位对口支援的方式，及时为王岗坪的五个行政村，带来了各五十万元的资金支持。同时，雅安市委、市政府，依托石棉县水电资源总量占全国1%的优质比例、经济体量名列四川山区县前茅的优势，启动了县委、县政府下辖的平台公司及时融资，支持王岗坪乡的灾后重建工作。

由于王岗坪抗震救灾和灾后重建稳步推进，形势发展一天一个样，可谓日新月异。

神乡长离开河堤，回去准备迎接邻县派来的工作组时，为慎重起见，他把我又给大家认真介绍了一番，然后安排我，开上乡里越野性能最好的一辆皮卡，全程配合甘立权、刘彩萍队长他们展开搜救甘宇行动。

三天眼看过去，快到第四天时，我作为全程配合搜救行动的王岗坪"官方"一员，回到挖角，向神乡长汇报了寻找甘宇的情况。这次搜救，大家风餐露宿，还是不知甘宇在哪里！我告诉神乡长：头两天的搜救，在成都一个记者的帮助下，西部战区陆军不但派出了直升机，还让甘宇的同事罗永、邓荣，从得妥坐船，经田湾的水路来参加了搜救；孙建洪和他的包工队，一些人连衣服都没来得换，也像泥猴一样参加了搜救。

一个姓都的专家，本来要回北京，从网上得知甘立权和刘队长还要找甘宇的消息后，带了一些药品，又从成都迅速回到了石棉。都老师是那个在挖角街上待了半个多月的重庆军哥去接的。他不但拉来了一些爱心人士捐赠的药品，还拉来了食物和水。

这些东西，除了间接补充和直接用于搜救人员，每次结束救援行动时，大家还根据都老师的建议，在大坪和烂泥潭四周的树枝上、水塘边，留下了一些给可能还在逃生的甘宇。

都老师的意思是，如果甘宇还活着，那么这些药物和食品，除了被动物破坏吃掉的，多少都会给他留下一点；如果甘宇发现了，就有了食物，这对他的自救将会发挥作用。哪怕甘宇发现这些东西，已经无力使用和吃下了，但只要他能看到，对他都是一种莫大的安慰！

神乡长听了我带给他的消息，心情越发沉重，但他也深受感动。让他感动的是，都老师把最后的药品、食物留给甘宇，做得不但专业，而且格外暖心。当然，他不是说，以前的搜救行动不专业，他是想，要是以前能从空中或地面给甘宇留些逃命时可能发现的食品、药物、打火机，他如能发现，也许就不会遭那些罪了！让我感到震撼的是，甘立权、刘队长在都老师因事返回北京后，他们会同后续从重庆、宜宾、德阳和甘孜赶来的搜救人员，决心继续寻找甘宇！

神乡长和我都知道，这次救援是考虑到甘宇父母的绝望，从人道的角度出发，应该做到"活要见人，死要见尸"，经过反复考虑,才作出的一个决定。作为人父,他显然更能理解甘宇的爹妈经历了怎样的心理磨难!从始终不松口的"我儿还活着",到现在已做好"死要见尸"的心理准备。他们经历的烈焰灼心、以泪洗面的日夜,最后,都包含在"死要见尸"的"最后希望"中了。

我说:"神乡长,甘立权回去和他老婆进行沟通后,很快回王岗坪;罗永去得妥拿上甘宇的衣物也要回来,刘队长、吉老师回江油去带搜救犬,他们也要马上过来。他们的这次搜救,可能非常悲壮,我们还要继续配合吗?"

"等他们来了再说。"神乡长不知该如何回答我这个对搜救甘宇同样上心的年轻人。

他这么回答我,是站在甘宇父母和各方搜救人员的角度在考虑问题,我明显感到了一种背水一战的意味。至于他到底如何做,在没和乡党委姜磊书记协商前,他是不会表态的。

这是他的个人习惯,他始终坚持原则。但不管是直接回答我,还是与姜书记协商,也许他都认为,寻找甘宇,必须把群众发动起来才是办法。"从群众中来,到群众中去",这是基层党委遵从的工作和政治原则,也是甘宇的亲人提出"见人""见尸"的请求后,王岗坪乡配合甘立权、刘彩萍队长搜救甘宇的唯一有效办法。虽然我知道,发动群众的工作很难做,但再难做,神乡长和姜书记都会迎难而上的。

第七章

甘宇归来

倪华东：
石棉一家人

甘宇获救之后，他们给我送来了一面"积极带路"的锦旗。这是我活了三十多年，获得的唯一荣誉！虽然它不是哪个单位、部门为我颁发的，但由于这是唯一的，所以，我就把它挂到县城出租屋进门就能看见的墙上了。

他们给我送来锦旗，成都和他们一路来的一个主播先采访甘宇，后来采访了我。接受采访这个事和接受旗子一样，对我来说，都是大姑娘上轿——头一回。

9月5日那天一早，我和我爸吃完早饭，去大药山上挖药。上午十一点多钟，我们在山上一棵野生的枇杷树下，用彩条布搭了一个棚子。这棵枇杷树的树梢伸得很长，形成的树冠很大，能为我们两爷子遮风挡雨。

据县上电视里的人说，位于贡嘎山东南、大渡河中段的石棉县，是中国枇杷的发源地，天下枇杷的老祖先就在我们这个地方。"石棉枇杷"，不仅是国家地理标志保护产品，有个乡还有一棵两百年的枇杷树，人们说它是清朝的；另一个乡甚至还有一棵宋朝的枇杷树。石棉有野枇杷树16000多棵，我们对枇杷树很有感情，这可能也是我选择在枇杷树下搭棚子的原因。但没想到，那个地震一来，我和我爸差点把命丢在那棵枇杷树下了。

把棚子搭好后，我让我爸先在里头歇息一会儿，自己先把周围的药挖了。我本想下到枇杷树下面的山沟里，犹豫了一阵，走的是身后的方向。我寻找着川贝母、大黄、重楼、天麻、金龟莲、野人参等药材，一身汗水地爬上一个山包，掏出一根烟，点燃后正准备抽，树突然抖动起来。我以为是刮风，但大树小树都在抖，紧接着，对面坡上、自己面前箩筐那么大的石头，"轰隆轰隆"地就开始往下滚。

我脑子里一下想起了汶川和芦山地震时的情形，意识到不是刮风，是地震了。

平时用起来顺手的电话，一下成了"哑巴"。手机信号没了，我在山包上站着，望着沟坎上枇杷树下的棚子，急得直打转转。

打我老汉儿的电话，不通！

打我老婆的电话，不通！

打我妈妈的电话，还是不通！

这该咋办呢？我举着手机对着天空寻找信号时，到处开始"哗哗"地垮岩,就像贡嘎山也要垮下来一样。我扯起喉咙,除了交替着用汉语"爸"和彝语"阿波"大喊我爸之外,没有其他任何办法。

没找到我爸,是绝对不能一个人跑回家的。为了躲避震后随之而来的余震,作为屋头的顶梁柱,我又不敢原路返回,从随时都有飞石落下的山沟,爬到枇杷树下的棚子里去。

我心里想着三头石狮子,开始为爸爸、妈妈、老婆和娃儿乞求石神菩萨在地震期间发火时,千万莫让石头打着他们!

石棉这儿的彝族和云南那儿的彝族一样,也信石神。每年腊月三十晚上,要用三碗米饭、一碗荞麦酒和一碗热茶,祭拜三位石神,诚心诚意地把纸钱贴满它们的全身。正月初一、初二里,还要给三位石神的嘴上涂抹点酒米粑粑,或苞谷糊糊,等他们"吃完"这些东西后,就会保佑我们的亲人在新的一年,没病没痛,平平安安。

当时,身处四面都在滚石、垮岩的大药山,我的手上没有饭食、酒茶和纸钱这些祭品,也找不到"三只狮子"的神像。但当我看到眼前冒着白烟,不停滚落的石头,我就将它们当成了"狮子",在心里想了一些饭食和酒茶,并一一地"祭拜"了。

我的想法是,只要心意到了,石头就不会伤到我的家人。

我家住在跃进村一组,平时从大药山往回走,天没亮的时候动身,要走大概半天时间;上午八九点开始走,就要走到天擦黑了。不过地震发生之后,如果带着我爸这种岁数大的人朝回走,一天时间,恐怕也不够用。

我一边祷告石神保佑家人,一边迷迷糊糊地坐在山包上,熬过了一个漫长的夜晚。天亮后，我估摸着不会再滚石头和垮岩了，才从山包上往下走。那时，我就像发了疯一样，连滚带爬地就朝我爸歇息的棚子跑去。

下到山沟附近，我看到那条沟，已垮得没有原来的样子了。我暗自庆幸昨天自己没有先下到那条沟里去采药，不然就被埋掉了。我老远就喊"爸"，结果他答应了。我心里一喜，出了一口长气，泪水竟然滚了出来。

我把眼泪揩去，爬进棚子里，我爸好好地躺着，说他昨天还出去了，在附近挖了一点药，地震后，他就爬回棚子里，背靠着那棵枇杷树，算是有惊无险，啥事没得。但我们两爷子却和家里其他的人失联了。我老婆与村里的几个妇女，在泸定帮人摘花椒；三个娃儿，分别在乡上和石棉县城读书；地震发生时，只有妈妈一人留在跃进村一组的家里。在这之前，我虽然分别替他们求过石神菩萨，但我还是担心他们的安全，害怕他们出事。

垮岩的声音不时传来，我们不敢动。我和我爸换了一个看上去更安全一点的地方，在棚子里躺着，一遍又一遍地谈论着这次地震有多厉害。

一到晚上，我们都睡不着，白天呢，也吃不下东西。

又一天时间终于熬过去了。那一天慢得不能再慢，慢得好像比我这一辈子过的时间还长。我心里空落落的，发现再这么等下去终归不是办法，又爬到一座又高又陡的山上，寻找信号，可我上去后，不争气的电话，还是无法打通。后来，我往回走。下到半山腰时，才听到天上有"呜呜嗡嗡"的声音。一看，是一架小飞机。但我当时并不晓得，飞机是来恢复信号的。我只听到我的手机在我口袋里"叮咚、叮咚"地响了两声，才意识到，困了我们两天两夜的大药山，终于有手机信号了。

我赶忙给妈妈打电话，没打通。但我打通了老婆的电话，我们就像两个瓜娃子，一时都不晓得该说啥子才好。

"你，没……没……事吧？"

"你……你……也没事吧？"

我们互相问了两句，她就哭了。她在泸定那头的花椒地里哭得很伤心，我也不知该用啥子语言劝她。后来，给住在我家隔壁的一个邻居打电话，问他我妈妈的情况。他跟我说，你妈妈和跃进村一组的村民，都被转移到村委会临时安置点，已没有安全问题了。说完，他把电话递给了我妈妈。

接电话时，妈妈和我老婆一样，也是好久都说不出话。我说："妈，你没啥事吧？"她说："娃娃，好着嘞。"我说："那就要得，那就要得！一直打不通你的电话。"她说："我的老年机没电了。地震一来，屋里也没电了，充不成。"我说："你把自己顾惜好，我和爸很快回来。"

知道妈妈是好好的，我又给三个娃儿的老师打电话，得知他们也是好好的，我便一屁股坐在地上，大哭起来。

看来石神菩萨真灵啊，保佑了我们一家人！

我和我爸边走边躲余震，兜兜转转地走了好几天，过了9月10日中秋节，才回到家里。

看到被震得活像妖怪一样的房子，我并不觉得有多难过。因为与跃进村当时的死难者相比,我们毕竟还算幸运的!我把那些快被地震砸成渣渣、饼饼的家具、电器,当成一堆破烂归拢到院坝里,开始和我爸商量,这个家没法住了,就让妈妈在村委会先待着。我到挖角街和石棉去看看娃儿,顺便碰碰运气,看能不能在县城租间便宜点的房子,不然,我们一家连个落脚的地方都没得。我爸同意了。

甘立权：
连夜上山

华东哥和他老汉儿从跃进村一组下山到县城，要路过猛虎岗和芹菜坪。这两个地方，也是甘宇逃生前，想要到达的目的地。

他们路过这里时，正好碰上湾东村的罗立军，带了二十多个人在找甘宇。

见到倪华东两爷子时，由于找了快两天了还没找到甘宇，这些人的表情都很着急。他们之所以遇到华东哥和他老汉儿，主要是这些人在罗立军的带领下，把倪家两爷子的脚印当成甘宇的了，便跟踪着，一步一步找上来。

直到看到倪大爷和华东哥沾满泥巴的解放鞋，才晓得目标搞错了。这两爷子脚上的黄胶鞋，与甘宇这种年轻娃儿穿的旅游鞋，有很大区别。之所以造成这个误会，我想，与他们寻找甘宇心切有关。

原来，华东哥有个发小叫老四。据说老四和罗立军之前本来很熟，以前在山上挖药，由于争地盘，曾经闹过矛盾。所以，罗立军为大家带路，向老四打电话询问："你这里，有陌生人来过没得？"老四当时不知罗立军带人在找甘宇，随口就告诉他："哦，好像有个外地人路过，位置大概在猛虎岗和芹菜坪之间！"碰巧的是，老罗和救援人员根据老四的提示，追着"陌生人"的脚印走，结果就遇到倪华东和倪大爹了。

倪华东在石棉县城四处打听，因为地震后租房的人多，一房难求，好不容易才在县城边上租到了一处价格贵得咬人的房子。返回跃进村时，他们在城外去挖角的路口，又碰上了罗立军。倪华东以为，老罗和代红兵，又是来找甘宇的，就问他们能不能搭个顺风车，结果人家不是去王岗坪，而只是根据领导的要求，来石棉确认一下"有个戴眼镜的外地人"到底是谁。

倪家父子一起坐上一辆摩的，又颠又簸地回到跃进村的家里，才意识到要在地震废墟上找点生活用品，实在是太困难了。但是，如不找点锅碗瓢盆，收拾几床铺盖棉絮，刚租的房子就是空荡荡的，没法住人。华东哥和他爸，看到堂屋墙上一两拃宽的裂口，街沿两边的前襟墙也垮了，一时又不晓得该从哪儿下手。白天，他们用锄头和手刨开砖头、瓦块，找些勉强能用的生活用品；晚上就架一堆干柴，面对面坐着，沉默地烤火，然后在火堆边躺着睡一觉。

有天上午，快晌午时，孙建洪与倪家的亲戚尹老五，带了十多个当地人来，问他们见过一个个子高高的外地小伙子没得。他说没得。

过了一天，天快黑时，我和刘彩萍、都海郎带了几个人，又来到了倪家已经垮塌的老屋的院坝里，见两爷子正在废墟里翻找东西，就走上去问好："大伯、大哥，你们好！"然后掏出香烟，要给两爷子取烟，没想到里面只有一支了。我只好硬着头皮，说了一声"不好意思"，把最后一支烟递给了挨我最近的、年轻的那位，并向他做了自我介绍，讲了我们这次来跃进村的目的——寻找一个叫甘宇的外地小伙子。

倪华东接过烟，看我尴尬的样子，顺手把那支烟让给了老年人，说："免贵，姓倪，我叫倪华东，这是我爸！"

"大伯好！华东哥好！"我跟他们握了手。

他们随我一起走出废墟。

"请问老哥，这几天，你家周围团转，出现过陌生人的脚印，或听到有人哭喊没得？"

华东哥说："白天，我们都没离开过这个烂房子，看不到啥子脚印。除了听到雀子叫、狗叫，偶尔听到敞放在外的牛羊叫，没有听到有人喊叫。"

倪大爷说："这几天晚上雨多，下得房檐水都扯直了，更听不到哪个在哭喊！"

华东哥说："你也看到了，好多人家的房子都垮得没法住了。地震前这里还有点人气儿，现在政府担心大家的安全，人都被接出去安置了，这些地方也就空了。"

倪大伯说："所以啊，真要听到有人喊叫，这荒山野岭的，还有些吓人呢。"

我说："倪大爷、华东哥，你们熟悉这里的旮旯角落，有劳你们帮我留意一下，如有啥发现，麻烦知会一声。"我接着跟他们说了甘宇失踪的情况，又掏出手机，把网上关于甘宇的消息推给他们看。

倪华东说，他关注过甘宇的消息，好多村民也听说了甘宇的事。他们都乐意帮着寻找甘宇。

我们便互留了手机号码，也加了微信。

第二天，我带人继续去找甘宇，再次去了华东哥的老屋。走拢后，因昨天已经认识，我就和他们聊天，就像老熟人一样，围在一起烤火。这次，罗永、罗立军没来；乡党政办的孙辉到石棉办事，也没来。

倪华东一直生活在跃进村，熟悉这里的一草一木。所以，我想请华东哥为我们带路。他爽快地答应了，还叫了尹老五帮忙。考虑多一个人就多一双眼睛，倪家嫂子也被动员进来，参加了我们的搜救队伍。

倪家嫂子很顾家，对华东哥也很好。当时，我问华东哥能不能帮个忙，带路去寻找甘宇时，倪家嫂子尽管刚从泸定回来，与大人娃儿见面后的热乎劲儿都还没过；地震后，家人没啥事，她觉得真是不易，所以格外小心，不准华东哥再到处乱跑，以免有啥危险。她家养的二十多头牛，地震后，有的被山上滚下的石头打死、打伤了,有的受到惊吓跑得没影儿了,倪大爹和华东哥要去寻找,她都没让。但听说要去寻找甘宇,她二话没说就答应了。

路上,倪华东问:"知道我们为啥帮你吗?"

本来我想说"不知道",但我感到这样说不合适,就说:"华东哥,你们一家都是好人,被我碰到了!"

"不是这个意思。"

"那是什么意思呢?"

"是这样的,兄弟,假如我和我爸在山上挖药失联,我的婆娘娃娃来到你门上,让你帮忙找人,你如果拒绝了,我的妻儿咋想?人心都是肉长的。"

"华东哥……要是所有人都像你这样想,该多好啊!"

"好不好我不能说,不过,当着你的面我可以说,我不保证带你们能找到甘宇,但我可以做到你们想到哪里去,我就能带你们到哪里去。"

这次搜救,以川内蓝天救援队和其他民间救援组织为主,很多地方的人都有,其中甘孜、德阳、江油和宜宾的队员,相对要多一些。他们有车的,自己开车到挖角街上集合;没车的,在县城集合,由孙辉和重庆军哥的专车接上来。这些人来到跃进村一组时,中途有一段路很难走,两边的护栏被地震拧成了"铁麻花",无法通车,他们只能从那里徒步上山。

我们以倪家老屋为集结地,华东哥不辞辛劳,一次次赶到"铁麻花"的位置接应大家。这些救援人员中,几个体力差的,"呼哧呼哧"地喘着粗气,一看又是爬坡又是上坎,道路泥泞,看到垮岩滑坡后满目疮痍的景象,就退回去了。

但还是有新的人员加入。有二十多个志愿者看到网上的征集消息后,陆续来到挖角。本来已被军哥送到挖角的倪家嫂子,便带着他们,走了将近四个小时,来到了倪家老屋,队伍一下壮大起来。但在接下来的行动中,看到山崩地裂的景象,和山上不时随白烟一起滚落的石头,一些歇了一晚上的志愿者,担心自身安全,不想参加搜救了。

我和华东哥的想法是,虽然从猛虎岗下芹菜坪到大坝之间,不少人都寻找过了,但从猛虎岗往跃进村之间的路线,的确如神晓兵判断,没有人寻找过。因此,我想趁着人多,把那一片区域仔细地找上一遍。

当时,那一片区域,虽然十几天过去了,但由于山势陡峭,受到余震的影响,一直还在垮岩、滚石头。蓝天救援队员始终秉承"无条件救人"的宗旨,但前提是他们必须保证自己的生命安全。个人安全无论如何是最重要的,尤其对刚加入这类公益组织的志愿者来说,当自己的生命可能面临威胁时,他们选择撤退,我是完全理解的。

再说,十多天过去了,甘宇到底是死还是活,也让大家心里没底。但我知道,同行的人的真实想法是,甘宇不可能活着了。我的爷爷婆婆、大爹大妈,包括其他所有的亲戚朋友和邻居,以及同学、同事,其实也是这么认为的。对此,我也想过。但我和爷爷婆婆、大爹大妈的想法是,如果甘宇遇难了,不能把他抛在这个陌生的、没亲没戚的荒山野岭里，无论如何要把他带回去……

因此，尽管有部分搜救队员没有继续支持我，我很难过，但我却不能抱怨和责怪人家。

二十几个人走得只剩下最后六个人，加上吉茂湖老师重返江油专门带来的一只搜救犬，在《甘孜日报》一位记者的见证下，大家就甘宇的"生死问题"和"是否继续寻找"进行表决，结果只有甘孜的老李和江油的吉老师凭直觉，相信甘宇活着，应该继续搜救。

老李全名李游，网名"李久久"，原是一名筑路工人，地震前，在康定至石棉的高速公路项目上干活。地震导致施工中断后，他看到二猫以甘伟名义发布的征集志愿者消息后，主动加入当地的蓝天救援队，并以最快的速度，与我们联系上了。在倪家院坝里举手表决时，李游看到只有他和吉老师支持我，性格刚直的他非常生气，当众宣布了"就此退出蓝天救援队"的决定。

老李看到我们耽误了华东哥、倪家嫂子和尹老五三人不少时间，过意不去，还给他们三人，包括给我们煮饭吃、烧火取暖的倪大爹和他老伴各捐了一百元"工钱"，代表不知身在何处的甘宇"表示了心意"。

华东哥说："李老师，我们不要钱，你都是无条件地义务救人，我们怎么能要你的钱呢！"

我也说："李哥，你的心意我代表甘宇谢了！但这个钱不该你出，要出也该由我和甘宇的妈老汉儿出。"

李游这位来自"跑马山下"的康定汉子一听，红着双眼，对华东哥说："你看这里的山和你的房子都垮得不像样了，以后的日子该咋过啊？这是我的一点心意，你莫嫌少！"

见他如此真诚，华东哥他们才把钱收下了。

这次搜救依然没有发现甘宇的踪迹。还是活不见人，死不见尸，大家的判断是，甘宇可能在逃生的过程中，遇到滑坡，被泥石流埋了。

我不愿承认这么残酷的推断，但也找不到其他原因，只得结束搜救。

华东哥和嫂子背着两背篓从废墟中翻找出来的"生活用品"，要去石棉收拾租来的房子——老家的房子实在不能住了，他父母、老婆与三个孩子一共七口，只能住进在县城租的房子里。

那个房子在县城边的一面土坡上，两室一厅，他摆了三架高低床，那里是政府在挖角的安置房没建好前，一家子的容身之地。

我们一起下山，大家各自散去。我怀着无比沉重的心情，回成都了。

倪太平：
他也要去寻找甘宇

我以前当过兵，是倪太高的幺弟，也是跃进村的民兵连长。我哥躲地震时，常在村委会临时安置点的一个棚子里和我摆龙门阵，所以，他找到甘宇的前前后后，我也知道一些。

9月5日那天的地震说来就来，像蛤蟆乱爬、狗儿乱叫、老鼠乱窜这些我们都懂的预兆，好像当时都没看到。

那几天，一个浙江人用现钱来这里收药材。能有机会挣钱补贴家用，大家的积极性都很高。我哥他老婆和他的一个舅母子也到山上挖药去了。

我哥对上山挖药挣那点小钱没兴趣。大家叽叽喳喳、成群结队地上山时,他不为所动。

前几年,他喜欢外出打工"挣快钱";这两年年纪大了——其实,他今年才满六十岁,打工没人要了,他就借乡村振兴的东风,养牛、养羊,搞养殖。地震发生的那天中午,吃过午饭,他的一个舅母子叫他老婆上山去挖药材,我嫂子碗都没洗就出门了。他抱怨着,洗了碗,准备骑着摩托去放羊。结果人还没走到车子前,地震的冲击波就把他一下从院坝中一个滚儿地掀到了坎下的玉米地里。大哥的脑壳"嗡嗡"直响,爬起来伸手摸了一把膝盖,一手的血。

他的摩托被砖头瓦块压在垮塌的砖墙下。要是再迟几秒,他肯定也跑不脱了,说不定就和摩托一起,被震垮的房子埋了。

他从地里爬回院坝的第一件事,就是想把摩托用力拉出来。正要使劲,房架上悬着的一根檩子落下来,正好打在了他的腰上。

当我哥意识到地震后还有余震时,忍着腰痛,赶忙向坎下的玉米地跑去。他毛根乱颤地立在地里,看到坎上的房子与房后几块坡地边的石坎冒着白烟,还在"轰隆轰隆"地垮塌,吓得一下不知怎么办了。

他给正在挖药的弟媳妇和在石棉上学的儿子打电话,一个也没打通。当时,除了人和猪狗、牛羊、鸡鸭的惨叫,以及天塌地陷的垮塌声,根本听不到其他的声音。看到情况越来越严重了,他就用手摁着受伤的腰杆,一瘸一拐地去了房后,面向贡嘎山带着哭腔,喊了一阵我嫂子的名字,又喊了一阵那个舅母子的名字。他扯起嗓子喊了十多分钟,才看到两个女人从山上的树林里惊慌失措地跑出来,接连跳下几个地坎,朝他跑来。

他带着两个被吓得脸色惨白的女人，先去看了他的房子，带着哭腔说，房子垮完了，啥都没得了！她们一见中午还好好的房子，坍塌成那个样子，也哭了；接着，他们又去看了舅母子的房子。舅母子的经济条件比倪太高的好。她家的房子砌的是"二四墙"，因此没被摇垮，不过墙上还是出现了两三指宽的几道裂缝。

他们站在那里，再也哭不出来了。直到舅母子坎下的邻居——毛永贵两弟兄出现后，这才回过神来。毛家兄弟告诉我哥，毛家死人了。他家的老人穿着围腰，在屋里做家务，灶房一垮，就被压死了。

在我的印象里，四川的几次地震，从以前的汶川特大地震到这次的泸定地震，老的总比小的死的多！老的，没有劳力，在家做家务，一眨眼人就没了；小的，在外面做活路，地震来了，都能跑脱。但也有例外，据我所知，跃进村一些在外面做活路的，也遇难了。

一个人上山挖药，被石头打死后，过了七八天，直到身上都生蛆了，才被发现。一个人在山上砍柴，过了大半年，到现在连尸体影儿都没找到。老书记毛万友的老婆一个人在山上放羊，到现在也没回来。杨本全屋头的一个人，是"遇难者哀悼日"结束后，"大渡河卫士"闻到臭味刺鼻，才在一处刺架下面找到尸体。邱家两口子，在地里收"脚粮"（黄豆、小豆之类的套种作物），山上的几坨石头下来，当场就被砸死了……

跃进村靠近泸定湾东村方向的人，除了死去的，不少人还受了重伤，有的能医好，有的恐怕要落下终身残疾了。我一个亲兄弟，也是我和倪太高的老弟，他受伤了，在雅安住院，过了两个多月才出院。

这些或死或伤的人，都是因为之前在外面找不到固定的活路，留在老家的。要是他们也像甘宇的妈老汉儿一样，能在远方的城里面打工，就不会遭难了。

地震后的第二天，救援队就来跃进村了。他们主要由解放军、武警官兵、消防人员和公安民警组成。我哥是被一个身穿"大白服"的女兵，送到跃进村临时安置点的。他被送过来时，因为一开始救灾帐篷紧张，只能与我和一个村民组长一起，挤在一个彩条布搭建的棚子里过夜。

他住了一晚，第二天早上，腰就疼得直不起来。见他那个样子，我这当老弟的就心里发紧，赶忙让他去医院治疗。

但当时的医疗资源特别紧张。我考虑到自己是个村干部，害怕群众有意见，不能帮他搞特殊。白天和我一起维持秩序、晚上住在一个棚子里的村民组长看不过去，去找已到跃进村蹲点的省上干部反映这个情况，人家当即就把我哥作为伤员作了转移安排。不然，他的腰也不会好得那么利索，自然也没法去寻找甘宇，更不可能成为找到甘宇的人了。

我哥和一些受伤的群众，先被送到大渡河边坐船，到挖角后，又用救护车送到县医院的。他的检查结果出来了，有点轻微骨折，静养就行。他问多久能好，医生说不干重活路，两个月就行！他一听就急了，住了一周院，考虑到床位紧张，就要求转回挖角的帐篷医院。

在挖角待了两天，他腰上的疼痛已减轻。于是他开始挂念屋里的十三头猪、二十只鸡和一百二十只羊。他有四个孩子，大的是两个女儿，已出嫁了，给他生了两个小外甥。他是1964年的，属龙，照说不会再生后面两个小的了，但他又生养了两个儿子。养了这么多猪和羊，就是为了挣钱，供两个娃儿念书。

那天上午，他从帐篷医院出来，去找乡上的领导，打听能不能回家看看。地震发生后，他急里忙慌地逃离了跃进村一组，连猪、羊、鸡还有多少是活着的，心里都没得数。得到的答复是，回去可以，但要写个不在一组过夜的保证书。他就写了，然后搭车进城，在石棉街上买了一辆二手150摩托。没有摩托助力，靠双腿走路，那是很费劲儿的。

接到乡上的通知后，我和两个民兵立即换上迷彩服，戴着红袖标，以"大渡河卫士"的名义，骑着摩托，跟在我哥和十几个回跃进的村民后面，监督他们落实不在家里过夜的保证。

我们把村民送回各村民组，叮嘱他们这两天千万莫在家里过夜，接着就去了我哥的家。去他家的原因，一是怕他只顾自己方便，忘了晚上到村委会安置点过夜的保证；二是也想看看他到底受了多大损失。

他家的猪一头没死，但猪圈的矮墙震垮后，猪从圈里跑到房前屋后的地里，把没来得及掰的玉米全部糟蹋了。羊死了十八只，羊是被山上垮落的石头打死的。鸡死了十二只。

清点完家畜的损失情况后，他一直都没说话，一杆接一杆地抽烟。他与我一起回到村委会的地震棚子里，也是一杆接一杆地抽烟！我晓得那死掉的十八只羊、十二只鸡让他心痛、难过。

第二天一早,我嫂子从另一个棚子里过来,喊他一路回家,查看家里的其他损失。我也跟过去,看能不能帮上忙。

我哥发现家里的冰箱、洗衣机和沙发全被打烂了,他啥也没说,仍然不停地抽烟。但我那个嫂子,却一直在淌眼泪。看到那个样子,我也难过,就安慰他们说:"人好好的就行,鸡死了,抱两窝;羊死了,活着的还会下小羊;那些电视、冰箱的,到时迁了新居,反正也得买新的。"

我正劝着哥嫂,突然听到有人在院坝里喊:"喂,有人在家吗?"我转过身,发现院坝里站着一男一女两个穿着蓝衣服的救援人员,旁边还有一条狗。

"这里还有危险,你们来这儿做啥子呢?"我问。

男的见到我们,赶忙用绳子把狗牵好,说:"我叫吉茂湖,她叫刘彩萍,我们是从江油来这里寻找甘宇的蓝天救援队的队员。"

我那个嫂子给他们一人拿了一根刚从废墟里扒拉出来的小板凳,有点不好意思地脱下身上的围腰,抹了几下凳子上的灰说:"稀客哦,坐嘛,坐嘛!"

"大哥,有烟吗?"男的救援人员问。

我刚想说我不抽烟,我哥已从身上掏出半包烟,取出一支递给那个吉老师说:"烟不好,将就抽!"

那人接过烟后,我弟媳妇又拿出几个柑橘和几块花生糖,让那个一脸是汗、长相清秀的女娃儿吃。结果她接过柑橘和糖块,顺手就揣到包包里了。

"也是从垮塌的屋里刨出来的,吃嘛!"

我老弟可能以为那个女娃儿嫌东西不干净,出于礼貌,当面收下,离开他家之后就会把它们悄悄甩了。女娃儿感觉到了,忙说:"大哥,不是你想的那样!"

男队员连忙解释说:"她是我们江油蓝天救援队的刘彩萍队长,她是舍不得吃。她过一会儿要把给她的糖和橘子放到甘宇可能会走的路上,留给甘宇吃。"

她接着说:"甘宇要是活着,逃命时,如果能发现这些东西,对他将会非常有用!"

两人在这里休息了一小会儿,接到一个电话,说还有七八个救援人员在下边的半山腰上,正等他们回去集合。集合后,再寻找一阵,就要收队,撤回王岗坪了。

她留下手机号码,希望我们也帮着留意一下甘宇,如有新情况,及时和她联系。我答应了,说我们都晓得甘宇的事。

倪华东：
再回倪家老屋

一家七口人搬到县城这个临时的家来住了,就得把在挖角读小学的孩子转到县城来读。9月19日那天,我和老婆刚准备出发,去给孩子办转学手续,甘立权给我打来了电话。

作为堂兄弟,他能那么用尽全力、执着地寻找甘宇,一般人很难做到。说明这是个把情义看得很重的人,我很佩服他。

他先跟我寒暄了一阵,问我搬到县城后习不习惯啊,孩子转学的问题解决没有啊,山上的牛找到没有啊,我也问了他的情况。

然后,他说:"华东哥,虽然消防人员、蓝天救援队、乡里组织的几拨人和我们之前组织的搜救队都没有找到甘宇，但我和甘宇的妈老汉儿不知为啥，仍然感觉甘宇还活着。"

"感觉还活着？跟我们王岗坪那些家里有没有找到的人一样，都感觉失踪的亲人还活着呢。"我说。

他沉默了一阵，说："你说得也是。但是，我还是想上山再找他一次。"

"兄弟啊，我理解你的想法。可是，前前后后找了那么多次了，都没有找到。你、我，包括前次参加搜救的人对如此多次的搜救，却没有发现甘宇的任何踪影，都感到困惑，所以才得出了甘宇可能已经被埋的结论。可能你还是不想承认，但我觉得这个结论是站得住脚的。"我听甘立权一说还要再去寻找甘宇的想法后，的确觉得他过于执着了，就直接问，"你说，都半个月过去了，还如何找？你要找个啥啊？"

甘立权又是好半天没有说话，然后带着哭腔，用乞求的声音说："哥，无论如何，麻烦你陪我再找一次甘宇，这次，就我和你，就最后一次，行吗？"

当时，地震把我的家毁掉了，娃娃又面临转学。当时，要到挖角给孩子办转学手续，我和我老婆，按说是没时间也没心情再理他的，也有理由拒绝他——因为最主要的是，他做的都是无用功啊！但我心软，不好轻易让他失望，于是说："立权老弟，你们兄弟之间的感情既然这么深，那我就再帮你找一次吧！"说完，我就在微信里给他发了我家县城出租屋的位置。

没想到，通完电话后，他只简单收拾了一下，立即就从成都赶往石棉，到下午五点多钟，就赶到了县城。他给我打了电话，说想找个旅馆住一晚，等第二天一早，也就是20日，接上我从石棉出发。

那时，从石棉去王岗坪的路，因受灾后重建的影响，堵车问题依然存在。因此，我对他说："白天拉建材的车子多，反而耽误时间，不如趁晚上路况松活，马上走！"

尽管开车加徒步往跃进村一组赶，走不拢倪家老屋就会天黑，但他还是听从了我的建议。

当时，神乡长可能也是被甘立权的行为所感动，已通过跃进村的村干部，发动当地返家种地、放羊、放牛、采药的乡亲留意山里的情况。

时间，距地震时的9月5日，已过去十五天了。

我爸妈也说他们还有几件换洗衣服留在山上，要跟着回去。我晓得，他们其实是想回去看看，那里毕竟是他们生活、劳作了大半辈子的地方啊！我只能带着他们一起走。

甘立权来接上我、我老婆、我父母，从县城出发，到挖角天就黑了。因为上山的路很多地方都垮了，而绝大多数人已经搬下来集中安置，那路没人再修，车子开不上去，只能停在挖角。我们打开手机上的手电模式，轮流照着路面，连夜上山。等走拢倪家老屋，已是夜里十一点多钟了。

走了四五个小时的山路，大家饭也没吃。家里的瓢瓢碗碗，被地震打烂完了，米没多少，菜也没有，我去扒拉了两把挂面，我老婆用脸盆煮了一把，大家才填饱了肚子。

吃完饭，烧一堆火，闲坐着没事，我们就摆龙门阵。甘立权这才告诉我，他这次来寻找甘宇，是甘宇的妈妈每次给他打电话都哭，还跟他说，找不到活的，找到尸体也行。总之他大妈的意思，还是希望"活要见人，死要见尸"。他其实也一直没有放下甘宇，所以就决定再来找一次。为啥上来得这么快，是因为他和老婆吵架了。他老婆认为他找甘宇，已尽了全力，何况，那么多天过去了，影子也没见到，没必要再继续找。他甘立权是屋里的顶梁柱，万一还是找不到，自己又有啥闪失，屋里的车贷、房贷和双方父母的医疗费、生活费，她一个女人家怎么承担得了？甘立权却认为，天下所有的事都没有寻找甘宇重要。两口子因此吵了一架，他一个人转身就出门了。

我说他不该跟自己老婆吵架。像他那样为了寻找一个人，自己的命都不要，换上谁的老婆，都会有意见的。

我叫他赶紧给老婆打个电话，说几句软话。

他也很是愧疚，说等明天再说。

然后，我们又把猛虎岗、芹菜坪和这一带的沟沟坎坎找了个遍。

倪家老屋的废墟，距甘宇、罗永分开的位置，中间有一条林业站20世纪90年代初修的伐木公路。这条路要是不垮，用半天时间就能通过。这条机耕道，以前虽然被山洪冲得坑洼不平，但通行还是没问题的。地震发生后，这条路就垮了，不能过人了。我们去猛虎岗，要从大坪这个地方绕行，走冤枉路是无法避免的。因此，我告诉甘立权,以现在的路况看,从这个地方,按神乡长的观点,向上认真再找一回甘宇,一天时间根本不够用。

我这么说的依据是,这个山路很难走,只有挖药的人偶尔走一回。甘立权肯定走不惯,行动起来非常恼火。

但甘立权说:"我现在虽然在城里生活,但以前也是农村娃儿,什么样的山路我没走过?"

我说:"我们从挖角往我家老屋赶,我们走在前面,你在后面跟着,都走得上气不接下气的,你连我爹妈都不如呢!"

"走一回就好了,你放心。"

我向他建议:"既然要有'见人见尸'的结果,恐怕不是一两天能办到的。我们要做寻找三五天甚至更长时间的思想准备。"

他连忙站起来,向我们一家人鞠躬,一口气说了不少感谢的话。

我打着火把,让甘立权帮忙,又去废墟里翻找,找到一个装了一点粮食的米缸。我给妈留了三碗米,其余的,就用一条蛇皮袋装好;然后把煮饭的脸盆、一块搭建棚子的塑料布、两把弯刀用蛇皮袋装好,又将背架上的葛藤、箩筐上的棕绳依次抽下卷好,以备捆扎东西和攀缘崖壁之用。

我们决定,用一天时间走拢甘宇与罗永分开的地方,在那里过夜;一天不行,就在半路找个地方歇息。我们想从那里开始,扎扎实实地向上连找三天,实在找不到,再作其他打算。

倪家老屋,被震得只剩一个小偏房还能勉强住人。睡觉时,我、我妈、我老婆，找了一捆干草，铺在猪圈里，到那里睡觉；甘立权是客人，我当然要根据我们彝族人的待客之道，让他和我爹到条件好一些的偏房里歇息。

想到地震把这个家搞成这样，我一直很难过！

想到甘宇的爹妈对甘立权的"最后期望"，我更难过！

想到甘宇的死活，我怎么也睡不着了！

第二天早上，我老婆煮好早饭，喊我起来吃。当时，天上落雨。尽管一下雨，就会耽误行程，但她喊了几声，见我半天没有反应，就不再喊了。她想让我多睡一会儿。其实，她喊我之前，我已醒了。我迟迟不起床，是因为我当时浑身无力，一下床就觉得黑晕。但我还是坚持爬了起来，吃过早饭，背上昨晚准备好的东西，冒着又绵又细的雨，带着甘立权出发了。

倪太高：
我找到甘宇了

我和老婆回到村委会的临时安置点，把她送到她过夜的帐篷，然后钻进自己住的彩条棚子里，发现我幺弟倪太平失眠了，我也睡不着。见他一会儿坐起来抽烟，一会儿在地铺上翻过来滚过去，我也索性披上衣服坐起来。

他就问我："你在想啥子？"

我说："可惜我那十八只羊了，好多都是怀了小羊的母羊。还有我的摩托车……还有啊，好好的房子说没就没了，事情乱成麻线团子了。"

"我还是那句话，人好好的就是最大的幸运。至于你说的那些事情，算不得啥子。你看那个甘宇，跟人间蒸发了一样,你说他爹妈该多揪心啊!"

"我也晓得我们一家够幸运了。"

"村里根据乡上的指示,要动员党员和村组干部,在开展灾后重建、生产自救的同时,继续寻找甘宇。"

"但愿他还活着啊!对了,寻找甘宇为啥只要党员和村组干部参加喃?"

他说:"地震后,王岗坪的五个村到处都要用钱,寻找甘宇是纯义务的。"

"我不是党员干部,我不要钱,我也参加!"

"那到时就算你一个。"

第二天早上六点过,我就起来回到自己那个垮得不成样子的家了。我把羊放到玉米地里,然后一个人去寻找甘宇。我找了一天,连甘宇的影子也没看到。天快黑时,我把羊收拢到屋边的桤木林里,就骑上摩托带着老婆回到村委会的临时安置点,决定明天回去放羊时,再接着寻找甘宇。

第三天早上起床后,我看了一眼手机上的日期:9月21日。

出了棚子,才看到昨晚又下雨了,到处湿漉漉的,沟谷里飘满了雾。

我们两口子回到老家,刚把羊子放出树林,支在院坝里的摩托,就被山后滚落的一坨飞石,撞到院坝下头的玉米地里去了。

看到被打坏的第二辆150摩托,我觉得自己真是够倒霉的了!我弯腰弓背地把摩托从地里扶起,重新推到院坝里,然后掏出电话,想叫挖角的师傅上来修一下,最后却把电话打给了倪太平。

"倒霉啊，我的摩托又被石头砸飞了！"

"人没事吧？"

"我没事，摩托给个五六十块钱估计就能修好。"

"那就快点喊人上来修嘛！现在离了摩托，干啥都不方便。"

"不急。"

"那你们晚上咋过来？"

"先不说修车的事……么弟，哥给你说个事。"

"啥子事？"

"昨晚，你说上级让党员干部找甘宇，今天都十七天了，我想这个事情，不能拖了！"

"这和你有啥关系嘛！"

"我是觉得甘宇这娃可怜，他爹妈可怜！"

我弟他又叹了一口气："是啊，谁想他这么多天过去了，连个踪影也没有呢……一些人私下里也在推测，他肯定是被哪一架垮坡埋了，我也觉得这种可能性最大。"

"但我还是去找一找吧。"

他提醒我一定要注意安全，然后说："村里的党员干部这两天也会行动起来。"

挂掉电话后，我就出发了。我找了一根竹棍，边走边赶雨水，见着藤藤、刺架，也用手上的竹棍去挑开，看里面会不会有甘宇的骨架子——我那个时候想，之所以还要找他，也就是把遗体找到，安慰他爹妈的心。约莫走了两个小时，来到了猛虎岗的大坪下面，我恍然听到有"哎哟"声从前面的一个地方传来。

这个声音大清早出现在雾气腾腾的跃进村一组的荒山里，有些吓人。

我站住了，觉得有可能是幻觉。我往前走了几步，"哎……哟……哎……哟……"的声音再次传来，声音很低很弱，有些发抖，根本不像是人发出的声音。

再次听到这种声音时，我当时甚至想，是不是白天撞到鬼了！是不是哪个遇难者不散的阴魂在哀号？这么想着，我把自己吓得汗毛都竖了起来，站着不敢动了。一看大白天的，又猜想可能是猴子的叫声。我们跃进村一组这个地方，猴子多，每到苞谷快成熟时，它们就会来偷苞谷。

我东想西想着，然后毛起胆子大声问道："是哪个啊？是哪个在呻唤啊？"

"哎哟……哎哟……"呻唤声像在回应我，从离我几米远的地方传来。

我还是没有听出那是人的声音。那声音像从地下飘出来的，吓得我汗毛又竖起来，腿脚不禁有些发软。

呻吟声越来越近，感觉是从前面的刺笆笼里传出的。

"你到底是个啥子东西啊？"我握紧手里的竹棍，走近发出声音的那蓬刺笆笼，用竹棍拨开了一条缝。

我看到在这荒山野岭的刺笆笼里头，竟然躺着一个人！说是人，又已不成人样了。

我吓得连着后退了好几步。

那人见我发现他了，又用力地呻唤了一声。

我转惊吓为惊喜:"这个人应该就是甘宇了!"

我连忙钻进刺笆笼,看到那个刺笆笼里的人衣服、脸和手脚污脏,能看见的皮肤惨白,双眼呆傻、无神,看人直勾勾的,眼窝深陷,嘴唇发白,乱蓬蓬的头发结成了股,有半尺长,脸上长满了黑麻麻的胡子,浑身发抖。

"你是甘宇啊?"

那人盯着我,很吃力地点了点头,眼角滚出了一大颗泪水。

"太好了!终于找到你了!"我眼泪也一下涌出来。

他看着我,想说什么,但好像已没有力气说出来。

"哎呀,你这个娃娃,十七天了!你竟然还能活着!你咋活出来的啊?"我也哽咽着说。我那么大年纪了,很多年来,第一次没能管住自己的泪水。

他的眼泪更多了。

我想到,现在他最需要的就是吃喝的东西,就对他说:"你等我一会儿。"我说完,就飞跑回家,去给他找吃的喝的。我这才发现,我那座垮房子,离我发现甘宇的地方,也就四五里路远。

我老婆还在废墟里找可吃可用的东西。我老远就对她喊:"找到吃的喝的没有?我找到甘宇了!"

"还活着吗?"

"活着!"

一听我说甘宇找到了,而且还活着,她也竟然哭了起来。

"你哭啥啊?"

"我心疼他啊!十七天了!"

她把找到的东西全部一下拿到我跟前，不停地让我多拿点。但我想，甘宇饿了那么久，一下不能吃太多。因为，以前我曾听人说过，人饿久了，一下吃过量了，反而要死人的。

　　于是，我只拿了两盒纯牛奶、四个月饼、一点糖果——这都是大女儿、大女婿之前托人捎来的，我们没舍得吃完，没想被老婆找出来了。

　　我老婆看到天上又在落雨，叫我穿上雨衣。但为了快点把牛奶和月饼送到甘宇面前，我没理她，叫她赶紧给么弟倪太平打电话，报告我找到甘宇的事，然后就扑爬跟斗地往甘宇跟前跑。

　　一个饿了十七天的人，不晓得那条命还剩多少呢！所以我一边跑，一边大声武气地喊着甘宇的名字。但等我找到那个刺笆笼，发现里面并没有甘宇，只有一个人躺过的印子。我一下糊涂了，感觉刚发现的甘宇像是一个幻觉。

　　但我在刺笆笼外面又看到一个人爬行的痕迹。我顺着甘宇爬过的痕迹重新找他，发现他四脚朝天地躺在地上，手里有气无力地挥着一根竹梢，像在驱赶一种不干净的东西，又像在努力地发出"求救信号"。

　　我生怕甘宇一动，不小心就滚到一侧的山沟里，急得双脚直跳地喊道："甘宇，千万莫动哦，我这就过来背你！"

　　我脚耙手软地爬到甘宇身边，把他从地上扶起。甘宇抱着我，哭了起来，谢天谢地，这次他哭出了声！

　　甘宇一哭，我看着这个野人一样满身是伤的小兄弟，也忍不住大哭起来！

他身上发出一股浓烈的酸臭味，衣裤湿透了，冷得牙齿"嗒嗒嗒"直响，全身抖个不停。我赶紧把身上的中山装脱下来给他穿上。

我先让甘宇喝了一包牛奶，然后给了他半个月饼，把他抱在我的怀里，让他慢慢吃。

在这期间，我老婆打来电话，说把我找到甘宇的事，已给我倪太平说了，问我还需不需要什么东西，她给我送来。我说暂时还不需要。

没过多久，记者和乡上的电话就打给了我。

再后来，甘立权、倪华东的电话也打来了。

当然，我找到甘宇是很意外的。要是我没找到他，估计甘立权、倪华东当天，或者跃进村一组的其他人在两三天以后，可能也会找到。当时，倪华东、甘立权离我发现甘宇的地方，还要爬两个多小时的山路。如果他们几个早点出门，或路上走快点，找到甘宇的人可能就不是我倪太高，而是他们了。

为确认甘宇被我找到的准确性，倪华东又给我们的村书记打电话确认，书记说："感谢老天爷哦，甘宇真的被倪太高找到了！并且活着！"

倪华东、甘立权虽然晚了两个多小时，没有赶在我前面把甘宇找到，但我想，他们当时无疑和我一样高兴、激动。

倪华东很纯朴，之前，当过我们一组的村民组长。我记得，乡里搞精准扶贫时，县上派来的第一书记还推荐他入了党，成了预备党员。

泸定地震让很多家庭破碎，遭受损失，灾区民众的情绪一直不好。让亿万人牵挂的甘宇就像一个念想，他一获救，关心他的每个人，都把这看成一件天大的好事！

倪华东养了三个儿子，大的正读初中，老二在读五年级，最小的"老幺"读的是小学三年级。他是个比我小了十几岁的年轻人。他妈妈名叫毛乌子媂，是个善良的彝族老太婆。在跃进村一组，她连红脸话也没和人说过。

听说甘宇被我找到了，倪华东两口子与甘立权就连忙赶来。甘宇看到他们，像第一次看到人，好像还有些害怕；甘立权喊他，他直盯着，好像不认识，引得他这个堂哥哇的一声大哭起来。

甘立权泪流满面，自言自语："甘宇一个人在山上跑了那么久，没想到只有跃进一组才是他的'生门'！"我虽不晓得啥子叫"生门"，但我明白，这个娃儿和我有缘，他来跃进村，朝着我家的方向走，算走对了。

倪华东见甘宇还是发冷，就把身上的一件夹克衫，几把脱下来给他穿上。穿好两件衣服，过了一小会儿，甘宇的身子就不抖了，牙齿也不磕碰得"嗒嗒嗒"直响了；只是我的大号衣服被倪华东的小号衣服包起来，他的上身一下就像一个面包一样鼓胀起来。

甘立权哭了一阵，才想起要赶紧给甘宇的父母打电话。电话那头的人听到这个消息，说不出话，只是哭。

当时，神乡长向上级报告完情况后，上级说会马上安排直升机来接甘宇；但很快又被告知，因为天气原因，直升机一时半会儿不能起飞。

甘宇的手脚，经过十几天的摸爬，伤得血肉模糊，黑乎乎的，像电视里黑猩猩的爪子。甘立权用自己的衣服把甘宇的手擦干净，再用手细细地揉搓着它。

听说甘宇获救，附近倪华东的姐夫吕国斌也赶来了，看有啥能帮忙的。

甘宇的魂好像还没有回来，还是糊里糊涂的。他当时走也走不得，动也动不了。看到只有半条命的他，我们都很害怕，生怕他获救后，又因飞机迟迟不能起飞，把他的救命时间耽搁了。甘立权马上把那个装了绳子、弯刀和口粮的蛇皮袋倒空；倪华东捡起弯刀，赶忙砍了酒杯粗的两根柏树；倪华东的老婆把甘宇扶在一个土坎下头，斜着躺好；我赶忙用蛇皮袋、柏树干和绳子，绑了一副"担架"。

大家将甘宇扶上"担架"后，由我和倪华东抬着他朝山下走；甘立权与倪华东的姐夫吕国斌，像"警卫员"一样，一左一右护着甘宇；等我们抬不动了，吕国斌、甘立权就接替上来，抬着甘宇继续走。

甘宇被我找到后，政府和记者的电话就不停地往我的手机上打，我都顾不上接。这些电话，一种是来确认消息、安排医院的；一种是问这问那，准备写文章、上报纸、发网络的。但刚开始，我顾不过来，其他人也顾不过来，谁都没接。大概走了两公里，我们累得走不动了，停下来休息时，各自才接了一会儿电话，如实介绍了当时的情况。

随后，县上的命令来了，告诉我们说，从石棉起飞的直升机很快就要起飞，要求我们停在原地等。过了一会儿，又说我们停留的地方不具备直升机起降的条件，必须把人抬到平顺点的地方才行。

　　这样，我们几个又按新的指示，抬着甘宇朝回走，走了一阵，上面因为可以"用卫星照着我们"（GPS定位），发现我们到了大坪，又说这个地方有人放牛，如果牛被直升机吓着，一发癫，有可能撞上飞机。一听上面这么要求，我们都快被搞毛（发火）了，可为了把甘宇尽快送到医生手里，我们也只能一边抱怨，一边把他抬到盘山公路顶上的一个坪坪放下，等顺着大渡河飞来的直升机把他接走。

　　那架飞机从天上飞来的时候很小；落下来以后，一下就变大了。飞机上几个转得飞快的"铁片片"（螺旋桨），把周围的树扇得趴在了地上。我们身上的汗水很快就被扇干了，身子冷得发抖。我第一次见到真实的飞机；甘立权、倪华东、吕国斌和一些看热闹的人，应该也是第一次那么近地看到。为什么？因为，我们站在那里瓜兮兮（傻乎乎）地看稀奇时，只有倪华东的老婆，很细心地在照顾甘宇。她怕飞机的"铁片片"扇起的动静吓着他，就用双手把甘宇的眼睛遮起来。

　　飞机上下来几个医生、几个消防员，把甘宇从我们的"担架"上，转移到了他们的担架上，挂好盐水，就没我们什么事了。等接走甘宇的直升机越来越小，像蜻蜓一样飞远后，我才一屁股坐在地上。

　　我发觉快满六十的我，累得遭不住了。

看到甘立权、倪华东和吕国斌几个人，沿着震得稀烂的盘山路，朝王岗坪的方向走去。我看了看又高又远的天空，望了望大家慢慢消失的背影，真的觉得，我的身体就像我的150摩托，快被这场地震弄散架了。

甘宇：
我的时间早就死了

　　一见到倪太高大叔，我就哭了。有人不明白，十七个与世隔绝的日夜，我都挺过来了，怎么获救时，反而哭了起来？

　　其实，我与倪大叔抱头痛哭，是吃了他的东西后，原来耗尽的精神和体力开始恢复，不然，我哪还有力气哭啊！我意识到，我从鬼门关回到人间了，庆幸与喜悦占据了我的内心。喜极而泣，就是这个意思。

　　当然，想到我经历的一切，让我后怕，也是我在倪大叔面前痛哭流涕的另一个原因。不然，我就不会哭得既高兴，又难过了。

　　后怕，一直伴随着我的逃命之旅。可以说，它从罗永离开我的时候就开始了。望着罗永越来越小的身影消失在山下的沟壑与密林中，我就后悔跟他分开了。当时，我的手机电量已经耗尽。生活在信息化的时代，离开手机是无法想象的。有人说，一个人要与世隔绝，只要关了手机就行。可见手机对人有多重要！

手机没电，意味着我和外界的联系彻底中断。因此罗永走后不久，恐惧就笼罩了我。

我等于把自己逼到了一个荒岛上。绝望中，我迷迷糊糊地睡了一会儿，不想动，又迷迷糊糊地睡了一会儿。要是睡不着时，我会一边想着罗永离开后，我从芹菜坪去猛虎岗的路上将会出现的各种情况，一边想着接下来我该怎么办。

天，不知不觉地暗了。

我不由自主地朝库区的方向追了一阵罗永。我跌跌撞撞地走了十来分钟，下意识地扶了一把脸上的"眼镜"——才记起近视眼镜早就丢了，我才晓得，我不能成为他的拖累，不能继续追他了。

罗永临走前，给我准备了水、野果和竹笋。于是，我又回到原地，想把焦虑不安的情绪快点平复下来。当时，与其说我待在原地，在为自己加油鼓劲，还不如说我待在原地，就像蜘蛛网上的飞蛾一样在做无望的挣扎。

路上有几株野菊花，开着黄色的花儿，被我踩进了泥泞里，成了泥土的一部分。我不知如何是好地在原地直打转，渐渐地，我也好像变成了一株生死未卜、很快要被黑夜埋掉的野菊花。

我在与罗永分开的那个地方徘徊、等待、昏睡，度过了有如人间地狱般的三天三夜。

罗永给我准备的那点东西是填不饱肚子的，我用他留下的水来抵御饥饿。当肚子越来越空，胃壁都快磨烂了时，我又来来回回地梭到坎下的水塘边喝水。由于吃了又酸又涩的刺梨果，还喝了不少生水，腹胀让我难受极了。我怀疑自己是不是中毒了。虽然肚子感觉很胀，但饥饿感却更加强烈。

以前，在湾东大坝做监理时，我看过一篇文章，作者是谁，已记不得了。但他说的意思，我倒一直记得。他说，野果与家果，都是上帝送给鸟儿的圣餐。鸟儿吃下果子，通过排泄，将果木的种子传到四方，撒落在村庄和城市，田野与山谷，从此便有了四季轮回，生生不息。相反，如果鸟儿吃了不成熟的果实，就会中毒，面临死亡的威胁。比如，有的鸟儿在天上飞着飞着，就像树叶一样突然跌落下来。这只鸟儿，可能就中毒了！

他的这个说法，好像充满了诗意。

但我当时的处境，却没有任何诗意可言。余震、饥饿、体温下降、冷雨、失联，使我明显感到了死亡的威胁。我不但无法从9月5日的地震和之后的余震带来的恐惧中挣脱出来，而且吃了没熟的刺梨果，担心过不了多久，也会像一只鸟儿一样，把命搭在贡嘎山下。后来的一个早上，当我看到之前被我踩进泥泞、成为泥土一部分的野菊花已经重新站起来，又在向我微笑时，我才想到人是万物之灵，不是云端跌落的飞鸟，所以，我就慢慢地不害怕了。

三天后，我不再上吐下泻——也没有什么可吐可泻的了。我被逃命的执念折磨得不成样子，脱了几层皮。我已非常虚弱，但又感到有另一个完整而全新的我，在逆势生长。我拿起地上的安全帽，戴在头上，试着向远处的一棵大树走去。

我叫不出那棵树的名字，树很粗，呈塔形，要两人才能合抱，有二十来米高。树虽然高，但枝丫从下一直长到顶，往上爬并不难，只是我太虚弱了，可能用了两个多钟头，歇息了不晓得多少次，才爬到人所不能再去的高处。这里比我等待救援的地方，明显要高不少。我浑身冒着虚汗，双手抱着树干，歇了好一阵，才把头上的帽子取下来，绑在一根树枝上。这样，直升机或者无人机如果从天上搜索，也许就能发现这个醒目的红色安全帽，定然晓得那是某个人为了求救才放上去的。

从树上下来其实更难，我用的时间比往上爬更多，枝丫和粗糙的树皮划伤了我的手臂和脚杆。

回到地面，我靠着树干坐下来。我听到的只有肚子里饥饿的声音，比滚雷还响。

在最高处放了代表呼救的安全帽，我准备在树下等待救援。

树下铺了一层这棵树一年年掉下来的落叶，比较干爽。但待在这样的密林里，还是有些害怕。我担心黑熊、豹子也会待在这片森林里，还有野猪。按我们老家的说法，在野物里，凶猛程度是"一猪二熊三老虎"，看来，如果遇到野猪也是很麻烦的。为了给自己壮胆，我去捡了几块石头放在树下，又去找了一根手腕粗细的干木棍放在身边。有了这些"武器"，我的胆子似乎壮了一点。

我得想法哄哄肚子，便找到一条水沟去喝水，感觉肚子快喝饱了，才爬起来。怕水断流，我还用手掏了一个水坑。然后，我又在四周转着，看有什么可以吃的。

结果，周围只有树叶和草。

我突然想，我小时候是放过牛的，知道牛吃哪些草和树叶。牛能吃的草和树叶，我也能吃啊！还有草根，红军过草地，不是还吃草根吗？这么想着，我就去找嫩刺苔、竹笋、竹叶芯、茅草芯、野葱、槐树叶、枫树叶，拔茅草根，运气好，还能掏到老虎姜和野百合，找到野猕猴桃，能咽下的我都尽量咽进肚子里，咽不下去的，在嘴里嚼了之后，就把渣吐掉。嘴里有嚼着的东西，好像就没那么饿了。

我相信，罗永如果走出去了，就肯定会带人回来找我。我觉得，我身边的这棵树，离我和罗永分手的地方并不远。但假如……他遭遇了意外，没有走出去呢？我害怕去想这个问题。

他是本地人，如果顺利，他第二天就能走出去的，走出去的当天就能带人来救我；最多再多一天……但我并没等到他。

那两天，我倒是听到好几次直升机轰鸣的声音，有两次，它就从那棵最高的树上飞过去了。每次听到直升机的轰鸣声，我的心里就充满了获救的希望。但每次都以失望而告终。

这里草茂林密，要想从中找到一个人，真比登天还难。

我不能再继续绝望地等下去了！

虽然我一时无法获救，但也不能把自己获救的希望，全部交给无法把握的未知！我必须再次发出我的呼救信号！就像汪洋中的一条小船——向外界发出SOS信号一样，我得想个办法。

我想起了自己还穿着一条红色的秋裤。

我脱下裤子，冷得身上起了一层鸡皮疙瘩。

我把红秋裤用木棍挑起，重新爬上大树以后，用嘴上叼着的一根葛藤，把它一圈一圈地绑在树上，然后又下到树下等着。

三天就要过去了。我越来越迷糊，好多时候都处于一种昏沉沉的状态。我已不怕黑夜了。我像个野人一样适应了它。

又有直升机、无人机飞过，但我发出的信号还是没有被发现，救援人员一直没有来。

我想过回到大坝上去，但我走了一阵，却找不到回大坝的路了。森林成了迷宫，我不知道东南西北，失去了方向。

等待救援的三天，是我需要直接面对的一场劫难，真是太难熬了！想走，又怕永哥带着人来救我时，找不到我；不走，好像又在坐以待毙——而最主要的是，即使想走，也不知该往哪个方向走了。

有时，我也会望一眼树梢上的"信号旗"，躺在树下，有气无力地喊"救命，快来救我啊"。但这无济于事。我的声音越来越低哑、无力。我仍在安慰自己："救我的人，一定会来的！只要我再坚持一阵，他们就来了！"那时，只要周围的树林里出现任何风吹草动，或某个方向传来树叶的沙沙声，我都会竖起耳朵去听，并向那个方向张望。因为那种沙沙声，也可能就是救援人员向我靠近时的脚步声！

随着"沙沙"的脚步声，会窜出一条搜救犬、几个救援人员，他们把我救走，背到直升机上，运到一个没有地震也没有余震的地方！有时，我甚至还想，随着一阵"沙沙"的响动声，一架飞机会悬停在森林上空，全副武装的解放军救援人员，从一根绳子上滑下来，把我和他绑在一起，拉上飞机，直接送到爸爸妈妈身边……

我不晓得爸爸妈妈有多担心我！一想到他们，我就会哭。

似醒非醒时，我还做了不少梦。除了梦到王总驾驶一条小船，在大渡河上打鱼，我还梦见了自己在老家放牛，爸爸妈妈在老家屋后到处找我，喊我的名字。我梦到我和爷爷婆婆坐在一盏煤油灯下一起吃饭！我还梦到湾东大坝决堤了。大水冲毁了村委会旁边的川主庙，一个接一个的齐头大浪，向村里的幼儿园涌去。但是说来也怪，汹涌的洪水，却一直无法逼近那些在幼儿园"咿咿呀呀"唱歌的孩子。

"日有所思，夜有所梦"，这是在说"日"与"夜"都很完整时，一个人想什么，就能梦见什么吧！但我的手机自从电量耗尽的那一刻起，我的时间就死了，"日"与"夜"都分不清了。因此，在昼夜不分时，我的梦也就做得很乱了。不过，让我至今仍感到困惑的是，我离死亡那么近，却一次都没有梦到死亡。

也许这是因为，我的命比石头还硬，始终相信自己"死不了"吧！

但有时，我也沉不住气！心想，手机信号刚恢复时，我已给爸爸妈妈报过平安了，但时间过了这么久，他们却不晓得我是死是活……所以，一想到父母，我就急得团团转，又毫无办法，我的心就像挂在了一个蓬刺架上头，浑身刺痛，却无法言说。

我应该是足足等了三天，却没有等到罗永带人来救我，也没有见到其他救援人员的影子。我就不得不想，罗永与我分开后，他在重返大坝去找救援队时，可能遭到麻烦了，也像我一样被困住了，走不出去了。

那时，我还不晓得甘孜、雅安两边的指挥所为了找我，从政府、军队到民间救援组织，经历了那么多次失败。他们找我时，遇到的困难和危险，一点儿不比我少。

所以，当时我只有一个判断：我在去芹菜坪的半山腰上，这里距大坝不远，如按原路返回去找罗永——即使无法找到他，只要顺着湾东河走，我也能够走出去。

没有秋裤，我感到腿有些冷。要离开这棵树了，我要去把秋裤取回来。我再次爬到树上，把它取下来重新穿上。这么做的理由，一是夜里防寒，我需要这条裤子；二是既然我要离开这里，就该把"信号旗"带走，在其他地方可能还用得着。

我在一片原始森林里走走停停，努力辨认方向，但我近视，近处的东西看着都模糊，远处的更是朦胧一片。找了一天多，见到了河的影子，我想，可能那就是湾东河。

只要天晴，晚上就有月光。但推算了一下，这期间，我却很少看到月亮。

我向着滑坡痕迹明显，而且有河的影子的方向走。滑坡地带的树木、杂草很少，容易看清环境——我的眼镜掉了以后，这种环境，也会让我走起来放心一些。但这种滑坡地带，又陡又滑，没有路，随时都有滑坡和落石，其实还是很危险的。

有一次，我就差点儿把命丢了。

在一个三十多米高的斜坡上，我看到一棵小树，想抓住它，从高处慢慢地梭到下边去，结果那棵树已经震松了，根本不能承受我的体重。我用手一拉，就一头栽下去，人事不省了。

我不知道是多久醒来的，不知道是第六天还是第七天的事儿。

我的全身，被石块、树桩和荆棘擦烂刮伤了，身上的肋骨摔断了。我慢慢动弹着手、脚、腰、脖子、头，却没有感到痛。原来，我的身体已经麻木了！

我身上有血，擦了几下，没擦干净。我咬牙坚持，向前爬行。嘴里又苦又干，我爬到有个小水坑的地方去喝水。也不晓得喝着没有，余震又发生了，滑坡带上不断有石头滚落，一坨碗大的石头滚下来，砸在我腿上。这一下，我感到了一阵剧烈的疼痛，痛得我的身子蜷缩成了一团。伤得不轻，我当时唯一的念头就是尽快离开那里，于是手脚并用，要么双膝着地，要么四肢匍匐，艰难挪移，蠕动爬行……

不晓得挪移了多远，我又在鬼门关去闯了一回。这次比上次更凶险，一坨不晓得多大的石头打在了我的头上，我的脑子里顿时就像关了一窝马蜂，"嘤嘤嗡嗡"地叫，血流了一脸，擦了好几把，也擦不干净。看来在滑坡地带待着是很危险的。我想重新回到半山腰上树木密集的地方去。

我在一块半间房子那么大的石头下躺着，以防止石头再砸到我。等头上的血凝结，我又不甘心，仍想顺着滑坡地带，向河边靠近。

我离河水越来越近。我在四周敞亮、没有任何树木遮挡的一个地方趴着，嘴里无望地喊着"救命啊救命"。我感觉自己的声音很大，其实却很微弱，就是地面的搜救人员离我很近，也不可能听到。为了能被天上的直升机看见，我爬到一块石头上躺着。有一次，我明明看到了一架直升机在上面飞，但它却没有发现我。我赶紧跌跌撞撞地站起来，脱下衣服，站在石头上，又哭又喊，朝它挥舞。但它在天上盘旋了好一阵，然后飞远了。

我在那块石头上不知待了多久，也不晓得哭喊了多少次，都没有被发现。我试着向湾东河边爬去，结果发现地上都是稀泥和虚土。

我感觉越靠近河边，就越安全一些。不少河段，由于两边山体的垮塌与挤压，形成了一些大小不一的"堰塞湖"。水位涨了不少，要过河显然不行了，过不了河，就爬不到大坝上去。我打消了过河后沿河而下，回到大坝的想法。

腿伤让我行走困难，肋骨的疼痛也不时发作。我躺在滑坡带的下端，很难动弹。我不知道，等我肋骨和腿伤的疼痛缓解一些后，我是否还活着。

我被两种情绪控制了。一种是险恶的环境和"不被发现"带来的绝望感；一种是一次次地否认我的运气会那么差，差到他们发现不了我的地步！

后来才晓得，正是因为我梭到了河边，躺在这里难以动弹，才使一拨拨搜救人员找不到我。没有人会想到，我会到那个鬼地方去。

也不晓得是伤痛缓解了，还是我变得麻木了，我又能爬动了。我甚至又爬到河边去喝了水。然后我想，我不能再待在滑坡带上等待救援了。

我有个意识，我还得回到半山腰上的林子里去。

我掉转方向，艰难地沿着滑坡带向上爬。考虑到两次被飞石打伤的教训，一见到滑坡地带，无论远近，我都选择绕行，想爬到一处地势相对安全的地方。不料，我爬到了一道悬崖上，因为太累、太虚弱，竟然在悬崖边上睡着了——更大的可能是昏迷了。醒来后，我才发现我离掉下悬崖的距离，不足半米。我往悬崖下一看，心想，要是一个翻身滚下去，我就不用受罪了。

离开悬崖，我又背向湾东河，继续向上攀爬。可能是个下午，看到天色已晚，我就找来一些树叶铺在地上，准备过夜。那时，由于两次受伤，我的身体早就虚弱不堪，虽然每天我都用尽力气，但也没有挪动多远。

我非常孤独、无力、无助。我只有一个信念，那就是要活着。只要活着就有希望。因为我知道，政府不会放弃我，会找我。我一遍遍回想自己以前的经历，觉得自己的人生还很短暂，我也畅想一旦获救，就要做很多事。我靠这些来支撑自己。

饥饿无疑是最难熬的，我吃一切能吃的东西。我要有一点气力才能爬行，才能呼救——我每天都会呼救。不管有没有飞机飞过，我隔一段时间就会喊几声。万一有人在附近呢！

估计是第七天过后，我对世界、昼夜、晨昏就颠倒了。有时候醒来，还是半夜，有时可能就是早上或中午，很多时候有雾，特别是下雨的时候，山里看不清楚。因为饥饿，没有体力，我每天可能只走动了两三个小时。有时候走累了就躺下来睡觉，下大雨的时候是最难扛、最难熬的。

有一次，也不知是过了多少天了，可能是我最绝望的时候，我梦见了我妈妈，她抱着我，很亲切。这给了我很大的勇气，我想我一定要活着。

很多事情，我都晓得，我已不用赶时间了。因为，我的时间早就死了。

我记得十一二天的时候还是清醒的，后面基本上意识就很模糊了。我记得爬着山崖，爬累了睡了一会儿，就感觉过了一天。我以为自己独自在荒野里过了三十多天。

我不晓得我从湾东河边重新爬到林子里用了多少天，从那以后，我也不晓得过了多少天了。

那段时间雨水很多，我后来才晓得，十七天里九天有雨。这真是要命。幸好有那件雨衣，虽然短，但可保证我上身不被淋湿，也可抵挡寒冷，不然，失温也是挺可怕的。但下雨也让我不至于干渴。树上有苔藓，下了雨用手捏着，就可以从苔藓里挤水喝，确实没办法了，要想活命就只有喝自己的尿。这都是我从纪录片《荒野求生》里学到的。林子里也有树叶、草茎、刺苔、草根、树根可吃，我还找到了一丛野猕猴桃。拇指大小的果子掉在地上，我摸索着捡起来吃了。我似乎在那里待了很长时间，然后继续盲目地在林子里爬行。

有一天，我透过树林，看到了对面模糊的山影和模糊的白带子一样的公路。我便想，有公路的地方，肯定有人住。我就向那个方向爬去。

我是沿着罗永说的猛虎岗方向走的。但我并不知道路。他曾说上面有个草原，既然草原在上面，我就一直往山上爬。然后，我到了一片只长着荆棘和茅草的平地——认为那个地方就是"草原"了，当地其实也叫"大坪"。一路都在滑坡和垮岩。

在路上，我捡到了一块压缩饼干，估计是救援队员留下的，我把它吃了；还找到了一个空矿泉水瓶，我也带着。

不久，我看到了一坨还有些新鲜的牛屎——我一下闻到了人间的气息。我趴在它跟前，闻了闻。我的肚子好饿啊，我心想，要是这牛屎能吃该多好啊！我怕自己真把它塞进嘴里，赶紧爬过了那个地方。然后，我看到了几十头正在吃草的牛羊。我不知道那些牛羊是野放的，以为有人跟着在放牧，就喊着"救命"，但除了吓得牛羊回过头盯着我，并没有人回应。我感觉那个时候，我如果能把牛羊抓住，我就能把一头牛、一只羊都吃掉。牛羊抓不住，但我心里还是充满了希望。有牛的地方，离人户家子就应该不远了。

我嚼着草，然后看见了一个"牛滚塘"。那是牛平时喝水、夏天卧水的地方。水塘浑浊，但我管不了那么多了，就用那个空矿泉水瓶盛水喝，"咕咚咕咚"地把肚子灌饱了，然后仰躺着休息了不晓得多久，接着继续往前爬。

牛羊偶尔会叫一声。被困那么长时间，我第一次看到家畜，感到很亲切，应该是无聊，就跟它们说了一些话。也是因为有牛羊的原因，我以为会有人从那里经过，就不断大声呼救。没有人来。但我觉得有希望了，人的状态就好了一点。

接着，我又发现了有人放在那里的一小包饼干——应该还有几包，但可能是被山老鼠咬烂塑料，吃掉了。那一包也有咬烂的口子，蚂蚁钻进去了。另外，还有两个橘子。我有些惊喜，这样的地方，留下这样的食物，证明搜救人员来过。我不禁有些惊喜。我打开它，含在嘴里，好久都不忍咀嚼下咽。

我在草原上看到了一条路，有人走过。我就沿着那条路走，于是模模糊糊地看到了对面山上的公路。

凭着刚才那点饼干给我的气力，我爬到了大坪的边缘。我判断不远的地方，应该有人户，但树把什么都挡住了，我看不见。我仰面躺着，看着阴云密布的天空，脑子一片空白。

不久就开始刮风下雨，雨很大，风也很大。"草原"是平的，挡不住风。我没地方躲，就在露天待着，任风吹雨淋，整个晚上都无法合眼。第二天，我看到附近有一架刺笆笼，就钻了进去，不知道在里面待了多久。

天一亮，我就下意识地发出呻吟——有伤痛的原因，也是在呼救。我觉得，我只能发出"哎哟"这种声音了。而这，还得力于昨晚吃到的那一小包饼干。

然后，我敏感地听到了人的声音！我拼尽所有气力，又呻唤了几声。我在这荒山野岭里发出的呻唤声显然吓到对方了，对方的声音一直在发抖。

最后，我看到那个人来到了刺笆笼外，看到一根木竹棍把刺条挑开，一个男人把头伸了进来。他吃惊地看着我。那个时刻，我心里悲喜交集，一下没得任何气力了，他问我是谁，是不是甘宇。我连说出一句话的气力也没有了，只点了点头。

但他知道我是甘宇后，却没有再管我，而是走开了——我当时不晓得他是转身给我拿吃的去了。我开始以为刚才看到的人是个幻觉，但我又确认我的确是看到了人。我以为他怕承担啥子责任，把我抛弃了，就从刺笆笼里爬出，爬着去找他。我没有看见任何人。我又重新陷入绝望。我呼救，但我已发不出声音。我爬了一段路，就没有一点儿气力了。极度绝望后，重获希望，但随即再次陷入绝望中……

我躺在那里，再也爬不动了，我感觉到了死亡正在来临。

没想到那个人却返回了，他找到了我。我确认，我应该是获救了。我哭了，他也哭了起来……

陈为淑：
我儿之幸

21日上午，我的手机突然响了。我犹豫着接还是不接。我儿甘宇失踪十七天了。我害怕得到我不想要的消息。甘宇他爸拿过手机，他的手有点抖。他把电话接了。是儿子公司领导打来的。对方告诉我们村民在山上找到了一个人，但不确定是不是甘宇，让我们先不要激动，待确定后再联系。不久，山上村民发来现场照片，虽然甘宇已经脱了形，但我一眼就认出来了，获救者正是我儿甘宇。挂了电话，我大哭起来。我的眼泪已经流干了，但当时，眼泪却又像开了闸的水，怎么也止不住。甘宇他爸也直抹泪，然后又笑了，劝我说："儿子十七天后还活着，要高兴，莫哭了。"我也眼中带着泪，笑了。

我是地震发生后的第二天，接到甘宇电话的。他在电话中告诉我，他很安全，已经向外面求助。此后就再也没有他的消息了。时间一天天过去，我一次次地陷入绝望，但直到所有人包括堂侄甘立权都撤离了搜救现场——这其实也等于确认甘宇遭难了。但我却一直认为他还活着，所以我又打电话给甘立权。他19日又去了石棉，和倪华东一起去寻找。王岗坪乡又动员了当地的乡亲，最后由倪太高大哥把他找到了。

得知直升机已经去接儿子，要从石棉送到泸定县人民医院，我们赶紧赶过去。他很快被送到医院里，进行了全面的医学检查。我们悬着的心终于放下了。

我和他爸在医院里见到了甘宇，看到儿子浑身是伤，我们很心疼。他看到我们的时候，哭了，那个时候，他像个遭难的小孩。在病房里，他爸对他说："儿子，我没想到你这么有出息！"

然后，他问我："妈，我获救的消息你告诉爷爷婆婆了吗？"

"第一时间就告诉了，你爷爷婆婆每天都在烧香，求祖宗菩萨保佑，还问我和你爸，找到你没有。"

甘宇舒了一口气："等我出院了，就回去看他们。"

经过全面检查，甘宇生命体征平稳。但身上有多处肋骨骨折，同时有纵隔的气肿，全身也有多处皮下气肿。以前体重七十五公斤，当时只有五十多公斤了。

当晚9时左右，甘宇被转运到了位于成都的四川大学华西医院。华西医院的副院长吴泓带着急诊科、创伤医学中心、ICU、胸外科等专家对甘宇进行了多科会诊。经初步诊断，甘宇生命体征平稳，意识清醒，但身体虚弱。全身多处软组织挫伤，肋骨骨折，左下肢腓骨骨折，伴有严重感染。由于长时间未进食，食管、胃多处出现溃疡。他后来接受了左侧踝关节手术，把左脚背皮下的钉子异物取了出来。经过治疗，9月25日晚上，他由重症监护室转到了普通病房。

　　回头一想，甘宇如果当时身上带了打火机，就不会遭那么多磨难了。甘宇转到华西医院接受治疗时，他爸也说："娃儿，你身上要是有个打火机，像罗永那样点起求救烟，就不会去吃那些苦了。"

　　甘宇说："我又不抽烟，怎么会带火嘛！"

　　"那你不反对我抽烟了吧？"

　　甘宇不回答。他晓得我把他爸的打火机藏起来了。他爸想抽烟，却抽不成。过了一会儿，他宽容地对我说："妈，你就让爸抽一支吧！"

　　他爸出去抽完烟，回到病房后，他把他爸的打火机要了过去。他虽然不抽烟，但从此以后，他就把那个打火机一直随时带在身上了。

　　其实，他从重症监护室转入普通病房的当天晚上，他爸在陪护床上困得呼呼大睡时，我娘俩睡不着，一起摆龙门阵时，他就给我说过，这次逃生，他才意识到了火的重要性。

　　甘宇告诉我，当他发现点火升烟，可以帮他发出求救信号时，他曾用网上户外求生视频演示的钻木取火方法，找了一根干木头，一些的干草当作"火绒"，因为没有带刀，他又找了一根木棍，在石头上磨了很久，用作"钻杆"，对着那截干木头，用手不停地搓动，弄得满手都是血泡，也没把干草点燃，把火取来。

"钻木取火"失败后，他一听到身边出现"哗啦哗啦"的石头垮塌声，又赶忙坐起，打起了新的主意。因为他听网上的人还说，有种叫"白火石"的石头，只要两手各拿一坨不停对撞，溅起的火星，也能把"火绒"点燃。甘宇赶紧去捡了两坨表面光生、很是坚硬的石头，"咔咔咔"地撞击了好久，结果还和"钻木取火"一样，没有成功。

他在余震持续不断的荒山老林，前后相加，困了十七天。很多时候，他的脑壳好像都是昏的，无法分清白天和晚上。所以也无法回忆每天的具体情况。在他心里，那可能是一段他不敢去想，想也想不明白的时间。他告诉我，每次爬不动时，他就闭起眼睛，四脚朝天地躺在地上歇气。等半睡半醒地躺得差不多了，身上稍微有点气力时，他又手脚并用，继续向前爬行。

一天早上，他快爬到大坪——就是倪华东说的那个叫啥"草原"的地方时，他突然听到有人在喊"甘宇"的名字。随后，他就开始回应那个声音，不断发出"救命"的呼喊。但因很久没人出来见他，这就让他不得不怀疑那个声音的真实性了。

"娃儿，你怕是碰到啥子了？"我说。

甘宇说："自从喝了两次尿以后，我的脑壳就变得不清醒了！"

"那咋听到有人喊你的名字喃？"

"不晓得……也许我产生幻觉了，我经常产生幻觉。"

甘宇跟我说，他虽然不晓得喊他的人是谁，但他仍然心怀感激。因为他晓得，有时候的确是幻听；但有时候的确是听到寻找他的救援人员和当地老乡的呼喊，听到有人喊他，他就非常兴奋，觉得这个世界没有抛弃他。他也应答了。但很多时候，他应答了，也呼喊过救命，自己发出的声音听起来很大，其实是低哑的、低沉的，甚至根本没有发出声音来。

自从呼喊他的声音或真或幻地出现后，他就在心里不断强化那些声音的真实性。每次在心里产生想法时，他都要一边大喊救命，一边不顾一切地向着声音传来的方向爬行。

在去大坪的路上，他意外地捡到两个橘子和一小包饼干。这种"珍贵"的东西，不知是北京的救援专家都海郎还是江油的蓝天救援队队长刘彩萍留下的，总之，吃了显然比野果、草根不知要好多少倍。

吃了这点东西，他的意识和体力，很快就恢复了一点。接着，我儿在那个被叫作"草原"的大坪，又待了两天。

他自己都不知道是地震后的第几天晚上了，他在大坪躺着，天上不知什么时候下起了雨。冰凉的雨水，下得就像狗毛一样又绵又实，淋得他不停地发抖，但他还是不愿离开。

为啥不离开呢？

这是因为大坪的地势比较平坦，周围团转离山很远，无山可垮，就是贡嘎山垮了，也不可能垮到那里。因此，被垮山搞得非常恼火的我儿甘宇，再也不用担心石头落在头上、砸到脚杆上了。大坪是安全的，也是让他感到踏实的地方。但他躺在秋雨不停下着的草地上，躺着躺着，他的螺丝拐（脚踝）一阵阵奇痒，一下就把这种安全、踏实的感觉打破了。

我娃娃的两条脚杆，爬了好多蚂蟥，加起来有十二三条。他把那种在我听来就感到害怕的玩意儿，一条一条地扯下来，接着又像擤鼻涕一样擤在地上。大坪的空气里，有种又湿又冷的血腥气味。他感到那种圆滚滚、胖乎乎的东西越来越多，正从草地上接二连三地爬过来，又向他的身上涌来。他就摇摇晃晃地站起来，又跌跌撞撞地往前走了几步，腿伤让他摔倒了。他倒在地上，喘了几口气，继续往前爬。

除了可怕的蚂蟥，吃了橘子和爬满蚂蚁的饼干，甘宇满嘴朝外直吐黄水。他在他爸睡着了以后，曾告诉我，吃完别人为他留下的东西，饿得不像样子的肠胃，得到的满足感确实比他想象中的还多得多。不过，由于吃橘子时忘了剥皮，吃饼干连上面的蚂蚁也饥不择食地吃掉了，所以，我儿在大坪歇气时，嘴里朝外直吐黄水，也就不奇怪了。

天要不下雨时，大坪晚上的天空又高又远，蓝得就像甘宇奶奶年轻时穿过的阴丹布。这个时候，他好像又能感到无人机在天上飞来飞去。无人机的数量，明显比他在森林和山谷里逃命时看到的少了些，却让他更加相信了政府没有抛弃他。就是说，我儿凭直觉也能感到，地震过去好久了，他作为"活不见人，死不见尸"的失踪人员，早就过了黄金救援期，但大家还在找他。

可能是"嗡嗡"叫的无人机让他又有了一点力量,总之,我儿又从大坪继续向前爬行。在太阳落山后又开始下雨的一天晚上,他爬到了大坪边上。

他望见了远处公路的影子,还有垮塌的山的豁口,滑坡后山体破碎的惨样,也隐约看到了村民被震垮的房子。

我儿甘宇意识到,通往乡上和县城的公路已被地震破坏了,地面救援人员可能一时半会儿不能进来,天上的救援因受气象条件影响,直升机可能也不能马上找到他。所以,与其躺在那里等人来救援,还不如继续往前爬——腿伤让他很难站起来,看能不能遇到放牧的当地乡亲,或者爬到当地人的家里。

结果,我儿他做对了!用他爸接受电视台采访时的话说,"他比当老汉儿的有本事!"在幸运地躲过了又一次余震不久,他终于遇上了他的贵人——也在找他的倪太高大哥。倪大哥对他有再生之恩。

他抱着倪大哥大哭,倪大哥当时也哭了。

在这之前,甘宇肯定流过泪,但他看到倪大哥时流的泪肯定不一样了。不论他之前流的是什么泪,当时流的,肯定是欣喜的、高兴的,因为重生而流下的泪。

高耸到云上面的贡嘎山可以做证,王岗坪的山山水水、坡坡坎坎可以做证,我儿仅仅是亿万国人中普普通通的一个人,却是我们国家非常金贵的一个人。从他身上,我这个当妈的感觉到,我们每个人,其实不仅是爹妈的孩子,还是国家的孩子。

后记

时间过得真快！2022年发生的"9·5"泸定地震，转眼已过去一年零十一个月；我们于2023年2月和本书主人公甘宇取得联系、互加微信好友以来，不知不觉，已过去了十八个月。

一年多来，我们因泸定地震而关注甘宇，采访参加搜救甘宇的当事人，到书稿进入创作、修订阶段，我们的工作和生活，均与他们共情、共境，说是息息相关，也不为过。

记得地震发生的那天中午，一位作家在朋友圈发了一张书从书架震落在地的照片，还引起过大家的一番打趣：你夫子，你书多！

这种打趣，是川人面对地震的调侃，除了缓解紧张情绪，也可看出川人的乐观心态。

但是，我们自"汶川8.0级""芦山7.0级""九寨沟7.0级"历次地震以来逐渐养成的这种"幽默感"或"乐观心态"，很快就被严肃的思考取代了。

因为，我们通过官方和社交媒体持续关注"9·5"

泸定地震时，认识了本书主人公甘宇！

无论是最先流出的甘宇、罗永开闸放水，避免下游村民遭受危险的影像，还是甘宇亲友发布的救援信息，乃至官方、社交自媒体持续推出的报道与评论，这些文字、图片与视频，让我们发现，疫情即将结束的最后关头，甘宇的"失联"与"归来"，已构成了一个时代的社会舆论焦点。

这个舆论焦点与其他舆情事件不同，它以直击人心的力量，让我们发现，蕴含其中的人道主义光辉，将为"中国故事"增添一层厚重的底蕴。

于是，我们开始酝酿"寻找甘宇"事件的文学表达，乃至思考它的样本意义，以及将对过去、当下和未来产生的传播价值。在用口述实录复盘非虚构的"在场感"确立下来不久，《寻找甘宇》的选题大纲获得了四川人民出版社社长黄立新先生的支持，社长助理、重大项目部主任石龙先生和编辑室主任、责任编辑蔡林君女士的认可。他们认可这个选题，原因与我们一样：一是甘宇的失联与回归，十七个日夜引起的持续舆论关注和折射的情感信息，使"9·5"泸定地震与川内历次地震关涉的人物命运很不一样；二是甘宇事迹和各方救援力量汇集的社会凝聚力，令人惊叹！基于此，在四川人民出版社的大力支持下，我们开始了采访和创作。

在采访阶段，作家唐一惟暂停创作计划，为我们提供车辆保障，并在余震不断、险象环生的泸定、石棉震区，陪同我们完成了采访。甘宇及其父母和堂兄弟甘立权、甘伟，罗永和王华东、代红兵等"水发集团"的员工与领导，泸定和石棉宣传部门的领导和工作人员，王岗坪乡的乡长神晓兵与党政办实习生孙辉，参加搜救甘宇的何健、刘彩萍、吉茂湖、孙建洪等消防和民间救援人士；配合搜救，担任向导的邓荣、罗立军、倪太平和倪华东一家；最终找到甘宇的倪太高，以及石棉、雅安与华西医院的专家及医护人员，等等。他们在承担繁重的灾后重建任务之余，抽出时间，接受了采访，在此，谨向他们致谢！

创作、定稿阶段，石龙、蔡林君与我们多次互动，就口述文体的文字、语态、方言俚语与情节、细节进行探讨。这本书是在他们的参与下完成的，感激之情自不待言。

总之，如果没有各位襄助，仅凭我们两人之力，要完成本书的采访创作、付梓出版，是难以想象的！

甘宇康复后，把网友捐献的三十余万元，一分不动地转赠给了公益组织。鉴于他的事迹与影响，这个心地纯良、积极上进的90后青年，还登上了中央文明办发布的"中国好人榜"。此后，他报考的建造师资格认证，经过努力，已经过关；母亲陈为淑为之牵挂的"终身大事"，在我们完成这部书稿之后，已有圆满的结局。

2024年4月20日，甘宇与郑萍在大竹老家举行婚礼。这个创造了生命奇迹的平凡英雄，再次引起了媒体的关注。甘宇满脸幸福，他觉得这是他人生最为重要的时刻，他说，他要让妻子生活美满，让小家庭温馨甜蜜，要更努力地工作，只有这样，才对得起党和政府对他的关怀，才对得起那么多人对他不懈的搜救，才对得起万千网友的关心与祝福。新娘郑萍，这个重庆云阳女子接受媒体采访时说，她觉得甘宇有责任、有担当。她用一生的好运遇到甘宇，是最大的福气！我们想，甘宇的婚礼无疑是对所有参与搜救他的各方人士的告慰，也是甘宇带给所有关心他的社会各界的一份特别之喜。

作者

2024年8月1日